어떤
여자가
왔었다

푸른봄 문학 ㉔

어떤 여자가 왔었다

조산 라 밸리 지음 | 현혜진 옮김

초판 인쇄일 2016년 6월 24일 | 초판 발행일 2016년 6월 30일
펴낸이 조기룡 | 펴낸곳 내인생의책 | 등록번호 제10-2315호
주소 서울시 영등포구 당산로41길 11 SKV1 Center W1801호
전화 (02)335-0449, 335-0445(편집) | 팩스 (02)6499-1165
전자우편 bookinmylife@naver.com | 카페 http://cafe.naver.com/thebookinmylife
편집 신인수 이다겸 | 디자인 안나영 김지혜 | 경영지원 조하늘

The Vine Basket
copyright ⓒ 2013 Josanne La Valley
All rights reserved.
Korean translation copyright ⓒ 2016 by TheBookInMyLife Publishing Co. Ltd.
Korean translation rights arranged with the Nancy Gallt Literary Agency
through Korean Copyright Center, Inc., Seoul.

이 책은 (주)한국저작권센터(KCC)를 통한 저작권자와의 독점 계약으로
내인생의책에서 출간되었습니다. 저작권법에 의해 한국 내에서 보호를 받는
저작물이므로 무단 전재와 복제를 금합니다.

ISBN 979-11-5723-279-6 (43840)

이 도서의 국립중앙도서관 출판시도서목록(CIP)은 서지정보유통지원시스템 홈페이지(http://seoji.nl.go.kr)와
국가자료공동목록시스템(http://www.nl.go.kr/kolisnet)에서 이용하실 수 있습니다.(CIP제어번호: CIP2016015413)

책값은 뒤표지에 있습니다.
잘못된 책은 구입처에서 바꾸어 드립니다.

위구르 소녀의
조용한 꿈 이야기

어떤
여자가
왔었다

조산 라 밸리 지음 | 현혜진 옮김

내인생의책

차
례

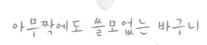

아무짝에도 쓸모없는 바구니

메리걸은 시장에 바글바글 모인 사람들을 일일이 뜯어보며 아버지를 애타게 찾았다. 지금쯤 아버지라는 사람은 복숭아를 판 돈을 홀랑 써 버렸을 게 뻔했다. 시장 흙길을 따라 길게 늘어선 당나귀 수레와 땅바닥에 깐 천 위에는 풋고추, 홍고추, 양파, 감자 들이 수북이 쌓여 있었다. 가까운 농장에서 가져온 가을철 수확물이었다. 이들 사이 어디에도 아버지는 없었다. 순무나 당근, 잘라서 팔려고 매달아 놓은 양고기를 두고 흥정을 벌이는 사람들 사이에도, 아버지는 보이지 않았다.

아버지는 오래도록 오지 않았다. 그 시간이면 술에 취하기에 충분했다. 그러려고 메리걸을 데리고 나왔을까? 아버지는 수요일마다 메리걸을 수레 옆에서 기다리게 했고, 메리걸이 아버지를 기다리는 시간은 갈수록 길어졌다.

메리걸은 팔리지 않은 채 바구니에 수북이 쌓여 있는 복숭아를 바라보았다. 오빠인 메메트가 멀리 떠나기 전만 해도 시장에 오는 건 메메트의 일이었다. 메리걸이 여름 방학을 맞자, 메메트는 메리걸을 데려가야 한다고 고집을 부리며 아버지한테 말했다.

"메리걸이 진열하면 데친 무도 먹음직스럽게 보인다니까요."

메리걸은 집안 정리는 잘해도 장사 수완은 꽝이었다. 메메트가 팔 때는 물건이 금방 동났다. 그러면 텅 빈 수레에 걸터앉아 행복하게 다리를 달랑거리며 늙은 당나귀가 끄는 수레를 타고 집으로 향하곤 했는데.

오래전 일인 것만 같았다. 고작 두 달 전 일인데.

"어디 아프니?"

메리걸 옆에서 실을 파는 양모 장수 아주머니가 큰 목소리로 물었다.

수레를 잡고 서 있던 손아귀에 힘이 꽉 들어가 있었다. 메리걸은 고개를 천천히 가로저으며 손에서 힘을 뺐다. 아주머니는 나무 상자에 앉아 실을 쭉 잡아당겨 타래에 감고 있었다.

"수레 좀 봐 주시겠어요? 금방 올게요."

아주머니는 어서 가 보라는 손짓을 하며 대꾸했다.

"천천히 다녀와. 오늘은 우리 둘 다 손님이 없네."

메리걸은 꾸벅 인사를 했다. 그러고는 바구니에 복숭아 두 개를 챙겨 걸어 나왔다. 삶은 달걀 하나면 골칫거리를 없애진 못해도 주린 배를 달래기에는 충분했다.

여느 때처럼 달걀 파는 아주머니는 냄비 장수 옆 길바닥에 웅크리고 앉아 있었다. 늘 바닥에 깔아 놓는 초록색 천에는 달걀과 달걀 껍데기가 수북했다. 그 앞에 앉아 있는 아이는 메리걸과 같은 반 친구인 하진자였다. 하진자는 기다란 돗자리를 돌돌 말아 놓은 채로 깔고 앉아 있었다. 오늘 새로 산 모양이었다. 돗자리가 일직선으로 가로막은 바람에, 다른 손님이 아주머니 앞에 앉아 달걀을 사거나 다른 물건과 교환할 자리가 없었다.

버드나무 가지처럼 나긋나긋 늘씬한 몸매, 파란색 긴 치마, 치마 밑으로 언뜻언뜻 보이는 새빨갛고 굽 높은 신발과 새빨간 스타킹. 그렇게 하진자는 고매한 존재감을 드러내고 있었다. 하진자는 달걀값을 치른 뒤, 조금씩 벗긴 껍데기를 아무 데나 버렸다.

달걀 장수가 먼저 메리걸을 알아봤고, 이어 하진자가 곁눈으로 힐끗 쳐다보았다.

"메리걸이구나. 여기 앉아."

하진자가 옆에 앉으라는 손짓을 했다.

"요즘 학교에는 왜 안 와?"

하진자는 대답을 듣기도 전에 고개를 홱 돌리고는, 한숨을 폴 내쉬었다.

"스카프를 턱 밑에 묶었네. 촌뜨기처럼 보이려고 작정했니?"

메리걸은 흙바닥에 발이 들러붙은 기분이었다. 아니, 볼품없는 싸구려 끈 신발이.

하진자가 달걀을 한 입 베어 물더니, 다시 메리걸 쪽으로 고개를 돌렸다.

"조심해라. 너는 해안가 공장으로 일 시키러 보내기 딱 좋은 애니까."

하진자가 한쪽 어깨를 으쓱 올렸다.

"물론 네 집에 벌금 낼 돈이 없을 때의 일이겠지만."

하진자가 어찌나 얄밉던지, 메리걸은 눈에서 불똥이 튀는 듯했다. 하지만 틀린 말도 아니어서 금세 맥이 풀렸다. 10월도 벌써 막바지에 접어들었건만, 메리걸은 단 하루도 학교에 가지 못했다. 마을 당수가 뽑은 여자아이들의 명단에 자기가 속해 있을 줄 알았다. 이 아이들은 같은 위구르족이 사는 고향을 떠나, 멀리 떨어진 중국 공장에서 노예처럼 일할 처지였다.

"어서 앉아, 메리걸."

메리걸은 달걀 장수의 목소리를 듣고 퍼뜩 정신을 차렸다.

"어서 하진자 옆에 앉아. 이렇게 푹신한 자리가 자주 나던?"

아주머니가 달걀 하나를 내밀었다.

메리걸은 입을 앙다물었다. 혀를 끌끌 찰 만큼 꾀죄죄한 신을 꿰찬 발을 돗자리 너머로 한 발, 또 한 발 넘기고는 마지못해 자리에 앉았다.

"넌 뭘 가져왔니?"

메리걸은 아주머니에게 복숭아를 바구니째 건네며 달걀과 맞바꿨다.

"할아버지가 바구니도 가지시래요. 오늘은 어째 잘 안 팔리네요."

메리걸은 아주머니의 선한 눈길을 마주 보았다.

"달걀 껍데기를 바구니에 버리면 딱 좋겠어요."

"고맙다."

아주머니는 복숭아를 꺼내고, 바구니를 하진자의 빨간 신발 앞에 놓았다.

하진자는 주머니에서 돈을 꺼내느라 바구니를 못 본 모양이었다. 달걀을 또 하나 사서, 자잘한 껍데기들을 아무 데나 버렸다.

메리걸은 달걀을 손으로 꾹 눌러 금이 가게 한 뒤 껍데기를 벗겼다. 할아버지가 만든 바구니에 껍데기를 조심스레 담고 나서야 달걀을 한 입 베어 먹었다.

"그래서, 학교에는 다시 올 거야?"

메리걸은 입에 가득 든 달걀을 끝까지 다 씹고, 억지로 꿀꺽 삼켰다.

"당연하지."

메리걸은 이렇게 대답하고 얼굴을 돌려 버렸다. 메메트가 집을 떠난 바람에 메리걸이 학교로 돌아갈 가망이 없다는 현실이 표정으로 드러날까 봐 겁났다. 반 친구에게 결코 들키고 싶지 않았다.

하진자한테서 고개를 돌린 순간, 아버지가 보였다. 뒷모습만 보였지만 아버지가 틀림없었다. 고작 8m쯤 떨어진 곳에서, 도박판을 둘러싼 사람들 틈에 껴 있는 사람은 분명 아버지였다. 메리걸이 수없이 빨았던 아버지의 파란 겉옷을 잘못 볼 리 없었다. 테두리 없는 사각 모자인 도파를 봐도 틀림없었다. 엄마가 손수 만든 모자였으니까.

아버지는 아침에 번 돈을 도박판에 모인 돈더미 위로 던지는 참이었다.

"저희 수레로 돌아가야겠어요."

메리걸이 일어서려는데, 아주머니가 달걀 하나를 쥐여 주며 메리걸의 손을 꼭 잡아 주었다.

메리걸은 냄비와 팬이 쌓인 곳을 지나갔다. 멀찍이 떨어진 곳에서 다시 노름꾼을 힐끔 쳐다보았다. 먹다 남은 달걀 반 토막과 새로 받은 달걀 하나를 주머니에 넣을 때 손이 덜덜 떨렸다. 하지만 정신은 말짱했다. 메리걸은 메메트가 가르쳐 준 대로 첩자를 찾아보았다. 중국인일 리는 없었다. 한족은 절대 마을 장터에 오지 않는다. 첩자는 위구르족일 터였다. 같은 민족이면서, 자기 민족을 중국에 팔아넘기는 자. 농사꾼처럼 꾸며 입고 시장 주위를 돌아다니며, 반역을 꾀하는 자들을 캐내어 밀고하는 자. 그 대가로 돈을 받는 자.

메메트는 자신이 감시받고 있다고 확신했다. 그는 중국 공산당과 그들의 체제를 따르고 싶지 않았다. 메메트는 위구르족이 자유롭게 고유의 언어와 풍습을 갖춘 독립된 나라가 되길 바랐다. 그들이 사는 땅은 한때 동투르키스탄이라고 불렸다. 그 이름으로 다시 불리는 것이 메메트가 바라는 바였다. 메메트는 대놓고 한족을 흉보고 다녔다. 수상한 사람들 앞에서만 입조심했다. 아버지는 이런 메메트에게 화를 냈지만, 아버지 또한 독립을 바라는 듯했다. 아버지는 술을 마실 때 말조심을 할까?

메리걸은 눈을 가늘게 뜨고 살폈다. 노름꾼들 뒤에는 아무도 없었다. 장사를 마친 텅 빈 가판대와 주차된 오토바이만 보였다. 노름꾼들이 주고받는 말을 엿들을 만큼 가까이에서 서성대는 사람은 한 명도 없었다. 몇몇 아주머니들이 달걀 장수 맞은편 길바닥에 진열된 주방 용품, 찻주전자와 에나멜 접시들을 들여다보고 있었다. 메메트한테 듣기로, 첩자는 절대 여자가 아니라고 했다.

메리걸은 사나운 눈길로 아버지를 한참 동안 노려보았다. 저렇게 술 퍼마시고 도박이나 하는 인간한테 중국인이 무슨 관심을 둘까 싶었다. 그저 제 식구들 등골이나 빼먹는 인간일 뿐인데.

아버지의 음주와 가난 때문에, 어머니는 희망이라곤 사라져 버린 자기만의 세계에 갇혀 버렸다. 어머니는 내성적이고 말수도 적은 데다, 가난을 수치스럽게 여겼다. 그래서 더는 친구를 만나지도 않았다. 메리걸은 수레로 걸음을 옮기다가 문득 궁금해졌다. 만일 아버지가 유치장에 잡혀 들어가면 어머니는 어떻게 할까?

메리걸이 수레로 돌아오자, 양모 장수가 호들갑을 떨며 말했다.

"어떤 여자가 왔었어. 여자가 왔었다고."

메리걸은 여자가 와서 어쨌다는 건지 영문을 몰랐다. 복숭아와 바구니 더미는 메리걸이 자리를 떴을 때의 모습 그대로였다.

"외국 여자였는데, 네 바구니를 사고 싶어 하더라고."

"팔려고 가져온 바구니예요. 하나에 3위안씩이잖아요."

동네 사람들도 바구니를 사 가곤 했다. 양모 장수가 바구닛값을 모를 리 없었다.

"아니, 아니! 네가 만든 희한한 바구니 말이야!"

양모 장수가 수레의 가로대에 걸려 있는 덩굴 바구니를 가리켰다. 바구니는 여름 내내 그 자리를 지키고 있었다. 원뿔 모양에, 안에는 목화 가지 하나가 들어 있었다.

"여자가 다시 오겠대."

"내 바구니를 사려요?"

메리걸은 입술을 깨물었다. 믿기지 않았다. 바구닛값으로 얼마를 받아야 할까? 1위안? 0.5위안? 메리걸은 시들한 포도 덩굴을 배배 꼬기만 했다.

메리걸은 바구니를 묶어 둔 노끈을 풀었다. 바구니를 코앞에 들고 보니, 손가락이 저절로 움직이듯 바구니를 짜던 때의 느낌이 고스란히 되살아났다. 어느 여름날 오후, 포도 덩굴이 늘어진 정자 옆에 메메트와 나란히 앉았던 날이었다. 메메트는 길고 가느다란 덩굴을 계속 잘라 주었고, 메리걸은 안팎으로 덩굴을 엮어 30cm 높이로 깔때기 모양의 바구니를 짰다. 메메트가 '풍요의 뿔' 같다고 말했다. 할아버지가 짠 바구니는 실타래를 담거나, 부엌에서 쓰기 좋았지만, 메리걸이 만든 바구니는 아무짝에도 쓸모없었다. 제대로 세울 수도, 뭘 많이 담을 수도 없었다. 그래도 메메트는 바구니가 마음에 든다며, 수레에 장식해 놓자고 우겼다. 메메트와 메리걸은 바구니에 목화 가지를 꽂아 두었다. 목화를 보면 어머니가 태어난 작은 마을이 떠올랐다. 어머니의 고향은 목화 특별 지구로, 여자들이 목화를 길러 실을 자아내면 남자들이 직물을 만들었다. 이따금 메메트와 메리걸은 꽃이 핀 호박 덩굴을 바구니에 담아 예쁘게 치장하기도 했다.

지금 풍요의 뿔은 메마른 흙빛이었다. 메리걸은 목화 가지를 꺼내 휘휘 흔들고, 손가락으로 목화솜을 톡톡 튕겨 남은 먼지를 떨어냈다. 바구니는 웃옷 밑단으로 최대한 깨끗하게 닦은 다음, 가로대에 도로 묶어 두었다.

메리걸이 얼룩을 감추려고 아무리 조끼를 아래로 잡아당긴들, 때 묻은 웃옷이나 주름진 바지나 볼품없는 신발을 감출 도리가 없었다. 부인이 오면, 수레 뒤에 서 있는 게 차라리 낫겠다 싶었다. 메리걸은 스카프나 머리에 제대로 두르기로 했다.

메리걸은 턱 밑에 묶은 매듭을 풀었다. 머리카락을 매만지고는, 다시 스카프를 부스스한 머리에 쓰고 목 뒤에서 느슨하게 묶었다. 덜 촌스럽게 보이고 싶었다. 언젠가 하진자에게 충고해 줘서 고맙다고 해야 하는지도 몰랐다. 메리걸은 겉모습이 어떻게 보이든, 외모에 눈곱만큼도 신경 쓰지 않고 자랐기 때문이다. 스카프를 제대로 묶으니 확실히 달라 보이는 모양이었다. 메리걸과 눈이 마주친 양모 장수가 잘했다는 눈짓을 보냈기 때문이다.

이제 기다리는 것 말고 할 일이 없었다. 메리걸은 달걀을 먹고, 수레에 들른 손님 몇 명과 흥정을 하며, 거리에서 눈을 떼지 않았다. 관광객쯤은 귀신같이 알아볼 수 있었다. 게다가 수요일에 서는 장터에 외국인이 오는 일은 드물어서 눈에 띄기 마련이었다. 관광객을 위한 상점은 허톈 시에 있었기 때문이다. 이곳 장터는 지역 농민과 인근 작은 마을 사람들에게 필요한 상품을 파는 곳이었다.

메리걸이 복숭아를 다시 진열하고 있을 때였다. 선글라스에 챙이 넓은 모자를 쓴 통통한 외국 부인이 눈에 띄었다. 부인은 황갈색 바지에, 소매가 긴 검은 셔츠 차림이었다. 셔츠 사이로 금목걸이가 훤히 보였고, 커다란 가방 두 개와 카메라 한 대를 어깨에 메고 있었다. 부인의 눈은 보이지 않지만, 입가에 어린 편안한 미소가 마음에 들었다.

"네가 돌아와서 다행이구나."

부인 옆에 있던 남자가 위구르 어로 말을 걸었다. 메리걸은 한시

름 놓았다.

"나는 압둘이고, 이분은 카젠 부인이란다. 수잔 카젠. 미국에서 오셨지."

"헬로우! 마이 네임 이즈 메리걸."

학교에서 영어를 배웠지만, 막상 입 밖에 내려니 영 어색했다. 부인은 메리걸의 추레한 모습에도 아랑곳하지 않고, 수레 뒤에 서 있던 메리걸을 앞으로 잡아끌었다. 둘은 인사로 고개를 끄덕이며 악수했다.

압둘은 부인이 미국 샌프란시스코에서 왔다고 설명했다. 카젠 부인은 공예품 가게를 운영하며, 물건을 사려고 여행하는 중이었다. 부인은 포도 덩굴 바구니를 사고 싶다며, 메리걸한테 바구니가 더 있는지 궁금해했다.

"더는 없어요. 포도 덩굴로 만든 바구니는 이것뿐이에요."

메리걸이 압둘에게 대답했다.

메리걸은 할아버지가 소중히 여기는 버드나무 바구니를 힐끔 쳐다봤다.

"포도 덩굴은 어디든 있어요. 원하시면 더 만들 수는 있어요."

메리걸은 포도 덩굴처럼 흔하디흔한 걸 좋아하는 사람도 있다는 것에 깜짝 놀랐다.

"그런데 부인께서 버드나무 바구니를 사시려는 건 정말 아니고요?"

압둘과 카젠 부인 사이에 영어가 오갔다. 어찌나 말이 빠른지, 메리걸은 알아들을 수 없었다.

압둘이 다시 말했다.

"카젠 부인은 네 덩굴 바구니를 사길 바라시는구나. 어떤 모양이라도 좋으니, 최대한 많이 만들어 달라신다. 네 솜씨가 빼어나다고 하셨어. 부인은 카스가얼(중국 서쪽 끝인 신장웨이우얼 자치구 서부에 있는 도시)로 여행 갔다가, 삼 주 뒤에 여기로 돌아오신단다. 그때 네가 만든 바구니를 가지고 여기서 만나면 어떻겠니?"

메리걸은 떨리는 입술을 멈출 수가 없었다. 자신이 참고 있는 것이 웃음인지, 눈물인지 분간이 안 갔다. 바구니를 다시 만들 수 있을까? 부인이 원하는 걸 만들 수 있을까? 메리걸은 고개를 숙인 채, 그렇게 하겠다는 뜻으로 끄덕였다. 할아버지가 도움을 줄 터였다. 할아버지는 뭘 해야 할지 알려 줄 분이었다. 바구니 만들기는 이제 놀이가 아니라 일이었다.

"카젠 부인이 바구닛값을 치르고 싶어 하시는구나. 목화 가지도 가져도 되니? 얼마니, 메리걸?"

압둘이 물었다.

"1위안?"

메리걸은 작게 내뱉자마자 후회했다. 더 싸게 말할 걸 그랬다.

압둘이 다시 카젠 부인에게 알아들을 수 없는 말을 전했다.

선글라스를 벗은 카젠 부인은 입가에 옅은 미소를 지었다. 메리걸을 응시하는 눈빛은 다정하지도, 쌀쌀맞지도 않았다.

부인은 갑자기 한쪽 손을 들더니 앞뒤로 흔들었다. 100위안이라는 뜻이었다!

'부인이 우리 신호를 아네.'

메리걸이 속으로 생각했다.

'아니면 모르는 게 맞거나. 잘못 아신 게 분명해.'

메리걸은 그럴 리 없다고 생각하면서도, 카젠 부인이 가방에 손을 집어넣자 숨을 죽였다. 빳빳하고 깨끗한 100위안짜리 지폐 한 장을 자기 손에 쥘 때까지. 100위안짜리 지폐를 만져 보기는 처음이었다.

지폐를 만지고 쳐다보고 있으면서도 믿어지지 않았다. 이런 횡재를 바란 적도, 꿈꾼 적도 없었다.

압둘이 메리걸의 팔을 잡았다.

"카젠 부인은 네가 바구니를 팔겠다고 해서 기쁘시다는구나. 바구니를 떼는 걸 도와주마."

압둘은 메리걸을 수레 머리로 이끌었다.

두 사람은 바구니를 묶은 끈을 함께 풀었다. 카젠 부인은 부드러운 흰 종이로 바구니를 싸서 가방에 집어넣었다.

"굿바이, 메리걸. 아이 윌 비 백."

"굿…… 바이."

메리걸도 인사하고는 압둘과 카젠 부인이 떠나가는 모습을 지켜보았다. 카젠 부인의 신발을 보니, 낮은 굽에 먼지가 뽀얗게 앉아 잿빛을 띠었다. 메리걸은 기뻤다. 굽이 높은 빨간 신이 아니라 실용적인 신발이어서. 메리걸이 촌뜨기처럼 보여도 신경 쓰지 않을 사람이 신는 신발 같아서.

어리석은 희망

늙은 당나귀를 수레에 매기가 호락호락하지 않았다. 아버지는 마구의 고리에 채를 끼우려다 자꾸 헛손질을 하자 욕설을 내뱉었다. 메리걸은 굳이 나서서 돕지 않았다. 되도록 아버지랑 멀리 떨어져 있으려고, 팔지 못한 복숭아와 바구니 자루를 작은 수레에 정리했다. 아버지는 수레 앞쪽에서 비틀대고 있었고, 메리걸은 아버지의 역겨운 입 냄새를 피해 수레 뒤쪽에만 머물렀다. 아버지는 도박 말고도 돈을 물 쓰듯 허비했다.

아버지와 메리걸 사이에 아무 말도 오가지 않았다. 복숭아를 다 못 팔았다고 꾸중하지도 않았다. 포도 덩굴 바구니가 없어진 것에도 당연히 아무 말 없었다. 마침내 아버지가 버드나무 채찍으로 당나귀 등을 철썩 내리치자, 수레는 시장길을 헤치며 출구로 향했다.

"이랴! 이랴!"

아버지가 소리를 지르자, 다른 수레와 마차를 끄는 당나귀가 깜짝 놀라 길을 터 주었다. 이웃과 친구들이 떨떠름한 미소를 지으며 잘 가라는 손짓을 가볍게 건넸다. 메리걸은 스카프를 다시 턱 밑에 묶었다. 하진자라면 술에 전 주정뱅이 농부의 딸에게는 그편이 어울린다고 생각했을 것이다.

농장에 가까워질수록 미루나무가 늘어선 길이 좁아졌다. 이제 들리는 소리라고는 흙을 밟고 굴러가는 바퀴 소리, 용수로를 따라 들려오는 개구리 소리, 요란하게 뻐꾹뻐꾹 울어 대는 뻐꾸기 소리뿐이었다. 메리걸은 귀에 익숙한 불협화음에 마음이 진정되는 동시에 머릿속이 복잡해졌다. 주머니 깊숙이 손을 집어넣고, 100위안짜리 지폐가 그대로 있는지, 꿈이 아닌지, 확인했다. 아버지한테는 반드시 비밀로 하고 싶었다. 술이나 노름에 돈을 날리는 꼴은 죽어도 보고 싶지 않았다. 하지만 아버지에게 털어놔야 했다.

"아버지?"

대답 대신 신음이 들렸다. 잠이 든 모양이었다. 당나귀가 집에 가는 길을 잘 알아서, 방향을 잡아 줄 필요가 없었다.

"아버지!"

"응? 뭐…… 뭔데?"

마침내 아버지가 입을 열었다.

"복숭아를 다 못 팔았다고 어머니가 화낼 거예요. 우리는 돈이 필요하잖아요."

아무 대답이 없었다.

"밭에 옥수수를 그대로 놔뒀어요. 방앗간에 가지고 가야 해요."

아버지가 성가신 파리를 쫓아내듯 팔을 휘저었다.

"옥수수는 뮤탈럽이 갈아 주겠지. 돈 주면 되고…… 나중에."

아버지가 웅얼거리는 말에 메리걸은 흠칫했다. 뮤탈럽은 메리걸과 가장 친한 친구의 아버지였다. 이미 메리걸네 가족에게 충분히 친절했다. 어떻게 또 부탁한단 말인가?

"전에도 뮤탈럽 아저씨한테 빚졌잖아요."

메리걸은 또박또박 매몰차게 내뱉었다. 그러면서 주머니에 손을 넣고 돈을 더 깊숙이 밀어 넣었다. 아버지한테서 더 멀어지도록.

아버지가 천천히 고개를 돌렸다. 머리를 획획 흔들더니, 초점이 돌아온 눈으로 메리걸을 쳐다보았다.

"네가 복숭아를 다 팔았으면, 옥수수를 빻을 돈이 있었겠지."

메리걸은 아버지가 흉하게 이죽대는 입술을 보고 몸서리쳤다. 아버지는 제 잘못은 하나도 없고, 죄다 메리걸 탓으로 돌릴 만큼 정신이 멀쩡했다.

하지만 틀린 말은 아니었다. 아버지 혼자 발뺌했다고 핑계 댈 문제가 아니었다. 메리걸은 자기도 똑같이 가족에게 실망감을 안겨 주어 부끄러웠다.

"저 그런 거 잘 못하잖아요. 아버지가 잘하시고요."

메리걸은 고개를 떨구었다. 지난 기억이 소용돌이치며 머릿속을 훑고 지나갔다.

"메메트 오빠는 장사를 잘했는데. 여자애들이 엄마나 이웃을 끌고 와서 오빠 물건을 팔아 줬고요."

메리걸은 말을 멈추었다. 옛일을 떠올려 봤자 아무런 도움이 되지 않았다. 간신히 목소리를 가다듬고 덧붙여 말했다.

"그래서 지난여름에는 늘 빈 수레로 집에 돌아갔는데……."

아버지는 멍한 눈으로, 고개를 옆으로 폭 숙였다. 입을 벌렸지만, 아무 말도 나오지 않았다.

"오빠를 보고 싶어 하지 않는 사람이 있나요. 곧 오겠죠. 올 거예요."

메리걸은 이렇게 거짓말을 하며, 아버지에게 비밀로 하겠다는 메메트와의 약속을 다시 한 번 지켰다. 날마다 시골길을 물끄러미 바라보며, 아들이 누군가의 오토바이 뒤에 타고 집에 돌아오기를 바라고, 기대하는 아버지에게.

메리걸과 아버지는 한동안 침묵 속에서 수레를 몰고 갔다. 문득 아버지가 자세를 바로잡았다. 이어 숨을 크게 들이마시더니, 수레에서 스르륵 내려와 옆에서 걸었다. 처음에는 비틀거리더니, 점점 제 걸음을 찾았다.

"집에 가면 복숭아를 잘라서 말릴 준비를 해라. 지붕에 널 자리가 있을 거다."

아버지가 잠시 걸음을 멈추더니, 흙길을 다시 힘차게 걷기 시작했다.

"내가 네 어머니랑 얘기하고 있으마. 네가 복숭아 자르는 모습을 보이지 않는 게 좋아. 헛간에 칼이랑 자루를 갖다 놓으마."

메리걸은 또다시 빳빳한 지폐를 어루만졌다. 그 돈이면 메리걸과 동생이 일 년 내내 또 그보다 더 오래 학교에 다니며, 필요한 옷을 사고 학비를 낼 만큼이었다. 얼마나 멋진 꿈인지. 하지만 그런 꿈이 논밭이 척박한 겨울 동안 굶주리지 않게 해 줄 리 없었다. 난(위구르 족이 즐겨 먹는 빵)과 포리지를 만들 옥수숫가루를 얻으려면, 그 돈에서 뮤탈립의 몫을 줘야 했다. 아버지는 술이나 도박으로 돈을 날릴 때, 가족이 먹어야 할 음식은 안중에도 없는 걸까?

"수레 좀 세워 주세요, 아버지."

메리걸은 수레에서 뛰어내려 아버지에게 100위안짜리 지폐를 내밀었다.

아버지가 눈살을 찌푸렸다.

"이 돈은 어디서 났어? 왜 숨기고 있었어?"

아버지의 몸이 앞으로 휘청거리자, 메리걸이 뒷걸음질을 치며 더듬거렸다.

"덩굴…… 바구니요. 제가…… 팔았어요."

아버지의 시선이 쏜살같이 가로대로 향했다가 다시 메리걸에게 돌아왔다.

아버지가 손가락으로 100위안을 가리키며 물었다.

"그래? 그래서?"

"미국에서 왔다는 부인이 그 바구니가 마음에 든다면서…… 그래서 사 갔어요. 저는 바구닛값이 1위안이라고 했는데요, 부인이 100위안을 주더라고요."

"그 바구닛값으로 말이냐?"

아버지는 두 손으로 엉덩이를 짚고 서서 고개를 절레절레 저었다. 거의 비웃는 표정이었다.

아버지가 한 손으로 턱수염을 쓸어 쥐더니, 메리걸에게 천천히 다가섰다.

"또 뭘 바라던?"

"모…… 몰라요. 제가 만든 바구니가 좋다면서, 더 만들어 달라고 했어요."

메리걸은 덜덜 떨리는 손을 움켜잡았다. 바구니를 판 게 잘못일 거라는 생각은 하지 않았다.

"삼 주 뒤에 와서 사 갈 테니 바구니를 더 만들어 놓으라고 했어요."

아버지의 눈썹이 한데 모였다. 아버지의 눈동자는 이제 말똥말똥했고, 석탄처럼 새까맸다.

메리걸은 실제보다 더 크게 보이려고 몸을 곧추세우며 말했다.

"부인은 위구르족 남자와 같이 왔는데요, 그 아저씨도 좋은 사람 같았어요. 그리고…… 제가 바구니를 더 만들어서 팔 수만 있다면…… 도움이 될 거라 생각했어요."

아버지가 메리걸을 노려보고 있었다. 메리걸은 아버지가 무슨 생각을 하는지 짐작이 안 갔다.

"집안일에 소홀하지 않겠다고 약속할게요. 할 일이 산더미라는 거 잘 알아요. 아버지가 시키시는 일은 뭐든 할게요."

아버지의 얼굴이 어두워졌다. 메리걸은 아버지한테서 도망치고 싶었다. 아버지가 좋은 아버지, 좋은 사람이라는 건 안다. 하지만 최근 메메트가 떠난 뒤 술에 절어 사느라 정신이 온전치 않았다.

지금 아버지는 메리걸이 아닌 돈, 돈을 보고 있었다.

"가져가세요."

메리걸은 돈을 내밀며 고개를 돌려 버렸다. 속에서 들끓는 반감, 눈빛에 담겼을 불신을 아버지에게 들켜서는 안 되었다.

"그 돈이면 빚을 갚고 옥수수를 빻을 정도는 될 거예요."

메리걸은 차분하고 침착한 목소리를 내려고 애썼다.

"패티랑 패티 오빠한테 마차를 가져와서 옥수수를 방앗간으로 싣고 가 달라고 부탁할게요."

아버지는 여전히 지폐를 노려보고 있었다. 복숭아를 팔아서 저만한 돈을 벌 리가 없는데, 메리걸이 한 말이 사실인지 생각하는 걸까?

"오늘 일은 어머니한테 말씀드리지 않았으면 해요."

메리걸은 쏟아지려는 눈물을 간신히 참았지만, 다음 말까지 참을 수는 없었다.

"대신 이 돈은 옥수수 빻는 값으로 뮤탈립 아저씨한테 드리도록 해요."

메리걸이 아버지의 손에 지폐를 쥐여 주며 말했다.

"돈이 남으면 랄리의 학비를 내고, 좋은 옷도 사서 입히면 좋겠어요."

아버지는 어이없다는 듯이 입을 떡 벌렸다. 벌어진 입은 이내 서서히 닫혔고, 그대로 굳게 맞물렸다. 아버지가 이글거리는 눈빛으로 돈을 낚아채어 자기 주머니에 쑤셔 넣었다.

"어디에 쓸지는 내가 정해!"

아버지는 뒤돌아서 수레로 쿵쿵거리며 걸어갔다. 아버지가 버드나무 채찍으로 당나귀를 가볍게 내리치자, 당나귀가 총총걸음으로 움직이기 시작했다.

메리걸은 그 자리에 얼어붙었다. 아버지한테 그런 말을 한 게 후회되었다. 아주 짧은 순간, 100위안이라는 금액에 힘입어 무례하게 굴어 버렸다.

메리걸은 빈손을 뚫어지게 쳐다보며 깨달았다. 아버지에게 돈을 건넨 순간, 자신의 미래를 열어 줄 모든 희망을, 어리석은 희망을 내동댕이친 거나 마찬가지라는 사실을. 스스로 결정권을 갖기에

100위안은 턱없이 부족한 금액이었다.

메리걸은 수레가 점점 작아지는 모습을 물끄러미 바라보았다. 그러다 냅다 뛰기 시작했다. 온 근육이 팽팽하게 땅겼다. 메리걸은 먼지구름을 일으키며 쏜살같이 수레를 쫓아갔다. 메리걸이 수레를 따라잡자, 늙은 당나귀가 메리걸을 알아채고 고개를 확 돌렸다. 아버지도 뻔히 알면서, 모르는 체했다.

메리걸이 숨을 거칠게 쉬며 말했다.

"제가 잘못했어요. 그런 말을 하면 안 되는데. 아버지야말로 돈을 어떻게 써야 좋을지 잘 아시니까요."

메리걸은 팔을 축 늘어뜨린 채 수레와 보조를 맞춰 걸었다.

"아버지, 부탁이에요. 바구니를 더 만들도록 허락해 주세요. 돈이 필요하잖아요. 그 부인이 돌아왔을 때 보시면, 믿을 만한 분이라는 걸 아실 거예요."

아버지가 수레 속도를 늦추더니, 고개를 돌려 메리걸을 쳐다보았다.

"그 여자가 다시 올 것 같니? 그런 사람들은 약속 안 지켜."

아버지가 땅에 침을 뱉었다.

"게다가 백 위안이 뭐가 그리 대수야? 동네 공장에서 일하는 여자애들은 다달이 그만큼 버는데. 나도 네 나이쯤은 속여 줄 수도 있어."

아버지가 채찍으로 당나귀의 엉덩이를 힘껏 내리쳤다.

"공예가는 남자나 되는 거야. 여자가 아니라. 그런 헛일할 생각 마라. 시간 낭비야. 너 같은 몽상가들이 사과처럼 쪼개져서 사막에 내동댕이쳐진다잖아."

메리걸도 그 속담을 알고 있었다. 꿈을 좇아 덕 볼 기대는 하지도 않았다. 아버지가 또 한 번 채찍으로 당나귀를 내리쳤다. 메리걸은 얼른 달려가서 수레 끝을 잡고 올라탔다.

아버지가 어깨 너머로 고래고래 소리를 질렀다.

"넌 농사꾼일 뿐이야. 네 오빠는 까먹었다만, 넌 잊지 마라!"

아버지 말이 옳았다. 메리걸이 어리석었다. 미국 부인이 바구니를 꼭 사고 싶어 한다고, 부인이 좋아할 바구니를 더 만들 수 있다고 믿은 자신이 바보였다. 아버지의 비밀을 안다고, 스스로 돈을 벌 수 있다고, 돈을 벌면 특권이 생길 거라 생각했다니. 얼마나 바보 같은가.

메리걸은 할아버지의 바구니가 담긴 자루에 머리를 기댔다.

하지만 마음속에, 떨쳐지지 않는 새로운 뭔가가 느껴졌다.

자신이 꼬아 놓은 포도 덩굴을 보고, 누군가는 분명 가치 있게 여겨 주었다.

완벽한 아들 메메트

메리걸은 사다리를 타고 올라가 마지막 복숭아 한 묶음을 지붕에 올려놓았다. 가을 공기가 차가웠다. 저녁 준비를 도와 달라거나, 할아버지에게 식사를 가져다 드리라는 소리가 없었다. 메리걸이 집안일을 하느라 바쁘다는 얘기를 어머니가 들은 게 틀림없었다. 태양이 대지에 맞닿아 있었다. 식사가 끝났을 시간이었다.

메리걸은 허기가 느껴지지 않았다. 과즙이 듬뿍 든 복숭아를 하나 더 먹었더니 꼬르륵거리는 소리도 멈췄다. 메리걸은 이제 앞마당으로 가, 수도꼭지를 틀어 차가운 물에 손을 씻었다. 두 손에 물을 받아 세수했다. 셔츠와 조끼 위로 물이 줄줄 흘러내렸다.

메리걸은 희미한 석유등 불빛에 눈이 익숙해지도록 현관에 멈춰 섰다. 얼굴에서 계속 물이 뚝뚝 떨어졌다. 아버지와 나머지 식구들이 바닥 깔개에 책상다리하고 앉아 차를 마시고 있었다. 깔개 위로 난 부스러기가 흩어져 있고, 접시에는 폴로(위구르에서 먹는 볶음밥)가 조금 남아 있었다.

랄리가 메리걸에게 달려왔다. 메리걸은 동생이 두 팔로 꼭 껴안으려 맞아 줄 때면 정말 기분이 좋았다.

"에고, 언니 젖었네."

랄리가 메리걸한테서 재빨리 떨어졌다.

어머니가 남은 잡곡밥을 그릇에 긁어 담아 메리걸이 앉는 자리에 놓았다.

"차 마실래?"

"네. 주세요."

메리걸은 어머니의 태도에 깜짝 놀랐다. 원래는 메리걸이 직접 해 오던 일이었기 때문이다.

문득 아버지와 마주 앉으면서까지 차를 마시고 싶지 않다는 생각이 들었다. 메리걸은 아버지를 쳐다보려고도 하지 않았다. 그래도 어머니의 차분한 모습을 보니, 시장에서 큰돈을 번 일을 가족들이 벌써 다 들었구나 싶었다. 물론 아버지의 입을 통해서. 아버지가 마구 지어낸 대로.

메리걸의 분노도 양고기 비계에서 나는 진한 향에 무릎을 꿇었다. 메리걸은 손으로 밥을 먹었다. 오늘따라 폴로에는 평소보다 비계가 많고 고기는 하나도 없었다. 검은 알갱이들은 건포도였다.

장날이면 아버지가 양고기를 조금씩 사 오곤 했다. 메메트가 장에 가던 시절에는 메메트가 맡던 일이었다. 아버지가 까먹은 걸까, 아니면 쏘다니기 전에 주머니에 있던 쥐꼬리만 한 수입을 술 마시고 도박하는 데 써 버린 걸까. 아버지와 메리걸이 물건을 판 걸 알면서, 어머니는 왜 고기를 가져오지 않았느냐고 아버지에게 묻지 않을까? 그 이유를 자신에게 묻지 않기를 메리걸은 바랐다.

메리걸은 그제야 먹는 속도를 늦추면서 몸을 뒤로 기댔다.

"배가 고팠구나."

어머니가 이렇게 말하며 메리걸을 쳐다보았다. 가족 모두가 쳐다보고 있었다.

메리걸은 몸을 곧추세우고, 손가락을 핥았다.

"달걀 두 개를 먹었어요. 어머니 친구인 달걀 장수 아주머니가 복숭아랑 바꿔 주신 거예요. 그 아주머니 기억나죠?"

메리걸이 어머니를 돌아보았다.

"두 분은 친구셨잖아요. 이젠 아줌마도 어머니에 대해 아무것도 묻지 않지만요."

어머니가 고개를 푹 숙였다. 메리걸이 못되게 한 말이지만, 사실이었다. 어째서인지 오늘 밤은 그런 말이 삼켜지지 않았다. 어머니도 계획대로 일했다면, 메리걸은 지금도 학교에 다니고 있을지도 몰랐다. 많은 아낙들이 각자 농장에서 작물을 거두어 시장에 내다 팔았다. 하지만 어머니는 늙은 당나귀와 낡은 수레를 창피해했다. 또 빛바랜 옷차림도 남에게 보이길 싫어했다. 3년 전, 메메트가 시장에 갈 만큼 자라자, 그때부터 장에 다니는 일은 고스란히 메메트의 몫이 되었다. 반면, 어머니는 집에 틀어박혀 지냈다. 고향에서 행복하고 편안하게 지냈던 어린 시절에 잠긴 채.

"아이누르칸은 잘 지내니? 못 본 지 한참…… 됐구나."

어머니의 목소리가 기어들어 갔다.

"아줌마는 여전히 냄비 장수 옆자리예요. 늘 북적이는 자리죠."

메리걸이 느릿느릿 차분히 말했다. 자기가 하는 말을 아버지가 듣기를 바랐다. 아버지가 도박하던 자리에서 몇 미터 떨어지지 않은 곳에 자기가 있었다는 걸 알리고 싶었다. 메리걸이 자기를 봤는지 궁금하긴 할까? 메리걸은 그랬기를 바랐다.

"하진자도 만났어요. 돗자리를 사서 깔고 앉아 있더라고요. 자기가 무슨 공주라도 되는지, 달걀을 연거푸 먹어 치웠어요."

메리걸은 하늘을 나는 왜가리처럼 우아하게 한쪽 팔을 쭉 뻗더니, 허공에서 손가락을 놀리며 하진자가 달걀 껍데기 까는 흉내를 내었다.

"그래서 아이누르칸 아줌마하고 얘기를 실컷 나누지 못했어요."

랄리가 언니 흉내를 내느라 팔을 파닥이며 낄낄거렸다.

아버지가 메리걸을 노려보며 자리에서 일어섰다. 즐거운 순간은 끝났다. 아버지는 메리걸이 하는 말을 들었다. 달걀 장수가 도박판

가까이에 있었다는 사실도 알아챘다. 다만, 메리걸이 자신을 봤을지는 장담할 수 없었다. 그래도 메리걸은 아버지가 자신에게 확인차 물어보지 않으리라 확신했다.

아버지는 메리걸을 못 미더워했다. 불신이 메리걸과 아버지 사이를 껄끄럽게 만드는 또 다른 요인이었다. 둘 사이가 다정했던 적은 한 번도 없었다. 아버지에게는 하나뿐이자 완벽한 아들 메메트가 전부였다. 메리걸이야 이따금 쓸모가 있고, 순종적이고, 제 일은 야무지게 해냈다. 하지만 아버지는 메리걸이 잡생각이 많다고 불평했다. 괜히 모양이나 소리 따위에 관심을 두고, 공상에 잠긴다면서 말이다.

바로 지금처럼. 아버지가 말하고 있는데 메리걸은 딴 데 정신이 팔려 있었다. 메리걸이 아침에 해야 할 일들을 어머니가 다시 전해야 할 판이었다.

"……밀 심은 뒤에 방앗간으로……."

메리걸은 그 말이 방앗간에 가서 옥수수를 빻을 준비를 하라는 뜻이기를 바랐다. 그러면 패티를 볼 수 있을지도 모르니까. 패티에게 할 말도 물어볼 말도 많았다.

"내 얘기 들었니, 메리걸?"

아버지의 목소리가 날카로웠다.

"해 뜨면 시작할 거야."

아버지가 문으로 걸어가자 방에는 불편한 침묵이 흘렀다.

아버지가 밖에서 돌아와 잠자리에 들어간 뒤에야 메리걸은 반쯤 먹은 난을 집어 들고 미지근한 차에 적셨다. 메리걸은 앉은자리에서 몸을 뒤로 젖히고, 난을 쪽쪽거리며 양파 맛만 빨아들였다.

두둑한 배, 희미한 불빛, 조그마한 화덕에서 끊임없이 내뿜는 열기. 메리걸은 스르르 잠이 와 남은 차를 마시고 급히 일어서며 말했다.

"할아버지를 봐 드릴게요."

할아버지는 메리걸의 건너편에 쭈그리고 앉아 있었다. 앙상한 뼈대에 살가죽이 늘어진 모습이 마치 작고 쭈글쭈글한 자루가 놓인 듯이 보였다. 할아버지는 귀와 눈이 어두웠다.

랄리를 빼고, 메리걸이 하나부터 열까지 일일이 챙기는 사람은 할아버지였다. 어린 시절 메리걸은 몇 시간이고 할아버지 곁에 앉아 있곤 했다. 할아버지가 지저분한 작업실 바닥에 쭈그리고 앉아 바구니를 짜고 있으면, 메리걸이 옆에서 버드나무 가지를 하나씩 건넸다. 바구니 밑바닥을 만드느라 할아버지가 가지들을 발로 누르고 있으면, 메리걸도 할아버지 발 옆에 자신의 맨발을 바짝 붙여 가지를 꾹 밟았고, 할아버지가 바구니 옆면을 짜 오르다가 가장자리를 매듭짓는 광경도 옆에서 바라보았다. 혼자 작은 바구니 만드는 법도 그때 배웠다. 어느덧 메리걸은 할아버지를 도와 시장에 내다 팔 바구니를 만들어도 된다는 허락을 받았다. 메리걸의 손가락은 할아버지의 손가락과 닮은꼴이었다. 하진자의 길고 가느다란 손가락과는 거리가 먼, 할아버지처럼 재바르고 영리한 손가락이었다.

메리걸이 할아버지에게 다가가, 몸을 굽혀 할아버지의 귀에 입을 바짝 대고 말했다.

"할아버지, 주무실 시간이에요."

메리걸이 할아버지를 흔들며 일으켜 세우려고 하자, 할아버지도 메리걸의 팔을 잡고 몸을 기댔다.

메리걸은 할아버지를 부축하여 신발을 신기고, 볼일을 볼 수 있게 마당으로 이끌었다. 그런 뒤, 두 사람은 할아버지의 작업실로 향했다. 할아버지는 꼭 작업실에서만 잤다.

메리걸이 이불을 덮어 주며 말했다.

"안녕히 주무세요, 할아버지."

내일, 주변에 듣는 사람이 아무도 없을 때, 메리걸은 포도나무 덩굴 바구니 이야기를 할아버지에게 들려주기로 마음먹었다.

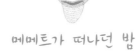

메메트가 떠나던 밤

메리걸은 너른 밭을 아침 이슬처럼 조용히 걸었다. 온몸을 담요처럼 에워싼 차갑고 눅눅한 감촉과 옅은 안개 속에서 서서히 번지는 부드러운 햇살을 즐겼다. 메리걸은 잠자리에서 일어나 옷을 재빨리 걸쳐 입고, 어머니가 아침 식사를 준비하라고 부르기 전에 도망치듯 집을 나섰다. 랄리도 식사 준비를 할 만큼 컸으니까.

일찌감치 밭에 나가 밀을 심을 준비를 해 두면, 하루가 끝날 즈음 몰래 빠져나와 포도 덩굴 가지를 모을 시간이 생길지도 몰랐다. 가지를 모은 뒤에는? 긴장감이 온몸을 옥죄었다. 그 부인이 사 간 바구니와 비슷하게 또 만들 수 있을까?

밭에 남은 옥수수들을 거두어 방앗간에 가져가려고 모아 둔 옥수숫대 옆으로 끌고 갈 때까지도 메리걸은 머릿속이 복잡했다. 그러나 바구니를 만들고 싶은 간절함으로 손놀림은 춤추듯 빨랐다. 곳곳에 흩어진 옥수수 줄기도 뽑아야 했다. 줄기 자체는 쓸모없어도, 사료나 잠자리 짚용으로 시장에 내다 팔 수 있기 때문이다.

메리걸이 괭이질로 파종할 자리를 만들 때쯤이었다. 어머니가 씨앗 주머니를 허리춤에 차고 밭으로 왔다. 어머니가 내딛는 걸음마다 무기력하고, 불행조차 더는 기웃거리지 않을 만큼 움츠러든 마음 상태가 묻어났다.

"아버지는요? 오빠가 쓰던 괭이는 제가 가지고 나왔어요. 아버지는 왜 괭이를 가지고 나오지 않으세요?"

메리걸은 머릿속에서 곪아 가던 말을 어머니에게 퍼부었다. 어머니는 양팔을 다소곳이 앞으로 모았다.

"그야…… 뮤탈립 씨를 만나러 가셨으니까. 우리 옥수수를 옮길 준비를 시킨다고."

어머니가 당혹스러운 시선을 던졌다.

"너도 알고 있었잖아. 여기 심는 건…… 우리 둘이서 해야지."

어머니가 고개를 떨구었다.

"얼른 시작하는 게 좋겠다."

"알았어요. 죄송해요. 아버지가 말씀하실 때 잘 들었어야 했는데."

메리걸은 메메트의 괭이를 들고 제 앞에 펼쳐진 고르지 않은 땅으로 몸을 숙였다. 메리걸은 깊지도 얕지도 않게 흙을 파헤쳤고, 겨울 밀 작물을 심을 고랑을 파기 시작했다.

"패티의 오빠한테 우리 옥수수를 방앗간으로 옮기도록 부탁하 겠다고 아버지한테 말씀드렸거든요. 그래서 아버지가 도와주실 줄 알았어요. 그래야 날씨가 따뜻해져서 흙이 마르기 전에 파종을 끝 낼 테니까요."

어머니는 메리걸의 말을 듣고도 아무 대꾸도 하지 않았다. 자로 잰 듯 일정한 보폭으로 이동하며, 허리를 구부린 채 씨앗을 한 줌 씩 집어 준비된 고랑에 조금씩 뿌렸다.

아버지가 둘만 일하도록 내팽개쳐도 어머니는 아무렇지도 않은 듯했지만 메리걸은 달랐다. 괭이를 팍팍 내려칠수록 손아귀에 힘 이 실렸다. 꺼끌꺼끌한 나무 자루가 살갗에 파고들었다. 손바닥이 아프고 나서야 메리걸은 정신을 차렸다. 억센 덩굴을 꼬고 엮어서 훌륭한 작품을 만들려면 손을 다쳐서는 안 되었다. 손에는 이미 물집이 잡히기 시작했다. 손 상태가 더 나빠지게 놔두기 싫었다.

당장은 눈앞에 놓인 하염없는 일감에만 신경 써야 했다. 어머니 는 팔지 못한 복숭아나 마법 같은 100위안에 대해 새까맣게 모르 는 눈치였다. 아니, 알고 싶지도 않은 모양이었다. 아버지가 손가락 질 받을 일은 하나도 없는 셈이었다.

'보나 마나 아버지는 아내와 딸이 일하는 사이에 딸이 벌어 온 돈을 펑펑 쓰러 수레를 끌고 나갔겠지.'

메리걸이 씁쓸하게 생각했다.

마지막 고랑을 고른 다음, 씨를 뿌리고 흙을 꾹꾹 눌러 덮었다. 어느덧 오후 중반을 훌쩍 넘긴 시간이었다. 어머니는 빨갛게 부어오른 메리걸의 손가락을 보고, 또 자신의 지친 허리를 풀어 줄 겸 일을 바꾸자고 했다. 도움이 되는 법이 없던 어머니로서는 드문 일이었다.

두 사람은 집에 돌아와 마당 한쪽에 그대로 쌓여 있는 옥수수 더미를 보고도 아무 말도 하지 않았다. 헛간에 괭이와 씨앗 주머니를 걸 때, 당나귀와 수레가 없는 것을 보고도 메리걸은 놀라지 않았다. 아버지는 일주일에 한두 번씩 마을 근처에 있는 증기탕에 갔다. 메메트도 아버지와 농장에서 열심히 일하고 가던 곳이었다. 아버지는 증기탕에 간 게 분명했다. 아내와 딸이 열심히 일하는 데 대한 감사 표시로. 이어서 술을 마시러 갔을 테니, 어머니와 메리걸이 일을 마칠 때까지 집에 오지 않은 것은 당연했다.

어머니는 아버지에게 따지려 들지 않았다. 두 손을 공손히 모으고 아버지가 시키는 대로 했다. 아버지가 술 냄새를 풀풀 풍겨도 뒷걸음치는 법이 없었다.

어쩌면 아버지는 100위안을 도박에 홀랑 날리러 나갔는지도 몰랐다. 그렇다 해도 메리걸 또한 아버지한테 아무 말 못 할 테지만. 이제는 아버지의 돈이니까. 메리걸은 어떻게든 바구니를 만들어 시장에 팔면, 그때는 돈을 자신이 보관하기로 다짐했다. 그 돈은 가족을 위해 쓰겠다고.

메리걸이 마른 가지들을 한 아름 낚아채서 집으로 향할 때 또 다른 생각이 떠올랐다. 아버지와 함께 술 마시고 노름에 빠진 남자들은 더 많은 돈을 챙기려고 제 딸을 일하러 보냈을까? 아버지도 그러고 있을까? 메리걸의 나이를 속이는 방법, 메리걸이 열넷이 아니라 열여섯 살이라는 위조 신분증을 구하려고 수소문하고 있을까? 그러고도 남을 일이었다. 메리걸의 학교 친구 하나도 지역 면직물 공장에 일하러 다녔다. 성인도 안 되었는데, 가족이 보냈기 때문이었다.

아버지는 100위안이 뭐 그리 대수냐고 말했다. 메리걸이 일하러 나가서 아버지에게 돈을 벌어다 주는 게 진짜 도움이 되는 거라고.

메리걸은 집 안으로 가져온 나뭇가지들을 잘게 부러뜨려, 작은 삼발이 위에 얹은 요리용 둥근 철제 화로에 쑤셔 넣었다. 그런 다음 주전자를 들고 마당으로 나갔다. 수도에서 물을 담아 다시 들어와 물을 끓이기 시작했다.

어머니는 쉬고 있었다.

당장 메리걸이 없다면 가족은 어떻게 될까? 아버지도 그 생각을 하고 있을까? 메리걸이 하던 일은 모조리 어머니가 떠안을 터였다. 메리걸이 돈을 벌어 온다 해도, 누군가는 집안일을 해야 했다. 아버지는 메메트 대신 메리걸이 웬만한 일을 해내고 있다는 걸 모르는 걸까?

메리걸이 할아버지에게 차를 가져갈 때였다. 아침에 랄리가 학교에 타고 갔던 이웃집 당나귀 수레가 길가에 멈춰 섰다. 메리걸이 학교를 그만둔 마당에, 이웃집에서 흔쾌히 자기 딸과 랄리를 함께 학교에 챙겨 보내서 다행이었다.

만약 메리걸이 이곳에 없어 랄리가 집에 올 때 맞아 주지 못한다면?

메리걸은 잠시 멍하니 서 있었다. 동생이 마당을 폴짝폴짝 뛰면서 자신에게 다가오자, 그제야 메리걸은 간신히 웃음 지었다.

메리걸은 두 팔을 벌려 랄리를 덥석 안았다. 랄리를 품에 안은 채, 아버지를 믿지 못하는 마음을 떨치려고 애썼다. 설마 아버지가 자신을 떠나보내지는 않을 거라고.

랄리가 메리걸의 품에서 벗어나려고 꼼지락거렸다.

"시앙 부 시앙 취 티아오 우(Xiang bu xiang qu tiao wu)?"

랄리가 만다린 어(중국 베이징 표준어)로 물으며 빙그르르 돌았다. 메리걸의 손을 잡고 메리걸도 빙그르르 돌리려고 했다.

메리걸은 콧소리가 거북하게 나는 만다린 어를 싫어했다.

"춤추고 싶으냐고?"

메리걸이 감미롭고 서정적인 느낌이 나는 단어만 골라 위구르 어로 되물었다. 동생이 압제자들의 언어로 하는 말을 들으니 마음이 영 불편했다. 그 언어는 듣고 싶지 않았다. 지금은. 결코.

하지만 학교와 주요 장소에서는 만다린 어를 썼다. 랄리도, 메리걸도 만다린 어를 알아야 했다.

랄리가 메리걸 앞에 서서 발을 톡톡 건드렸다. 한쪽으로 고개를 기울이며 언니의 대답을 기다리고 있었다.

"그래, 랄리. 춤추는 거야. 우리가 잘하는 거지."

메리걸이 랄리의 손을 잡고 빙글빙글 돌렸다. 이어 둘은 깔깔거리며 뛰고, 춤을 추며 풀 한 포기 없는 흙 마당을 휘젓고 다녔다.

"크어 이. 고우 라(Ke yi. Gou la. 됐어. 이쯤 하자)."

메리걸이 동생의 양손을 움직이지 못하게 꽉 잡고는 바짝 끌어당기며 멈춰 세웠다.

"싫어. 춤추는 거 재미있단 말이야."

랄리가 투덜댔다.

"할 일이 있잖니. 할아버지한테 차를 갖다 드릴 시간이잖아. 어머니를 도와서 저녁 준비도 해야 하고."

메리걸이 랄리를 집 쪽으로 돌려세웠다.

랄리가 할아버지의 방으로 뛰어갔다.

"워아 먼 흐 차 바 예예(Wo men he cha ba, Yeye. 차 드세요, 할아버지)."

메리걸이 말릴 새도 없이 랄리가 만다린 어로 외쳤다.

할아버지가 손으로 입을 가리더니 고개를 돌려 버렸다.

메리걸은 랄리를 마당으로 끌어당겼다. 동생이 자신과 시선을 맞출 때까지 기다렸다.

"만다린 어는 이 집에서 너랑 나랑 둘만 사용하는 비밀 언어잖아, 랄리. 기억하지? 할아버지랑 아버지랑 어머니는 알아듣지 못하시니까. 알고 싶어 하시지도 않고. 위구르 어 말고 다른 언어로 말하면 속상해하실 거야."

랄리의 입술이 파르르 떨리기 시작했다. 메리걸은 랄리의 손을 꼭 쥐었다.

"아냐, 랄리. 너도 알아야 해. 어른들께서 만다린 어를 들으시면 지난 시절이 떠오를 거야. 한족이 우리 땅을 침략하기 전에 지금과 얼마나 다른 삶을 누리셨는지 말이야. 우리가 그 기억을 떠오르게 해 드려서는 안 돼."

메리걸이 랄리의 어깨를 팔로 감싸 안고 지그시 눌렀다. 둘은 그대로 마당에 쪼그려 앉았다.

"할아버지가 어렸을 때는 이곳을 동투르키스탄이라고 불렀어. 위구르 사람들이 살았고. 하지만 너는 학교에서 이런 내용을 배우지 못하겠지."

부드럽던 메리걸의 목소리가 딱딱해졌다.

"한족은 원래 자기네가 이곳에 쭉 살았던 듯이 굴어. 옛 시절이 어땠는지 할아버지는 더는 입에 올리지 않으실 거야. 할아버지에게는 더없이 슬픈 이야기니까."

메리걸은 애써 화를 억눌렀다. 랄리를 놀라게 하고 싶지 않았다.

"내가 어렸을 때는 카심 삼촌네 가족과 농장에서 함께 살았어.

바로 여기 마당에서 숙모, 삼촌, 사촌이랑 춤추고 노래 불렀던 기억이 나."

메리걸은 딱딱한 마당을 덮은 먼지와 모래 위로 한 손을 춤추듯 빙그르르 돌렸다.

"축제 때나 휴일이면 이곳에서 한바탕 잔치를 벌였지."

할아버지가 메리걸에게 입버릇처럼 하던 말이었다. 할아버지의 아버지도 할아버지에게 말해 줬듯이.

랄리가 메리걸의 품으로 파고들며 말했다.

"나도 사촌과 친구들이랑 살고 싶어. 그러면 늘 함께 춤추고 노래 부를 수 있을 텐데. 다들 언니처럼 허구한 날 바쁘지 않을 테니까."

메리걸이 동생을 꼭 껴안았다.

"그래, 네 말이 맞다. 하지만 이젠 농장을 꾸려서는 그렇게 많은 식구를 먹여 살릴 수 없어. 한족이 우리 땅을 빼앗아 가고 물 공급도 가로막았고. 카심 삼촌은 요리사가 되더니 가족을 데리고 먼 도시로 이사하셨지."

이젠 메메트도 떠나 버렸다.

"한족은 왜 그렇게 못됐어?"

메리걸은 랄리의 물음에 잠시 침묵했다. 메리걸도 랄리에게 진실을 알려 주고 싶었다. 랄리가 진실을 이해하길 바랐다. 하지만 동생이 진실을 알면 위험해질지 몰랐다.

"언니가 하는 말을 딴 사람한테 옮기면 안 돼. 선생님께도, 친구한테도 말하면 안 돼. 우리끼리 비밀이야."

메리걸은 되도록 침착하게 나직이 말했다.

"한족은 우리가 이곳에 있기를 바라지 않아. 우리가 한족의 길을 가로막고, 한족의 방식대로 말하고 생각하고 행동하지 않으니까. 지금 우리처럼."

메리걸이 일어서며 랄리도 일으켜 세웠다.

"얼른 할아버지 방으로 가서 가장 아름다운 위구르 어로 말씀드려. 차 드시러 나오시라고. 바닥이 지저분하니까 위구르 깔개를 깔고 깔개 위에서 차 드시게 하자."

차에 곁들여 먹을 난이 거의 떨어지고 없었다. 어머니가 다시 구워야 할 판이었고, 바깥에 화덕을 준비하는 일은 메리걸의 몫이었다. 메리걸은 빵을 굽기 위해 석탄을 태울 장작을 모았다. 불을 살피면서 텃밭에서 수프에 넣을 당근과 무와 순무를 캤다.

일을 마친 뒤, 메리걸은 밭을 가로질러 복숭아 과수원으로 갔다. 과수원 너머에 널찍한 포도밭이 있었다. 아무도 돌보지 않아 제멋대로 자라 있지만, 조금이나마 수확해서 건포도용으로 말리기에는 쓸 만했다. 무엇보다 바구니를 만드는 데 알맞았다. 할아버지가 늘 말했듯, 가을은 가지를 모으기에 좋은 계절이었다.

메리걸은 이리저리 얽힌 덤불을 손으로 헤치다가 마음에 드는 덩굴 가지를 찾았다. 줄기를 쭉 잡아당기니, 팔 길이를 훌쩍 넘어섰다. 이번에는 줄기를 쥔 채 주먹을 쥐고, 주먹 주위로 줄기를 감아 보았다. 나긋나긋하니 갈라지지도, 끊어지지도 않아 바구니로 짜기에 딱 좋았다. 할아버지가 버드나무 줄기를 잘 말려 물에 담그듯, 줄기를 길들일 시간이 없었다. 지금 고른 줄기라면 당장 써도 좋을 듯했다. 카젠 부인이 돌아오기까지 3주가 채 남지 않았다.

메리걸이 아무리 비틀고 구부리고 잡아채도 줄기는 꺾이지 않았다. 줄기마다 조금씩, 필요한 부분만 베어 가려면 꼭 칼이 있어야 했는데, 미처 그 생각을 못 했다.

칼은 집에 세 개가 있었다. 어머니가 요리할 때 쓰는 칼, 아버지가 늘 지니고 다니는 칼 그리고 할아버지가 버드나무 줄기를 자르고 모양을 다듬을 때 쓰는 칼. 네 번째 칼도 있었다. 카젠 부인이 마음에 들어 했던 바구니를 짜려고 포도나무 덩굴을 잘랐던 메메트의 칼.

메리걸은 땅에 주저앉았다. 메메트가 몹시도 필요한 지금, 메메트는 대체 어디에 있을까?

메리걸은 메메트가 떠난 밤을 떠올렸다. 지난 8월, 개학 직전이었다. 메리걸은 메메트를 태운 오토바이가 찻길에서 집으로 요란스레 털털거리며 내려오는 소리를 들었다. 메메트는 갈수록 친구와 붙어 다녔는데, 툭하면 허톈에서 멀리 떨어진 카페에서 시간을 보냈다. 아버지는 메메트를 오토바이로 데려다주는 사내아이들을 탐탁지 않게 여겼다. 그런 아이들과 어울리다가 메메트가 곤경에 처할까 봐 걱정했다.

아버지는 메메트가 집으로 들어오자 버럭 고함을 질렀다. 메메트는 아무 말도 하지 않았다. 잠자코 벽에 걸린 라왑을 내리더니 바닥에 책상다리를 하고 앉아 연주하며 노래를 부르기 시작했다.

집에 손님을 초대해
좋은 자리에 앉으시라 권했지
손님은 돌아갈 줄 모르더니
이제 내 집을 차지해 버렸네

메리걸은 메메트가 이 노래를 위구르 어를 아는 한족 앞에서, 돌아갈 줄 모르는 손님 앞에서 불렀을까 봐 가슴이 철렁했다.

메메트는 노래를 멈췄지만 손가락은 여러 음계를 넘나들며 계속해서 줄을 뜯었다.

"우리 위구르족은 한족의 노예야. 여기에 우리가 발붙일 곳은 없어."

메메트가 무겁게 말했다. 메메트의 마음에서 우러나온 듯 섬세하고 애절한 가락이 느릿느릿 이어졌다.

"이곳에는 내가 있을 자리가 없어. 저 멀리 어딘가 희망이 있는 곳에 뭐가 있는지 알아야겠어. 돌아올게. 언젠가는."

그날 밤 메리걸은 잠이 오지 않았다. 달리 작별 인사 없이, 아침이면 메메트가 없으리라는 걸 직감했는지도 몰랐다. 메리걸은 흙바닥을 질질 끌며 걷는 발소리와 삐걱거리는 문소리를 들어도 놀라지 않았다. 잠옷 차림에도 아랑곳하지 않고 침대에서 뛰쳐나와 메메트를 뒤쫓았다.

"오빠, 잠깐만."

메리걸은 메메트를 잡으려고 뛰어가면서 낮은 목소리로 열심히 불렀다.

메메트는 멈춰 선 채로 뒤돌아보지 않았다.

메리걸이 메메트의 팔을 잡았다. 팔이 떨리는 듯했다. 메메트는 동생 손에 자기 손을 포개 얹고는 메리걸을 찻길로 데려갔다. 그곳에 메메트의 친구가 시동을 꺼 둔 오토바이 옆에 서서 기다리고 있었다.

"유숩, 내 동생이야."

친구는 메리걸에게 "살람." 하고 인사하고는 초조하게 말했다.

"메메트, 떠나야 해. 가자!"

"안 돼!"

메리걸은 자신의 단호한 목소리에 화들짝 놀랐다. 뭔가 불길한 일이 생겼다. 그게 뭔지 알아야 했다.

메메트가 유숩에게 손을 들며 잠깐 기다리라는 신호를 보냈다.

"동생은 우리 비밀을 지킬 거야."

메메트는 이어 메리걸에게 몸을 숙이며 말했다.

"누구에게도, 아버지에게도, 내가 너에게 해 주려는 얘기를 말하면 안 돼. 그냥 내가 떠난 걸로만 해. 만일 놈들한테 내가 붙잡혔는지 아버지가 알아내려고 했다가는 곤란해질 거야. 끝내 아버지까지도 감옥에 갇히고 말 거야."

이어서 메메트는 시위 이야기를 털어놓았다. 메메트와 유숩을 비롯해 백여 명이 넘는 젊은이들이 허텐 시장에 모여 평화 시위를 벌였다. 여기에 여자와 아이들까지 합세했는데, 한족이 멋대로 농장을 빼앗아 가는 걸 원치 않는 사람들이었다. 메메트의 친구 자왑은 아버지와 함께 자기네 땅을 포기하지 않겠다고 버티다가 이름 모를 감옥에 갇히고 말았다. 메메트가 참여한 시위는 순수하게 항의의 뜻만 나타냈다. 무장하지도 않았다. 메메트 말로는 시위를 시작하기도 전에 경찰이 먼저 총을 쏴, 적어도 20명이 죽었다. 부상자는 훨씬 많았다.

"이제 가야겠다, 귀여운 동생아."

"지금쯤 놈들은 길을 봉쇄해 놓고 우리를 찾고 있을 거야. 우리 얼굴이 놈들 카메라에 찍혔을지도 몰라."

유숩이 오토바이 손잡이를 잡고 오토바이를 찻길로 밀며 말했다.

메메트가 메리걸을 와락 안아 올렸다. 메리걸의 발이 땅에서 떨어졌다. 메메트는 숨 막힐 만큼 메리걸을 꼭 안아 주고는, 유숩과

함께 오토바이를 찻길에서 좁은 길로 밀었다. 그 길을 따라가면 날
이 밝기 전까지 사막 변두리에 다다를 터였다.

앞으로 3주, 이 특별한 시간

메리걸은 포도 줄기를 손에 감은 채 오빠 생각에 잠겨 있었다. 그때 누군가 메리걸을 부르는 소리가 들렸다. 어머니는 아니지만, 귀에 익은 목소리였다. 친구 패티였다. 메리걸은 오빠 생각을 애써 떨치며, 손에서 천천히 줄기를 풀면서 일어섰다.

메리걸이 복숭아밭에서 빠져나왔을 때, 친구가 입은 빨간 웃옷이 가장 먼저 눈에 띄었다. 패티는 행운을 상징하는 빨간색을 즐겨 입었다. 얼굴에 늘 웃음이 떠나지 않았고, 할머니 할아버지와 부모님의 사랑을 듬뿍 받으며 오빠, 언니, 숙모, 삼촌, 동생과 함께 화목하게 지냈다.

메리걸은 패티의 행복이 패티네 옆에 있는 방앗간을 지나 콸콸 흐르는 시냇물 덕분이라고도 생각했다. 이 시냇물이 터빈을 움직여 밀과 옥수수를 빻아 주었기 때문이다. 메리걸이 몇 시간이고 앉아서 콸콸 흘러가는 시냇물을 바라본다는 사실은 동네에서 모르는 이가 없었다. 메리걸이 신이 나서 시냇물로 가려는데, 패티 남매가 방앗간에서 가져온 수레에 아버지가 옥수숫대를 삽으로 퍼서 옮기는 모습이 보였다. 어머니도 돕고 있었다. 심지어 랄리도.

패티가 밭을 가로질러 오고 있었다. 메리걸은 발걸음을 늦췄다. 일하러 돌아가기 전에 친구와 보내는 시간을 끌고 싶었다.

메리걸과 패티는 포옹하며 인사를 나눴다. 메리걸은 일하느라 지저분하고 냄새도 났지만 패티는 개의치 않았다.

"메리걸, 책 가져왔어. 올해 과목이 만만치 않아."

패티가 어깨를 으쓱하며 말을 이었다.

"너야 그렇게 생각하지 않겠지만, 나는 그래. 네가 도와줘야 하는데. 보고 싶어서 어쩌니."

메리걸은 패티의 손을 꼭 잡았지만 눈길은 피했다. 마음속에서 점점 커지는 억울함, 미래에 좋은 기회를 줄 공부를 계속할 수 없다는 속상한 마음을 친구에게 들키고 싶지 않았다.

둘은 집으로 걸음을 옮겼다.

"둘이서 같이 보낼 시간이 거의 없어. 여기서 할 일이 많아."

메리걸의 목소리가 기어들어 갔다.

"학교 끝난 뒤에 자전거 태워 줄게. 그러면 같이 있는 시간을 벌

수 있잖아."

"설명해 줄 수는 없지만, 몇 주 동안 널 못 볼 것 같아."

"아버지가 메메트 오빠가 했던 일을 죄다 너한테 시키시니? 이미 네가 하는 일도 많잖아."

"해야 할 일이 하나 더 생겼어. 중요한 일이야. 그런데 말이야……."

메리걸이 말을 잠시 멈추었다.

"너, 영어 공부 계속하고 있니?"

"메리걸, 얘 좀 봐! 나를 만나지도 못할 만큼 중요한 일이 생겼다고 해 놓고, 갑자기 웬 영어 타령이야."

메리걸이 고개를 푹 숙였다.

"그건 말 못 해."

"어쨌든 네가 물어보니 하는 소리인데, 일주일에 한 번씩 우리 반에 영어를 가르치러 오시는 분이 있어. 담임 선생님이 영어를 배우고 싶어 하신 건데 덩달아 우리도 같이 공부하게 해 주셨지."

메리걸이 고개를 끄덕이더니 발걸음을 재촉했다.

"옥수수 심는 거 도와야겠다. 아버지가 나를 노려보고 계시네."

"다른 사람이 하게 놔둬. 너는 여기서 꼭 막노동꾼 취급을 받고 있어. 한창 너를 가꾸고 좋은 남편감을 찾아야 한 판에 말이야."

패티의 얼굴이 웃옷 색깔만큼 빨개졌다.

"그래서, 너랑 아재트는 잘돼 가?"

메리걸이 묻자, 패티가 더 빨개진 얼굴로 한숨을 내쉬었다.

"잘됐다, 패티! 하지만 난 그렇게는 못 살아."

메리걸은 그런 말로 행복해하는 친구 기분에 찬물을 끼얹고 싶지는 않았다. 하지만 아무리 남편을 위한 일이라고 해도 다른 집으로 옮겨 가 또다시 집안일에 묻혀 사는 삶은 죽어도 싫었다. 메리걸은 고개를 돌렸다. 삶에는 그 이상의 것이 있을 테니까.

메리걸이 나지막이 덧붙였다.

"지금 우리 집 상황이 좋지 않아서."

메리걸은 패티와 자기 삶의 격차가 점점 벌어지는 것에 문득 당황스러웠다. 앞으로 얼마나 더 벌어질지 짐작도 안 갔다.

패티가 메리걸의 허리에 팔을 둘렀다. 그렇게 옥수수 더미로 함께 걸어가며, 메리걸은 변함없을 친구의 우정에 마음이 포근해졌다. 하지만 이젠 자신이 가장 두려워하는 문제를 친구와 나눌 수 없었다. 아버지가 자신을 멀리 떠나보낼지도 모른다는 걱정을 패티에게 털어놓는 것조차 부끄러운 걸까? 패티가 자신을 저버릴까 봐 두려운 걸까? 어머니처럼 자신도 세상을 등지려는 걸까?

"난 너보다 옥수숫대를 더 많이 수레에 실을 수 있어. 그것도 더 빨리."

패티가 말했다.

어쨌든 그 순간만큼은 패티와 발맞춰 걷고 있었고 그래서 메리걸은 기분이 좋았다.

메리걸은 패티와 발걸음을 재촉하는 내내, 패티와 아재트의 결혼을 생각했다. 아재트는 모피 제작꾼의 아들이었다. 패티와 아재트는 이미 결혼을 약속한 사이였다. 방앗간 집 딸과 모피 제작꾼의 아들이라는 두 위구르 집안의 결합은 나무랄 데 없었다. 아재트는 언젠가 최고의 모피 제작꾼이라는 아버지의 자리를 물려받을 터였다. 모피 제작은 전망 좋은 사업이었다. 아재트네에서 만든 양탄자는 한족뿐만 아니라 허톈에서 쇼핑하는 관광객에게 비싼 값에 팔렸다.

패티는 양탄자 만드는 일을 허락받지 못할 것이다. 색깔이나 모양조차 고르지 못할 테고, 제때 맞춰 양모에 물을 뿌리도록 물 끓이는 일이나 맡을 것이다. 메리걸은 아재트네 가족이 양탄자 만드는 모습을 지켜본 적이 있다. 그때 아재트의 어머니가 맡은 역할은 그뿐이었다. 그 일은 언제가는 아재트의 아내 역할이 될 테고, 아내는 아이를 낳고, 요리하고, 바느질을 할 것이다.

패티는 늘 붉은 옷을 입고 배곯는 일도 없을 게 분명하다.

메리걸이 패티를 팔로 감싸 안았다. 친구가 행복해서 기뻤다.

그럼 자신은? 메리걸은 패티가 맞을 그러한 미래에 기뻐한 적이 없었다. 학교 가는 것이 유일한 희망이자 기쁨이었다. 열심히 공부해서 만다린 어를 유창하게 말한다면 허톈에 있는 박물관에서 일자리를 구할 수 있을지도 몰랐다. 그것이 바로 메리걸의 꿈이었다. 옛날 실크로드의 전성기에 위구르 선조들이 이곳에서 사람들을 맞이했다는 사실을 방문객에게 알려 주는 사람이 되고 싶었다.

그 꿈은 저 멀리 사라져 버렸지만 이제 새로운 꿈이 마음을 흔들었다. 기쁨만이 아니라 두려움까지 가져다준 꿈. 하루하루 지날수록 절실해지는 뭔가가 샘솟았다. 바로 카젠 부인이 마음에 들어 할 만한 바구니를 만드는 일이었다.

메리걸은 앞으로 3주 동안 이 생각에만 몰두하기로 했다. 설사 나중에 무슨 일이 생기더라도, 지금 이 특별한 순간을 만끽할 참이었다.

부러지지 않고 휘어지는 법

정오가 지나서, 아버지는 옥수숫가루를 가지러 방앗간에 다녀오 겠다고 했다. 어머니는 마지막으로 남은 복숭아를 따러 밭으로 향 했다. 복숭아가 너무 익어 시장에 내다 팔기도 여의치 않을 때라, 복숭아를 말리기로 했다. 그중 몇 개는 주스로 만들어 가족끼리 먹기로 약속했다. 메리걸은 할아버지를 보살펴야 했다.

메리걸은 작업실로 갔다. 할아버지 옆에 후다닥 무릎 꿇고 앉아, 할아버지가 바구니의 중심부를 짜는 손놀림을 찬찬히 살펴보았다. 머릿속으로는 할아버지를 마당으로 모시고 나가 햇볕을 쬐게 해 드려야겠다고 생각했다. 흙으로 된 방바닥이 차갑고 쾌적하지 않 았기 때문이다. 하지만 할아버지는 바구니 짜는 일에 푹 빠져 있었다. 군이 보지 않아도 손길만으로 바구니를 짜 나갔다. 할아버지의 손에서는 여전히 멋진 바구니가 완성되었다. 하지만 한때 남다르게 바구니를 짠 솜씨로 시장에서 최고가 대접을 받던 번뜩이는 독창성은 엿볼 수 없었다. 할아버지도 그걸 아는 눈치였다.

바구니의 중심부가 완성되자, 메리걸은 할아버지 옆에 쌓인 버드나무 줄기 더미에서 한 가닥만 집어서 할아버지에게 건넸다. 또 그다음 가지를 건넬 때를 기다리는 동안, 할아버지가 중심부에서 뻗어 나온 긴 버드나무 줄기를 안팎으로 엮어 나가는 모습을 물끄러미 바라보았다.

"놀라운 소식이 있어요, 할아버지. 제가 놀란 만큼 할아버지도 깜짝 놀라실걸요."

할아버지가 고개를 끄덕였다.

"그래?"

"지난여름에 오빠랑 제가 포도나무 덩굴로 만든 바구니를 수레에 매달아 뒀거든요. 그랬더니 어떤 외국인 부인이 바구니를 사 갔어요. 게다가 더 만들어 달래요."

메리걸이 잠시 머뭇거렸다.

"여자애가 바구니를 만드는 게 잘못인가요? 공예가는 남자들만 하는 거라고 아버지가 그랬거든요."

할아버지 얼굴에 미소가 스치더니 바구니를 엮던 손길을 멈추었다. 바구니가 쓰러지지 않게 맨발로 눌러 놓고는 메리걸의 손가락을 어루만졌다.

"남자가 제 아버지의 직업을 이어받는 것이 우리 민족의 전통이지. 하지만 마법을 부리는 손가락을 가진 사람은 너란다. 우리 손녀딸. 특별한 재능이지. 너를 쭉 지켜봐 왔단다. 우리 가족의 전통을 이을 사람은 네 아버지도, 메메트도 아니야. 바로 너란다. 네가 너만의 특별한 바구니를 만들 준비가 된 것 같아 기쁘구나. 네가 자랑스럽다."

"하지만 할아버지, 어떻게 해야 할지 모르겠어요. 제게는 칼도 없어요. 칼이 있다고 해도 부인 마음에 드는 바구니를 새로 만들 수 있을지 자신도 없고요. 언제 시간이 날지도 모르겠어요. 삼 주 안에 만들어야 하거든요."

"내 칼을 빌려주마."

할아버지가 웃옷에서 낡은 가죽 칼집을 꺼내더니 잉지사 칼을 빼냈다. 수백 년 동안 칼을 만드는 비법이 대대로 전수되어 온 잉지사 마을에서 만든 칼이었다. 메리걸이 본 칼 가운데 가장 수수하면서 아름다웠다. 청동 손잡이에 정교하게 새겨진 문양과 은색 칼날만 봐도 위구르 장인의 뛰어난 솜씨가 고스란히 느껴졌다.

"이제 이 칼을 사용하렴. 오늘은 더 쓸 일이 없구나."

메리걸은 고개를 숙이며 칼을 받았다. 그러고는 고개를 들지 못한 채로 말을 이었다.

"어머니는 바구니에 대해 몰라요. 어머니한테는 차마 입이 안 떨어져요. 그리고 아버지는 제가 이 일을 한다는 걸 몰라야 해요."

"무슨 문제가 있니?"

"뭐라 설명해 드릴 수가 없어요. 그냥 아무 말도 말아 주세요."

메리걸은 포도밭에 가기 전에 집에 들어가, 어머니의 반짇고리에서 흰색 천을 꺼내 기다랗게 잘랐다. 어머니가 눈치채지 못할 만큼 조금만 잘라 칼집에 넣은 칼과 함께 주머니 깊숙이 쑤셔 넣었다. 메리걸은 어머니와 마주치지 않도록 밭 뒤쪽으로 통하는 길을 따라 걸었다.

오른쪽으로 포도밭 건너편에 주인이 없는 듯 오랫동안 방치된 대나무 숲이 있었다. 메리걸과 메메트가 어렸을 때 아지트로 삼은 비밀 장소였다. 안쪽 깊숙이 둘이 만든 빈터에 숨어들면 누구도 둘을 찾을 수 없었다. 메리걸은 바로 그곳에 가서 나무줄기에 흰 천을 묶을 생각이었다.

대나무 숲을 헤치고 들어가기란 생각보다 어려웠다. 작은 나무 몸통처럼 딱딱하면서 높게 쭉 뻗은 대나무가 있는가 하면, 아치 모양으로 가느다랗고 유연한 대나무도 있었다. 때로는 부러진 썩은 줄기에 발이 걸려 넘어질 뻔도 했다. 그러나 길을 막아서는 나무를 헤치며 마침내 비밀 장소를 찾아냈다. 빈터에는 어느새 풀이 제멋대로 자라나 있었다. 메리걸은 삐죽 자란 풀을 뽑고는 아담한 빈터를 정돈했다.

메리걸은 주머니에서 흰 천을 꺼내 가슴에 꼭 품고 알맞은 줄기를 찾아다녔다. 위성류나무가 전혀 눈에 띄지 않아 할 수 없이 대나무에 소원을 빌어야 했다. 대나무보다 위성류나무가 더 신령스러웠지만 말이다. 위성류나무는 사나운 바람을 피해 땅속 깊이 뿌리를 내리며 사막에서 살아남을 줄 아는 나무였다. 마치 위구르족처럼. 하지만 이제 오빠와 함께한 비밀 장소의 힘을 믿어 볼 수밖에 없었다.

메리걸은 위성류나무와 비슷하게 가늘고 기다란 줄기를 골랐다. 그 줄기 맨 꼭대기에 자기만의 징표로 흰 천을 묶었다. 산들바람에 이리저리 흔들려 신에게 더 잘 보일 수 있도록.

"부디 제 손이 아름다운 작품을 빚을 수 있도록 은총을 내려 주세요. 특별한 무언가를 만들어 내고 싶습니다. 그리고…… 주저앉지 않고 나아가도록 용기를 주세요."

메리걸은 서서 나직이 읊조렸다. 신이 자신의 말을 듣고 응답해 주리라고 믿어서가 아니었다. 징표의 힘을 믿는 위구르족과 자신이 하나라고 느끼기 때문이었다.

메리걸은 기도한 대로 이루려면 바람에 흔들리는 줄기 같아야 함을, 부러지지 않고 휘어지는 법을 터득해야 함을 알고 있었다. 양보하고 인내해야 한다는 것을.

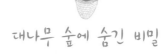

대나무 숲에 숨긴 비밀

메리걸은 덤불 속에 밀어 넣어 둔 포도나무 줄기를 재빨리 찾아냈다. 줄기를 쭉 잡아당겨 칼로 잘라 내고는 자기도 놀랄 정도로 능숙하게 잎과 곁가지를 제거했다. 물론 할아버지가 준 예리한 칼 덕분이기도 했지만 그래도 칼을 능숙하게 다루는 솜씨에 내심 뿌듯했다. 메리걸은 같은 굵기의 줄기를 찾아다니며 넉넉히 모일 때까지 계속 자르고 다듬었다. 그런 다음 모양새가 덜 깔끔한 가지 한 더미를 더 만들었다. 손잡이용으로 사용할 두툼한 가지와 장식용으로 사용할 아주 가느다란 가지들이었다.

"메리걸, 이제 뭐 하지?"

메리걸은 자신에게 물은 뒤, 더미 사이에 앉아 고개를 숙였다.

원뿔 모양 바구니를 만들 때 처음에 어떻게 시작했는지 기억나지 않았다. 메메트가 줄기 몇 개를 건넸고, 메리걸은 그저 손가락으로 줄기를 꼬고 구부리며 엮어 갔을 뿐이었다. 그러다 보니 어느새 목화 가지를 담아 수레를 장식한 바구니가 완성되어 있었다.

덤불 더미에서 줄기 다섯 개를 잡아당기는데 손이 떨려 왔다. 메리걸은 가지를 앞에 놓고 자세히 살펴보았다. 손가락으로 줄기를 따라 달려 보았다. 마디 곳곳에 덩굴손이 자라 있었다. 메리걸은 덩굴손이 바구니를 한층 더 멋져 보이게 하리라는 생각에 덩굴손을 잘라 내지 않도록 주의했다.

메리걸은 덩굴줄기를 어루만졌다.

눈을 감고 줄기를 어루만졌다.

마법은 일어나지 않았다.

눈을 뜨니 여전히 평범한 줄기일 뿐이었다. 게다가 태양이 빠른 속도로 쿤룬 산맥 꼭대기, 아니 꼭대기일 거라고 짐작하는 부분까지 다다르고 있었다. 바람이 일자 모래 섞인 연무가 태양을 반쯤 가리면서 오아시스 쪽으로 흩날렸고, 태양은 점점 아래로 가라앉았다. 곧 태양이 모습을 감추고, 메리걸도 시간을 더 낼 수 없을 터였다.

메리걸은 할아버지에게 배운 것을 모조리 지우고, 먼저 가지 다섯 개를 골라 반으로 접었다. 모아 놓은 것에서 가장 가느다란 줄기를 조금 잘라, 반으로 접은 아랫부분을 함께 묶어 놓았다. 중심에서 10개의 줄기가 뻗어 나온 모양새가 꼭 커다란 거미줄 같았다. 메리걸은 신발을 벗어 맨발로 날들을 평평하게 눌렀다. 할아버지의 발보다 작았지만 그런대로 쓸모 있었다.

옆면을 엮기 전에 지지대를 세워야 했다. 거미줄에도 지지대가 있기 마련이다. 메리걸은 짧고 가느다란 덩굴줄기를 집어, 날들을 두 개씩 묶었다. 두 바퀴째 때는 패턴을 바꿔서, 두 번째 날과 세 번째 날, 네 번째 날과 다섯 번째 날을 묶어 가며 마지막으로 열 번째와 첫 번째 날을 묶었다. 세 바퀴째에서는 다시 첫 번째 날과 두 번째 날, 세 번째 날과 네 번째 날을 묶어 마지막에는 아홉 번째와 열 번째 날을 묶었다.

지지대는 이쯤이면 충분해 보였다. 이제 날의 방향을 위로 틀어 주위를 다리로 감싸 안고, 긴 덩굴 두 개로 열 개의 날 안팎을 엮어 나가기 시작했다. 한 바퀴씩 돌 때마다 날이 조금씩 퍼져 나가면서 일에 속도가 붙었다. 메리걸은 새 줄기를 집고 또 집었다.

메리걸은 미친 듯한 속도로 바구니를 짰다. 잘하고 있는지 아닌지조차 생각하려 들지 않았다. 메메트와 함께 바구니를 짜던 그날처럼 손이 날아가는 듯 움직였다. 멋진 바구니를 만들려면 어떻게 해야 하는지 이미 아는 듯이. 듬성듬성 보이는 덩굴손이 바구니 옆에서 삐죽삐죽 튀어나온 벌레처럼 눈에 띄어 마음에 들었다.

바구니 맨 윗부분이 쫙 펼친 손바닥만큼 넓어졌을 때, 비로소 메리걸은 손을 멈추고 바구니를 들어 앞뒤로 돌려 보았다. 예전처럼 원뿔 모양이었다. 정말 아무짝에도 쓸모없는 모양새였다. 카젠 부인은 그깟 쓸모없는 물건값으로 100위안을 주다니.

메리걸은 내일 다시 할아버지에게 칼을 빌릴 참이었다. 바구니를 다듬고 마저 짤 것이다. 작은 손잡이도 달 생각이었다. 그런 다음에는 쓰임새 있는, 그러니까 복숭아를 담을 수 있는 바구니도 더 만들 참이었다. 메리걸은 한번 해 볼 생각이었다.

메리걸은 잘라 모은 덩굴줄기를 모아 대나무 숲으로 가져갔다. 바구니 짜는 일은 메리걸의 징표처럼 아무도 몰라야 했다. 숲 깊숙이 들어간 메리걸은 빈터 한쪽에 있는 튼튼한 대나무 사이에 덩굴줄기를 내려놓았다. 바람과 모래를 막아 줄 자리였다. 메리걸은 만들다 만 바구니도 들여놓은 뒤, 바닥에 흩어져 있는 줄기들로 덮어 두었다. 대나무 숲에 들어올 사람은 없겠지만 혹시 몰라서.

메리걸은 길가로 나가기 전에, 포도나무 덩굴 깊숙이 감춰져 있던 포도 몇 송이를 모았다. 웃옷 자락을 보자기처럼 그러쥐고 길을 따라 떨어진 호두를 주워 담았다. 한참 동안 모습을 보이지 않은 변명거리로 삼을 참이었다. 먹을거리를 찾아다녔다고 말이다. 포도를 말리면 겨울 동안 먹을 건포도를 몇 줌은 만들 수 있었다. 호두는 까서 저녁 식사에 보태면 되었다.

마지막으로 대나무 숲을 돌아보는데, 메리걸의 얼굴에 미소가 번졌다. 이제 메리걸과 아버지, 둘 다 비밀이 생겼다.

할당 인원

"제발, 어머니! 아버지랑 같이 시장에 가 주세요. 이번 한 번만
요. 어머니가 만든 구운 호박 소문을 듣고 친구가 찾아올지도 몰
라요. 어머니 친구가 어머니에 대해 물어보면 제가 뭐라고 말해요?
'아니사는 어디 있니?' 하고 물을 거라니까요."

어머니는 메리걸이 서 있는 화덕 앞을 왔다 갔다 했다. 어쩌면
마음이 움직일 만한 기억이 떠올랐는지도 몰랐다.

어머니는 끝내 아무 대답이 없었고 메리걸 또한 아무 말도 기대
하지 않았다.

메리걸은 마지막 호박이 다 구워지기를 기다렸다가 호박을 모두
수레에 실었다. 호박은 전날부터 굽기 시작했다. 올해 호박이 풍년

이었고 마침 수확하기에 딱 좋은 시기였다. 오늘 돈이 많이 벌려야 만 했다.

화덕에 불을 피우고, 석탄이 활활 타오르도록 나무를 계속 넣는 일은 메리걸의 몫이었다. 메리걸은 석탄 위에 나뭇가지를 두툼하게 쌓아서 호박 놓을 자리를 마련했다. 메리걸이 손수 고르고 씻은 호박이었다. 호박이 커다래서 화덕에는 한 번에 고작 두세 개만 넣었다. 어머니는 용케 어머니만의 특별 재료를 넣을 시간에 딱 맞춰 나타났다. 재료가 뭔지 말해 주지 않았지만, 옛날 옛적부터 가족이 사용해 왔다는 야생 양파와 풀이었다. 푸른 잔가지와 납작한 돌로 화덕을 층층이 덮은 채로 몇 시간을 놔두었다.

한 차례 호박을 구우면, 메리걸은 호박을 새로 또 구워야 했다. 늦은 밤까지 일했고, 날이 밝기 전에 또 일을 시작했다. 곧 아버지 가 당나귀에 마구를 채워 떠날 시간이 되었다.

"어머니, 제발요."

메리걸이 다시 애원했다. 어머니가 시장에 가 준다면, 몇 시간이 고 바구니를 만들 수 있었다. 게다가 아버지랑 단둘이 있는 건 생 각만 해도 진절머리가 났다.

어머니는 양손을 움켜잡고 서서는 고개를 살짝 숙였다. 시장에 안 간 지 벌써 수년이 지났다. 메리걸은 어머니가 가난을 창피해한 다는 사실을 잘 알았다. 무엇보다도 어머니는 친척이나 친구들의 생일, 결혼식, 장례식에 선물을 가져가지 못해 동정받는 걸 못 견

덨다. 고향에서 가져온 귀한 면화도 떨어져서, 어머니는 다른 사람 집에 갈 때 빈손으로 가야 하는 상황을 무척 수치스럽게 여겼다. 어머니는 더는 선물을 주러 가지 않았고 누가 선물을 가져오는 것도 원하지 않았다. 견과류 몇 쪽도, 각설탕도, 작은 난 몇 개도 답례로 나눠 줄 수 없었기 때문이다. 어머니는 더는 예전에 알던 세상에 속하지 못하고, 암울하고 따분한 현실에 틀어박혀 지냈다. 시장에 가고 싶지 않은 이유를 어머니 본인이 기억하고 있을지 메리걸은 궁금했다.

메메트가 떠난 뒤부터, 어머니는 사는 게 더욱 시들해졌다. 아들이 떠났으니, 부모로서는 자신의 일부가 떨어져 나간 듯이 느끼는 건 당연했다. 하지만 어머니는 아들이 없어서 일을 더 도와주기는 커녕 두통에 시달렸고, 갈수록 침대 구석에서 쪼그려 앉아 보내는 시간이 많아졌다.

메리걸은 제자리에 서서 어머니를 지켜보았다. 마치 땅속으로 꺼지고 싶은 듯이 몸은 축 늘어졌고 눈도 풀려 있었다. 시장에서 가장 맛있는 구운 호박을 판다고 어머니가 시장에 꼭 가야 하는 건 아니었다.

메리걸이 엄마의 팔을 잡았다.

"아버지가 호박을 수레에 싣는 걸 도와주세요. 전 교복 치마로 갈아입고 올게요."

메리걸은 집으로 발걸음을 옮겼다. 자신은 어머니가 선택한 삶에 결코 발을 들일 생각이 없었다. 학교에 다시 다닐 때쯤 옷이 낡아 넝마가 된다 해도, 오늘 그리고 수요일마다 교복 치마를 입고 시장에 가기로 마음먹었다. 스카프를 뒤로 묶고. 메리걸은 오늘 뿌듯한 마음으로 어머니의 호박을 팔기로 했다.

시장은 사람들로 북적거렸다. 정오가 되기 한참 전인데도, 팔려 나간 호박의 껍질들이 수레에 잔뜩 쌓이다 못해 바닥으로 떨어졌다. 젊은 손님이든 늙은 손님이든, 가장 맛있는 호박을 맛보려고 껍질을 이로 벗기고, 퉤 뱉어 내고, 또 달라고 외쳐 댔다. 그런 모습을 보자니 메리걸은 즐거웠다. 호박을 자르는 사람은 아버지였다. 손님이 건넨 돈은 아버지의 주머니 속으로 들어갔다.

오후 중반 무렵, 장사가 최절정에 달한 뒤였다. 남자들 한 무리가 아버지를 찾아왔다. 남자들은 메리걸이 듣지 못하게 수레에서 멀리 떨어진 곳에서 이야기를 나눴지만, 메리걸은 짐작이 갔다. 아마 술을 먹고 도박하는 데 돈을 쓸 궁리를 하거나, 자기 딸들을 공장에 일하러 보내면 얼마나 많은 돈을 벌지 셈하고 있는지도 몰랐다.

메리걸은 남자들이 한 명 한 명 가축 시장 쪽을 힐끗거리는 모습을 보았다. 팔리지 않는 양 사이로 한참을 서성대는 무리가 있었다. 아버지를 찾아온 남자들이 첩자를 발견한 게 분명했다. 남자들은 왔을 때처럼 재빨리 흩어지더니 수많은 인파 속으로 섞여 들었다.

다시 돌아온 아버지는 아무 말도 하지 않았다. 메리걸 또한 아무것도 묻지 않았다. 아버지는 호박 더미에서 가장 큰 호박을 골라 쐐기 모양으로 열두 조각을 잘랐다.

"네 어머니가 호박 요리 하나는 끝내주게 잘하지."

아버지가 한 조각 먹고는, 손등으로 턱수염과 콧수염을 닦으며 말했다.

"상황 봐서 칼로 더 잘게 잘라야겠다."

아버지는 수레에서 아직 자르지 않은 호박에 칼을 찔러 넣었다.

"얼마 안 남았으니 빨리 오라고, 곧 없어질 거라고 사람들한테 말해야겠다."

"지금 가셔야 해요, 아버지?"

메리걸은 최대한 차분하게 물었다. 도박에 돈을 날리러 가든, 아까 그 남자들을 만나러 가든, 득이 될 게 없었다.

아버지는 저쪽으로 가 버리는 것으로 답했다.

"어머니가 양고기 사 오라고 한 거 잊지 마세요."

메리걸이 소리쳤다. 혹시나 집 생각을 떠올리면 위험한 짓을 하지 않을까 싶어서. 아버지 자신도 위험은 알고 있을 테니까.

아버지는 등 뒤로 메리걸에게 손을 획 젓고는 서둘러 가 버렸다.

메리걸은 한참을 입을 앙다물고 있다가, 호박 한 조각을 집어 먹고는 손으로 입을 닦았다. 아버지가 잡히든 말든 알 바 아니지만 괜히 신경 쓰였다.

아주머니 몇 명이 호박을 사러 들렀다. 아버지가 약속을 지켰나 싶어서 메리걸은 깜짝 놀랐다. 아주머니들이 어머니에 대해 물었고, 메리걸은 어머니나 랄리나 이런저런 일로 무척 바쁘다고만 했다.

아주머니가 또 한 명 나타났다. 메리걸은 아주머니가 수레 주변에서 어슬렁거리는 모습을 찬찬히 쳐다보았다. 흰색 웃옷과 화려한 스카프만 빼면 여느 아주머니와 비슷한 차림새였지만 누구인지 알아보았다. 지역 당수 부인으로, 남편만큼이나 믿음이 안 가는 위구르인이었다. 메리걸이 한가해지자, 당수 부인이 살 듯 말 듯 호박을 훑어보았다.

"선생님이 그러시더구나. 네가 더는 학교에 나오지 않는다고."

당수 부인이 호박에서 눈을 떼지 않은 채 말했다.

메리걸도 고개를 숙인 채였다. 속에서 부글부글 끓어오르는 증오심을 들키고 싶지 않았다.

"맞지? 학교 안 가지?"

당수 부인이 가까이 다가왔다.

"네. 그래요."

메리걸은 감정을 억누르려고 애쓰며 말했다. 침착해. 생각하자. 하진자처럼 행동해. 어머니처럼 말고. 메리걸은 숨을 깊이 내쉬고는 턱을 치켜들었다.

"잠시 집안일을 돕고 있어요. 추수 기간이라서요. 수업을 받고 만다린 어를 익힐 기회를 놓칠 생각은 없어요. 앞으로 성공할 수 있는 열쇠라는 걸 잘 아니까요."

메리걸은 당수 부인을 똑바로 바라보며 총알같이 내뱉었다.

부인은 물러서지 않았다. 눈살을 찌푸리더니 메리걸을 뚫어지게 쳐다보았다. 계속해서. 가만히 쳐다보았다.

메리걸의 몸이 서서히 저려 오더니, 안간힘을 써도 숨을 쉬기가 힘들었다. 그래도 부인의 시선을 견뎌야 했다. 기필코!

드디어 부인이 물러섰다.

"나중에 보자."

부인은 이렇게 말하고는 삐죽거리는 웃음을 지었다.

"계속 지켜보지."

부인은 양손을 허리께에 짚고 우쭐거렸다.

"잊지 마. 학교에 가지 않으면, 네가 남쪽에 있는 큰 공장에서 일 하도록 서류 준비하는 일이 쉬워진다는 걸."

부인이 어깨를 으쓱했다.

"알다시피, 할당된 인원수를 채워야 하거든. 게다가 네가 공장으로 간다면, 네 가족에게도 도움이 될 테고."

부인이 잠시 말을 멈추었다. 얼굴에 야비한 웃음이 번졌다.

"네 오빠가 그랬듯이, 너도 멀리 내빼지는 않겠지? 그렇지?"

아직은 빈손

북적이는 사람들 틈으로 사라지는 부인을 쳐다보는 내내, 메리걸의 머릿속에 메메트의 목소리가 메아리쳤다.

"잡혀가지 마, 누이야. 잡혀가지 마. 조심해, 누이야."

메메트가 떠나기 직전 노래하듯 던진 말이었다.

메리걸은 머릿속에 떠오른 기억에 몸을 부르르 떨었다. 장이 끝날 무렵, 메메트와 수레에 걸터앉아 집으로 향할 때였다. 메메트는 별말 없다가 당나귀가 느리게 갈 때면 이따금 소리를 질렀다. 그럭저럭 장사도 잘 된 날이었건만, 메메트는 안절부절못하며 수레에서 쓱 내려갔다가 다시 올라타곤 했다.

"아버지가 널 한족 공장에 보내겠다고 해도 가면 안 돼."

메메트가 불쑥 말했다.

"아버지는 너더러 공장에서 일하라고 할지도 몰라. 아버지 친구 몇 분이 돈이 급하다며 딸들을 떠나보내고 있거든. 놀랍게도 스스로 가고 싶어 하는 여자애도 있긴 하더라. 하지만 안 돼, 메리걸. 절대 가지 마!"

"왜?"

메메트는 대답이 없었다. 누이를 쳐다보지도 않았다.

이제 메메트는 가 버리고 없었다.

메리걸은 시장에서 아주머니들이 소곤거리는 이야기를 엿듣고, 메메트가 왜 그런 주의를 시켰는지 이해했다. 남쪽으로 보내져서 돌아오지 않는 여자애들 얘기가 들렸다. 지체 높은 사람들은 딸을 이곳에 두고 싶어 하지 않는다고도 했다. 이곳에 있으면 위구르 남자와 결혼해서 위구르 아기를 낳을 테니까. 그래서 딸을 남부로 보내 한족 남자와 결혼하기를 바랐다. 그러잖아도 한족 여자들이 부족한 실정이었다. 현실이 이렇다 보니, 남쪽에 갔다가 집으로 돌아온들, 딸들의 상황은 더욱 나빠질 수밖에 없었다. 멀리 떠났다 돌아온 여자애가 처녀인지 확신할 수 없다며, 어떤 위구르 남자도 결혼하려 하지 않을 테니 말이다.

"잡혀가지 마라, 누이야!"

이러한 상황을 메메트는 알고 있었고, 이젠 메리걸도 이해했다. 솔직히 상황이 바뀌지 않으리라는 걸, 한족이 절대 떠나지 않으리라는 걸 누구나 알고 있었다.

메리걸은 메메트가 한족에게 맞서는 용기를 떠올렸다. 한족은 메메트를 죽이려 들겠지만, 메리걸에게는 다른 식으로 벌할 터였다. 순종하지 않으면, 메리걸을 멀리 보낼 터였다. 아마도 집에서 수천 마일 떨어진 곳에 감금되겠지. 어떤 공장의 노예로 일하며, 한족을 부자로 만드는 데 한몫하면서.

메리걸은 감히 꿈꿔 보았다. 미국 부인이 바구니를 보지도, 좋아하지도 않았다면 품지 못했을 꿈이었다. 카젠 부인이 다시 돌아오든 안 오든, 잠시 집을 떠나야 하든 어떻든, 메리걸은 계속해서 바구니를, 자기만의 특별한 바구니를 만들기로 했다. 물론 시골 아낙에게 화려한 바구니 따위는 쓸모없었다. 그래도 메리걸은 당나귀 수레를 타고 다니는 현실을 너머, 새로운 세계에 들어설지 모른다고 생각했다. 일이 잘 풀리기만 한다면, 메리걸은 허톈에 가게 될 수도 있었다. 압둘을 찾으면 바구니를 팔 방법을 알려 줄지 몰랐다. 압둘도 바구니의 가치를 알 테니까.

당수 부인을 계속해서 쳐다보고 있는데, 또 다른 환영이 슬금슬금 피어올랐다. 저기 카젠 부인이 걸어가는 모습이 보였다. 부인이 팔에 걸고 가는 가방에는, 메리걸이 부드러운 흰 종이로 정성스레 싼 바구니 세 개가 매달려 있었다. 그리고 메리걸의 손바닥에 놓인 300위안. 거기서 학비로 쓸 돈을 조금만 떼어 달라고 아버지에게 부탁한다면, 때때로 메리걸이 학교에 가도록 놔둔다면, 메리걸은 집에 머물 수 있을 텐데. 잠깐이라도.

행복한 꿈이었다. 지금 이 순간 메리걸이 품은 단 하나의 가치 있는 꿈.

카젠 부인의 모습이 희미해졌다.

메리걸은 빈손이었다.

아버지는 한참 있다가 돌아왔다. 술을 먹었는지 어떤지 가늠이 안 되었다. 심각한 얼굴로 입을 꽉 다물고 있었다.

"바구니가 거의 비었구나. 운수 좋은 날이야."

아버지가 당나귀를 끌고 오려고 메리걸 옆을 지나가며 말했다. 아버지가 수레 대신 메리걸을 쳐다보았다면 뭔가 이상한 낌새를 알아채고 걸음을 멈췄을지도 모른다. 아니, 그래도 알아채지 못했을 수도 있다. 메리걸조차 자신이 어떻게 보일지 짐작도 안 갔다. 감정을 물론이고 머리와 몸의 작동마저 멈춰 버렸다. 당수 부인이 사람들 틈으로 사라지는 모습을 지켜본 뒤부터 아무것도 기억나지 않았다.

이제 아버지가 옆에 있었다. 당수 부인이 다녀갔다는 말은 하지 않을 참이었다. 아버지는 당장에 당수를 찾아가 시키는 건 뭐든 서명하고, 딸을 내일 곧바로 공장으로 보내 버릴 사람이었으니까.

메리걸은 아버지가 당나귀를 수레 앞까지 끌고 가 당나귀 어깨 고리에 채를 각각 고정시킨 다음 등받이를 얹는 모습을 가만히 지켜보았다. 무심결에 수레를 지지하던 막대를 치우고 마차 뒤쪽에 앉았다. 아버지가 자리 잡고 앉자 수레가 기우뚱했다. 이어 버드나무 채찍을 내리치며 당나귀를 찻길로 몰았다.

"양고기는요?"

메리걸이 웅얼거리듯 물었다.

아버지가 주머니에서 포장지로 싼 꾸러미를 꺼내 쓱 내밀었다.

"어머니한테 줘."

메리걸이 고개를 끄덕이며 꾸러미를 받았다.

메리걸은 오늘 번 돈을 모아 손바닥에 올려놓고, 머리를 낮추며 아버지에게 내밀었다.

"돈요. 오늘 오후에 번 거예요."

메리걸은 어머니의 특기인 순종적인 말투를 따라 하려고 애쓰며 말했다.

아버지가 돈을 받아 세어 보았다.

"여기저기 싸돌아다니면서 달걀을 사 먹거나 하진 않았겠지?"

아버지의 말을 듣는 순간, 무감각했던 감정에 노여움이 끓어올랐다. 메리걸에게 돌아다녔다며 비난하다니. 아버지는 노름을 하고 있었을까? 그래서 메리걸이 그 모습을 보았는지 궁금해하는 걸까? 혹시 메리걸이 자신을 감시하진 않았는지를?

메리걸은 깊이 한숨을 내쉰 뒤 사실 그대로 말했다.

"돌아다니지 않았어요, 아버지. 호박 한 조각을 먹긴 했고요."

메리걸은 자기 목소리가 날 서게 나와서 좋았다.

"한창 손님이 많아서 실 장수 아주머니가 같이 봐 주실 때도 자리를 비우지 않았다고요."

아버지는 어깨만 으쓱하고는, 혀를 끌끌 차며 빨리 가라고 당나귀를 재촉했다. 집에 가는 것에만 온 신경이 쏠린 듯했다.

집에 가는 내내 둘 다 아무 말이 없었다. 메리걸은 모든 생각을 떨치고, 길가에 늘어선 미루나무에서 황금빛 나뭇잎이 떨어지는 광경만 보려고 애썼다. 한동안 낙엽을 자루에 쓸어 담을 일이 기다리고 있었다. 밭을 덮고 당나귀를 먹이기 위해서였다. 메리걸은 그 생각에 위안을 받았다.

"다음 주에는 어머니랑 둘이서 시장에 가거라."

아버지가 딱 잘라 말했다.

메리걸은 아버지의 말을 흘려들으며, 자기 발만 쳐다보았다. 수레에서 늘어뜨린 발은 땅바닥에 닿을락 말락 했다.

"아는 사람이 순례자들과 함께 카우혼 산에 가기로 했대. 나도 따라가서 산 아래쪽에 가판대를 설치할까 한다."

메리걸은 수레로 다리를 끌어 올리고는 아버지에게 고개를 돌렸다. 주변 지역에서 모슬렘 순례자들이 일 년에 두 번씩 산으로 여행을 떠난다는 건 메리걸도 알고 있었다. 오래전 이슬람 지도자들은 동굴에 불을 피워, 안에 지내던 불교 신자를 몰아냈다. 순례자들은 싸움에서 승리한 지도자들의 무덤에 기도를 드렸다. 아버지는 그곳에 간 적이 한 번도 없었는데, 왜 인제 와서?

메리걸은 아버지의 뒤통수를 노려보았다. 순례 여행은 위험할 수 있었다. 위구르 첩자뿐만이 아니라 한족 경찰들이 순례자들을 감시했다. 아버지가 곤경에 빠진다면, 메리걸네 가족은 농지고 뭐고 모든 걸 잃을 게 뻔했다. 아버지는 아무 관심도 없는 걸까?

"너랑 어머니가 이 수레를 타고 가라. 나는 딴 사람 수레를 탈 테니까."

아버지가 마침내 메리걸을 보며 말했다.

"어머니는 시장에 안 가려고 할걸요."

"가야지. 너 혼자서는 갈 수 없잖아. 남은 호박을 다 팔아야지."

"랄리는 어쩌고요?"

메리걸이 수레에서 뛰어내려 아버지 옆에서 걸어갔다.

아버지가 못마땅한 듯 메리걸을 쳐다보았다.

"그럼 랄리도 데려가. 하루쯤 학교 빠지면 어때."

아버지는 손을 들어 메리걸의 말을 가로막았다. 아마도 대답하기 귀찮을 정도로 짜증 났을지도 몰랐다.

메리걸은 반박할 말이 전혀 떠오르지 않았다. 어쩌면 잘된 일이었다. 아버지가 이곳에 없다면 서류에 서명할 일도 없을 테니까. 메리걸은 몰래 시간을 낼 필요 없이 바구니를 많이 만들 수 있으리라는 생각에 웃음이 비어져 나올 뻔했다.

집이 보이기 시작했다.

"저는 뛰어갈게요. 먼저 집에 갈게요."

메리걸은 쏜살같이 달려갔다. 얼굴에 닿는 찬바람을 느끼고 싶었다. 앞으로 2주 동안, 메리걸은 바구니 만드는 일만 생각하기로 했다.

쓸모없지만 예쁘게

호두를 주우러 간 두 번째 날이었다. 메리걸은 설치류들이 못 보고 남겨 둔 호두를 찾아 길가를 뒤지고 다녔다. 메메트의 녹슬고 낡은 자전거는 호두나무 옆에 세우고, 낙엽을 뒤적거리며 호두를 찾았다.

자전거 손잡이에는 호두를 담을 바구니 두 개가 매달려 있었다. 하나는 어머니에게 줄 바구니였다. 호두는 영양분이 풍부해서 추위를 나기에 좋았다. 메리걸네 가족은 늘 호두를 최대한 많이 모았다. 호두가 겨울철 특별식이었다. 한쪽 바구니에 담을 호두는 아버지 몫이었다. 절반은 카우혼 산에 가져가 팔기로 했다.

아버지의 바구니는 채워 주기 싫었지만, 메리걸이 어찌할 수 있는 일이 아니었다. 아버지는 전날에 호두를 적게 모아 왔다며 툴툴 거렸다. 아버지가 떠나기까지 고작 이틀 남았다. 그 이틀 동안에도 호두를 더 모아 오라며 메리걸을 내보낼 게 뻔했다. 메리걸은 호두 모으러 가기가 싫었다. 자전거 뒤에 올라타 메메트와 함께 호두를 주우러 다녔던 행복한 기억이 떠올랐기 때문이다. 둘은 호두를 누가 많이 모으나 겨루고, 승자는 나중에 먹을 호두 세 개를 주머니에 숨겼다.

이제 삶이 팍팍하기만 했다. 집으로 가는 마지막 모퉁이를 돌 때였다. 자전거를 타고 자신에게 오는 패티를 보자, 그나마 기분이 좋아졌다. 패티가 자전거를 탄 채로 왔다 갔다 중심을 잡으려고 애쓰며, 모래바람을 맞는 버드나무 가지처럼 팔을 흔들어 댔다. 메리걸은 자전거에서 내렸다. 한쪽에 자전거를 세워 두고 패티를 기다렸다. 친구가 자신을 만나러 오고, 친구와 잠시나마 함께 시간을 보내게 되어 기뻤다.

"헬로우!"

패티가 영어로 소리치고는 자전거에서 뛰어내렸다. 자전거를 메리걸의 자전거에 기대 놓고는 줄줄 영어를 쏟아 냈다.

"하우 아 유? 투데이 이즈 새터데이. 아이 해브 컴 투 씨 유. 아이 엠 유어 티쳐(How are you? Today is Saturday. I have come to see you. I am your teacher. 안녕? 오늘은 토요일이야. 널 보러 왔어. 내가 네 선생님이란다)."

메리걸은 웃음이 터져 나왔다.

"헬로우, 패티!"

메리걸도 영어로 인사한 뒤 위구르 어로 바꿔 말했다.

"헬로우는 알겠는데, 나머지는 하나도 못 알아듣겠어."

패티는 어깨에 멘 책가방에서 구겨진 종이 한 장을 꺼내 메리걸 앞에 흔들었다.

"여기서 영어를 가르쳐 주지. 한 시간쯤 시간 있어."

태양이 아직 하늘 높이 떠 있어서 배짱 좋게 좀 더 버티다가 집에 들어갈 만했다. 메리걸은 아버지가 안절부절못하며 기다리고 있을 줄 알고 있었다. 사실 아버지가 기다리는 건 메리걸이 아니라 자전거였지만. 아버지는 요즘 들어 아무 때나 자전거를 타고 돌아다니길 즐겼다.

"과수원 뒤로 가자. 거기라면 아무도 우리를 못 볼 거야."

메리걸이 말했다.

둘은 포도나무 옆 빈터까지 자전거를 끌고 갔다.

"누군가를 만나면 '헬로우'나 '하이'라고 말해. 그런 다음 잘 지내느냐고 묻는 거지. '하우 아 유?'라고 말이야."

"하이. 하우 아 유?"

메리걸이 영어로 따라 말했다.

"오늘은 어떤지 물어보려면 '투데이'를 붙여. 전날은 '예스터데이'고, 내일은 '투모로우'야. 자, 이제 따라 해 봐. 하우 아 유 투데이?"

"하우 아 유 투데이?"

메리걸이 따라 했다.

이어서 날짜와 달, 1에서 10까지 숫자도 영어로 배웠다.

"패티, 이것도 좋은데, 따로 알고 싶은 말이 있어."

메리걸은 자리에서 일어섰다. 무심코 포도 덩굴에서 뻗어 나온 가는 줄기 하나를 손가락에 둘둘 감고는 앞으로 잡아당기며 세기와 굵기를 살폈다.

'줄기는 시험해 볼 수 있어. 그런데 친구는? 친구가 비밀을 지킬지 어떨지 어떻게 알지?'

메리걸은 생각했다. 메메트는 입이 무거워 믿을 수 있는 사람이었다. 메리걸이 실없는 소리를 하면 웃을지언정, 함부로 떠벌리는 법이 없었다.

메리걸은 패티와 많은 것을 공유했지만 중요한 일을 함께한 적은 없었다. 이제는 이야기를 나눌 누군가가 절실했다. 영어를 배우고 싶어 하는 이유를 들어줄 누군가가.

"따라와, 패티. 대나무 숲에서 보여 줄 게 있어."

둘은 길은 따라 숲으로 갔다. 메리걸은 메메트가 가르쳐 준 대로 숲으로 들어가는 길을 신중히 골랐다. 길가 어디에서도 메리걸만의 비밀 장소로 이어지는 통로는 없었다.

메리걸은 패티와 함께 대나무 줄기를 헤치며, 포도 덩굴줄기와 바구니를 숨겨 둔 곳으로 갔다. 새로 만든 바구니 세 개가 나뭇가지에 덮인 채 땅바닥에 놓여 있었다. 메리걸이 나뭇가지를 치웠다. 하나는 원뿔 모양의 바구니였고, 나머지는 메리걸이 전혀 새롭게 만든 모양새였다. 먼저 손바닥을 쫙 펼쳐 엄지에서 새끼손가락까지의 길이만큼 덩굴줄기를 잘라, 줄기를 엮지 않고 일곱 줄기를 네모꼴로 나란히 펼쳐 놓았다. 줄기를 두 가닥씩 엮어 바닥을 짠 뒤, 네모난 상자 모양이 되도록 한 줄 한 줄 바구니를 짜 올라갔다. 메리걸은 바구니가 밋밋해 보이는 듯해서, 덩굴줄기를 꼬아 구부린 뒤 아치 모양이 되도록 바구니 양쪽으로 손잡이를 만들어 달았다.

메리걸이 들어 올린 세 번째 바구니는 수박을 반으로 뚝 자른 모양새로, 골 지게 짠 바구니였다. 두껍고 길쭉한 테두리에도 골 지게 짠 줄기가 지그재그로 엮여 있었다. 메리걸은 이 바구니를 품에 살포시 안고는 패티를 바라보았다. 친구가 어떤 반응을 보일지 더 잘 보려고, 어두침침한 숲 속에서 눈을 가늘게 떴다.

메리걸은 자신이 바라던 미소를 보았다.

"정말 예쁘다."

패티가 감탄했다. 순간 패티가 숨을 훅 들이마셨다. 뭔가 말하려다가 참는 눈치였다.

"왜 그래, 패티? 말해 봐."

"네 할아버지가 만드시는 바구니랑 달라서."

패티는 손잡이가 달린 바구니를 집어 들고는, 이리저리 돌려 보았다.

"보기에는 예쁜데, 많이 담지는 못하겠어."

패티는 메리걸이 들고 있는 바구니를 가리켰다.

"그리고 그 바구니는 꼭 옥수수 껍질 같은 거로 섞어 짠 것 같은걸."

"맞아."

메리걸이 조용하고 차분하게 말했다.

"사실 나도 이 바구니들이 진짜 바구니로서 쓸모가 있는지 잘 모르겠어. 하지만 패티."

메리걸이 잠시 말을 멈췄다.

"비밀, 지켜 줄 거지?"

"당연하지."

"진짜 비밀이야. 누구한테도 말하면 안 돼."

"난 네 친구야. 당연히 말 안 해."

"약속 꼭 지켜야 해."

"약속해, 메리걸."

"수레에 낡은 바구니를 걸어 놨더니, 미국에서 온 부인이 보고 사 갔어. 그러면서 바구니를 더 만들어 달라고 부탁하더라고. 다음 주 수요일에 시장에 다시 오겠대. 바구니를 사러. 그래서 영어를 배우고 싶은 거야."

패티가 어깨를 좌우로, 앞뒤로 흔들었다. 가장 기쁠 때 하는 동작임을 메리걸은 잘 알았다.

"잘됐다!"

패티는 곧이어 의문이 담긴 눈길을 보냈다.

"할아버지도 네가 만든 바구니를 보셨니?"

"아니, 아직. 아버지가 순례를 갈 때까지 기다리는 중이야. 그때 할아버지께 바구니를 보여 드리려고. 가족 중에는 가장 먼저 보시는 거지. 할아버지가 바구니를 마음에 들어 하시는 게 중요한데."

패티가 어깨를 으쓱했다.

"미국 부인에게 팔기에는 옥수수 껍질로 짠 게 평범하다고 생각하실지 몰라."

메리걸이 바구니를 건넸다.

"하지만 한번 봐. 바구니에 짜임과 색상이 돋보이는 것 같지 않니?"

메리걸의 얼굴에 갑자기 웃음이 퍼졌다.

"만약 내일 네가 젊은 남자와 우연히 마주쳤는데, 남자가 빨간색이나 파란색 자투리 펠트 천을 가지고 있다면, 기꺼이 그 천을 섞어서 바구니를 짤게. 네 말이 맞아. 미국에서 온 부인이라면 그런 바구니를 더 좋아할지도 모르겠다."

"그런 우연이 생기도록 애써 볼게."

패티가 말했다.

메리걸은 바구니를 바닥에 놓고, 바닥에 떨어진 대나무 줄기들로 도로 덮었다.

"영어로 '바구니'가 뭔지 알고 싶어."

메리걸이 묻자, 패티는 뒷짐을 졌다. 이런 동작 또한 무슨 뜻인지 메리걸은 잘 알았다. 뭔가 말하기 싫을 때 하는 행동이었다.

"뭐, 좋아."

패티는 가방에서 책 한 권을 꺼냈다.

"이 책이 나보다는 너한테 더 필요하겠다. 만다린 어 단어마다 영어가 쓰여 있어. 선생님이 가져가도 된다고 하셨어. 내가 먼저 익혀서 멋지게 가르쳐 주려고 했는데, 그냥 빌려 가."

패티가 낡은 책을 건넸다.

"내가 당장 가르쳐 줄 수 있는 단어보다 더 많이 알고 싶어 하니까."

메리걸이 알겠다는 뜻으로 고개를 숙이고는 재빨리 책을 펼쳤다.

"바구니는 만다린 어로 '란지(Lanzi)'지."

메리걸이 L로 시작하는 곳을 펼쳤다.

"여기 있다. '바스켓(basket)'이래. 바스켓."

메리걸이 '바스켓'을 여러 번 되풀이했다.

"그럼, 미국 부인에게 '두 유 라이크 바스켓?'이라고 말하면 돼."

패티가 뿌듯해하며 말했다.

둘은 "두 유 라이크 바스켓? 두 유 라이크 바스켓?" 하고 노래를 부르고 몸을 흔들며, 대나무 숲을 지나 찻길로 나왔다. 메리걸은 마음이 가벼워졌다. 카젠 부인을 만난 일이 꼭 꿈만 같았는데, 그러한 의심과 불안이 싹 사라졌다.

둘이 대나무 숲에서 나오는 모습을 보고 가까이 다가오는 아버지야말로 현실이 아닌 꿈이면 좋으련만.

"너희 거기서 뭐 해?"

아버지가 머리를 갸우뚱하며 눈살을 찌푸린 채 캐물었다.

메리걸은 아무 대답도 못 하고 조금 전 아무 걱정 없던 표정 그대로 얼어붙었다. 덕분에 바구니를 숨기는 죄책감은 드러나지 않았다.

길어지는 침묵은 비밀이 있다는 증거였다.

패티가 아버지에게 한 걸음 다가섰다.

"이상한 새 소리를 들었어요."

패티가 맑고 순진한 목소리로 말했다.

"어떤 새인지 살짝 보고 싶은 마음에 대나무 속을 헤집고 다녔죠. 재밌을 것 같았어요. 확 겁을 줘서 쫓아 버리려고 했거든요."

패티가 웃으며 말했다.

아버지가 입을 꽉 다물고, "흠." 하는 소리를 내며 패티는 본체만체했다. 아버지는 메리걸이 들고 있는 책에 관심을 두었다.

"그게 뭐야?"

"패티가 공부하라고 준 교과서예요."

목소리는 당당하고 차분하게 들렸지만, 두 손이 떨리는 건 어쩔 수 없었다. 메리걸은 아버지가 알아채지 못하기를 바라며 책을 팔로 감싸 안았다.

"자전거는 포도나무 옆에 있어요. 곧바로 집으로 가져갈게요."

"아니. 자전거는 지금 줘. 너는 걸어서 집에 가고."

아버지가 나직이 말했다. 아버지는 허리에 손을 올리고는 메리걸을 물끄러미 쳐다보았다. 눈썹을 치켜들고 있었지만 화난 건 아니었다. 아버지가 화나면 금방 티가 났다. 둘이 거짓말을 한다고 생각했다면 고함을 치고도 남았다.

메리걸은 패티의 손길을 느꼈다. 패티가 메리걸을 팔로 감싸며 자전거를 세워 둔 곳으로 서둘러 끌고 갔다.

아름다움을 만드는 즐거움

메리걸은 희미하게 보일 텐데도 집 모퉁이를 돌기 전에 찻길을 흘낏 쳐다보았다. 오늘 할아버지에게 바구니를 보여 줄 생각은 아니었다. 하지만 기억을 쭉 더듬어 보니 할아버지와 단둘이 있기란 오늘이 처음이었다. 아버지는 어머니를 데리고 면화 지구에 사는 의사에게 가고 없었다. 어머니가 두통이 심해 침대에서 꼼짝달싹도 못 하는 지경이 되었기 때문이다. 어머니는 어릴 때부터 알던 그 마을 의사에게만 맥박을 재고 증상을 살피게 했다. 또 그 의사가 준비한 약초로만 차를 우렸다. 어머니가 그 의사한테 간 것도 아버지가 자신이 순례를 떠나기 전에 들르자며 고집을 피운 덕이었다.

어쩌면 아버지와 어머니가 마음을 바꿔 일찍 돌아올지도 몰랐다. 그런 위험을 무릅쓰고라도, 메리걸은 할아버지의 생각을 알고 싶었다. 자신이 만든 바구니가 미국 부인에게 보여 줄 만큼 가치가 있는지를.

"할아버지에게 보여 드리려고 바구니 두 개를 가져왔어요."

메리걸은 마당에서 버드나무 가지에 파묻혀 일하는 할아버지 옆에 쪼그려 앉았다.

"할아버지 마음에 드실지 궁금해요."

할아버지는 만들던 바구니를 내려놓고 앞으로 팔을 뻗었다. 그러자 웃옷의 앞섶이 벌어져 펄럭이면서 북슬북슬한 긴 양털로 안감을 댄 양가죽이 드러났다.

'벌써 저걸 입어야 할 정도로 추우신가?'

할아버지는 겨울바람이 불면 집 안으로 들어와 가족과 함께 잤다. 요리도 하고 먹기도 하고, 평소 생활하고 잠도 자는 나무 침상이 있는 방에서. 이렇게 함께 자도 담요가 부족했다. 포플러 나뭇가지와 진흙으로 만든 벽 틈새로 한기가 새어들었고, 이를 막을 방법은 딱히 없었다. 침상 아래로 파이프를 연결해 집 안을 따뜻하게 해 줄 멀쩡한 난로 하나 살 돈도 없었다. 파이프에서 열이 나온다는 신기한 사실도 패티네에 놀러 가서 알았다. 패티네 다정한 할머니, 가족 모두 이러한 안락함을 누리고 살았다.

메리걸은 바구니를 만들 시간에 차라리 겨울 동안 땔감으로 쓸 나뭇가지나 잔가지를 모았어야 했는지도 몰랐다. 메리걸이 멀리 떠나면 누가 이런 일을 맡을까? 죄책감 때문인지 팔에 걸린 바구니가 무겁게 느껴졌다. 바구니를 만드는 데 시간을 보낸 건 사치였다. 당수와 당수 부인이 메리걸을 공장으로 보내 할당 인원을 채우는 날까지, 앞으로 며칠이나 더 학교에 빠지는 걸 눈감아 줄까?

두 사람은 아직 메리걸의 뒤를 쫓지 않았다. 그리고 메리걸이 바구니를 더 만들어 한 개에 100위안씩 받는다면, 가족들은 석탄을 살 수도 있을 터였다. 잔가지보다 석탄을 때면 할아버지는 더 따뜻하게 지낼 테고 말이다.

할아버지는 헛기침을 한 뒤 쭉 뻗고 있던 팔을 내려놓고 잠시 기다렸다.

"죄송해요. 바구니를 보여 드리기가 겁이 났어요. 좋아하지 않으실까 봐서요."

할아버지는 아무 말 없이 눈을 감고 손을 펼쳤다. 메리걸이 네모난 바구니를 건넸다. 그러고는 할아버지가 손으로 아치 모양을 한 손잡이를 더듬어 따라가는 모습을 지켜보았다. 할아버지는 양손으로 바구니를 잡았는데, 양쪽 길이를 재는 모양이었다. 그다음에는 바닥을 만져 보고, 연결 부분을 살폈다. 할아버지는 침침한 눈을 가늘게 뜨고 바구니의 모습을 살펴보았다.

메리걸은 온몸이 떨려 왔다. 할아버지의 표정만 봐서는 아무것도 알 수 없었다. 찡그림도 미소도 없었다. 할아버지는 한참 동안 바구니를 살펴보았다.

"메리걸."

할아버지가 드디어 입을 열었다. 평소와 달리 '우리 손녀딸' 대신 이름을 부르며. 할아버지가 메리걸을 존중한다는 표현이었을까?

"네가 이런 색다른 바구니를 만들었다니, 자랑스럽구나. 전에 한 번도 본 적 없는 바구니야. 시장에서 만난 그 부인이 좋아할 것 같구나. 아주 튼튼하게 잘 만들었다."

할아버지는 바구니를 돌려주며 연신 고개를 끄덕였다.

메리걸은 여전히 몸이 떨렸지만, 이번에는 안도의 떨림이었다.

"고맙습니다, 할아버지. 보여 드릴 게 또 있어요."

메리걸은 골 지게 짠 바구니로 손을 뻗었다가 그대로 얼어붙었다. 무슨 소리를 들은 건 아니었다. 이상한 느낌이 들었다.

"금방 올게요."

메리걸은 튕기듯 일어나서 집 모퉁이로 쏜살같이 달려갔다. 당나귀 수레는 한 대도 보이지 않았다. 메리걸 혼자 두려움을 느낀 모양이었다.

두근거림이 잦아들자, 메리걸은 할아버지에게 돌아갔다.

"아버지에게 제 바구니를 봤다고 말하지 마세요. 아버지는 제가 판 바구니가 아무짝에도 쓸모없다고 생각해요. 그래서 바구니를 많이 만드는 걸 원하지 않죠. 염소에게 풀 먹이는 거나 마찬가지라고 할 거예요."

할아버지가 애처로워하며 몸을 잔뜩 웅크렸다.

"요즘 네 아버지한테 아름다운 게 눈에 들어올 리 없잖니. 아버지를 용서하려고 애쓰거라. 우리 삶에 드리워진 그림자 때문에 모두 슬픔에 빠져 있단다."

할아버지는 앞뒤로 몸을 흔들고는 고개를 푹 숙였다.

메리걸은 골 지게 짠 바구니를 꽉 잡았다. 아버지에 대한 용서는 쉽게 마음에 와 닿지 않았다. 아버지가 도박하는 모습을 목격했어도, 할아버지는 아버지를 용서하라고 말했을까? 메리걸의 생각보다 더 많은 그림자 때문에 다들 슬퍼하고 있지 않을까?

할아버지의 몸으로 공기가 다시 흘러드는 듯했다. 할아버지는 위를 쳐다보며 한숨을 길게 내쉬었다.

"내게 보여 줄 바구니가 또 있던 것 같은데."

메리걸은 바구니를 꽉 쥐고 있던 손을 풀고, 할아버지가 펼친 손에 바구니를 내려놓았다. 할아버지와 보내는 비밀스러운 이 순간을, 어쩌면 마지막일지도 모를 이 귀한 순간을, 아버지에 대한 생각으로 망치고 싶지 않았다.

메리걸은 할아버지가 다시 눈을 감고 손으로 자신의 작품을 더듬어 살피는 모습을 지켜보았다. 포도나무 덩굴에 섞여 있는 옥수수 껍질을 손가락으로 만지는 순간, 할아버지는 하얀 콧수염에 곡선을 그리며 함박웃음을 지었다.

"나는 지금껏 수년 동안 일상에서 사용할 바구니만 만들었지."

할아버지는 다시 눈을 뜨고 바구니를 얼굴 가까이 가져갔다.

"너는 특이한 바구니를 만들었구나."

"미국 부인 마음에도 들까요?"

메리걸은 마치 처음 보는 듯 자신이 만든 바구니를 살펴보며, 할아버지에게 점점 가까이 다가갔다.

"그 부인은 자기가 산 바구니의 독특한 특징을 알아본 것 같구나. 뭔가가 마음에 들었던 게야. 그래서 더 갖고 싶었을 테고."

할아버지는 무릎 사이에 바구니를 놓고 내려다보았다.

"바구니라고 다 같을 필요가 있나. 옷감도 날줄과 씨줄 형태만 바꿔도 다른 짜임이 생기고, 실을 염색하면 다른 색상이 나오지."

갑자기 할아버지가 머리를 뒤로 젖히며 흔들었다. 크고 검은 털 모자가 벗겨질 뻔했다.

"우리도 집 진흙 벽에 꽃과 문양으로 가득한 밝고 화사한 천을 드리우잖니! 위구르족의 타고난 열정을 나타내는 게 아니겠니!"

할아버지는 무릎에 끼고 있던 바구니를 메리걸에게 건넸다.

"우리 민족은 손으로 아름다운 걸 만드는 즐거움을 잊은 적이 없단다. 특히 많은 것을 빼앗길 때는 더욱 그랬지."

할아버지가 잠시 말을 멈추고 저 멀리 시선을 보냈다.

"바구니라고 밋밋하라는 법은 없지."

"감사해요, 할아버지."

할아버지는 발 앞에 놓인 버드나무 줄기를 모아 다시 엮기 시작했다.

"네 아버지가 순례 길에 바구니를 몇 개 더 가지고 가고 싶어 해서 빈둥거릴 틈이 없구나."

"저도요."

메리걸이 자기 바구니를 챙겼다.

"제 바구니는 보관해 둘게요. 특별한 장소가 있거든요. 금방 돌아올게요."

메리걸은 조심스레 집 모퉁이를 살며시 돌아갔다. 그쪽 길이 한산했다. 메리걸은 찻길로 내려가 대나무 숲으로 달려갔다. 찻길에서 흙먼지가 일어도 신경 쓰지 않았다.

'할아버지 말이 맞는다면 얼마나 좋을까. 누군가는 바구니가 독특해서 더 좋아할지도 모른다는 말. 바구니를 더 가지고 싶어 하지 않는다면, 부인은 돌아오지 않겠지. 만약 부인이 돌아온다면?'

몇 분 뒤 메리걸은 할아버지의 작업실에 돌아와 있었다. 할아버지가 가져다 둔 자루에서, 잘라 놓은 버드나무 가지를 꺼냈다. 축축한 가지들은 이미 노란색에서 짙은 황갈색으로 변해 있었다. 메리걸이 가장 좋아하는 빛깔이었다. 메리걸은 가지들을 코에 대고 달콤한 향기를 들이마셨다. 할아버지의 냄새, 할아버지가 새로 만든 바구니의 냄새, 언제나 메리걸에게 만족감을 주는 냄새였다.

"제가 도와드릴게요. 바구니 하나쯤은 덜 만드시게요."

메리걸이 할아버지 옆에 앉으며 말했다.

"랄리가 돌아오면 안에 들어가서 차 마셔요."

"네 아버지는 내일쯤 떠날 거야. 바구니를 많이 만들어 놔야
해."

할아버지는 주머니에서 잉지사 칼을 꺼내어, 둘 사이에 내려놓
았다.

메리걸은 감동으로 벅차올랐다. 그동안 할아버지를 수없이 도와
왔다. 할아버지는 손녀에게 가지를 엮고 테두리를 감싸고 손잡이
를 묶는 방법을 가르쳐 주었다. 이제 둘 사이에 놓인 칼은 할아버
지가 메리걸에게 옆자리를 온전히 내어 준다는 뜻이 아니었을까?
메리걸은 어디에 있든, 지금 이 순간을 잊지 않기로 했다.

메리걸은 길고 가느다란 버드나무 가지를 바퀴살 모양으로 배열
하면서 여유를 찾았다. 한가운데부터 가지를 엮어 가며 바구니 밑
바닥을 만들기 시작했다. 버드나무 가지는 거친 포도나무 줄기보
다 다루기가 쉬웠다.

할아버지는 바구니의 옆면을 만들고 있었다. 밑바닥을 발로 밟
아 고정하고 나머지 줄기를 위쪽으로 향하게 두었다. 그러고는 가
지를 두 가닥 앞으로, 그다음은 한 가닥 뒤로, 다시 두 가닥 앞으
로, 한 가닥 뒤로 밀어 넣었다 당겼다 하며 엮었다.

할아버지가 흥얼거리기 시작했다. 멜로디는 없이, 박자만 이어지
는 흥얼거림은 할아버지가 바구니 안팎으로 손가락을 움직일 때
마다 되풀이되었다.

메리걸도 입속으로 흥얼거렸다. 어쩐지 귀가 잘 들리지 않는 할아버지도 듣고 있는 듯했다. 할아버지가 일손을 멈추더니, 손을 뻗어 메리걸의 손을 토닥토닥 두드리고는 다시 일을 시작했다. 둘의 목소리가 한데 어우러졌다. 위로 둘, 아래로 하나, 위로 둘, 아래로 하나······.

소중하지 않은 존재

늦은 아침이었다. 메리걸은 길에서 트럭이 덜컹거리며 내려오는 소리를 들었다. 날이 밝은 뒤부터 아버지가 귀 기울이며 기다리던 소리였다. 아버지는 서둘러 찻길로 달려 나가 손을 흔들며 자기 집을 잘 찾았다는 신호를 보냈다.

트럭이 마구 흔들리다가 멈췄다. 끼익하는 브레이크 소리가 대기를 갈라놓았다. 완전히 망가진 먼지투성이 차 모습에 메리걸은 실망했다. 전조등을 테이프로 붙여 놓은 고물 차로 카우혼 산까지 갈 수 있을까? 차라리 반나절 동안 당나귀 수레를 타고 가는 쪽이 낫겠다 싶었다.

체격이 우람하고 키가 큰 한 남자가 조수석에서 내려 운전석으로 걸어갔다. 문이 열리지 않도록 묶어 둔 밧줄을 풀자, 건장한 젊은 남자가 운전석에서 내렸다. 아버지는 어디에 타게 될까? 차 앞쪽에는 아버지가 앉을 만한 자리가 없었다. 트럭 짐칸에는 상자와 가방이 쌓여 있고, 검은 양 한 마리와 새끼 양 두 마리가 구석에 처박혀 있었다. 그리고 양 바로 옆에 어떤 젊은 남자가 있었다.

아버지는 동물과 함께 트럭 짐칸에 타려고 할까?

만에 하나 아버지가 떠나지 않는다면? 메리걸은 바구니를 만들 시간이 얼마나 될지 셈해 보았다.

차에서 내린 두 사람이 할아버지를 만나러 마당으로 들어섰다. 지금 메리걸은 아버지를 걱정할 때가 아니었다. 할아버지는 마당에 맨발로 쪼그려 앉아, 아버지가 떠나기 전에 바구니를 하나라도 더 만들려고 일하는 중이었다. 메리걸이 할아버지에게 달려갔다.

"할아버지, 아버지와 함께 순례를 떠날 사람들이 인사하러 오고 있어요. 일어나시도록 도와드릴게요."

메리걸은 자신을 자책했다. 어째서 할아버지를 준비시킬 생각을 못 했을까? 아버지도 왜 그러지 않았을까? 손님은 늘 할아버지에게 경의를 표했다. 어머니라면 할아버지의 깨끗한 셔츠를 준비했을 테고, 손님을 기다릴 때 할아버지에게 신발을 신으라고 한 번 더 알려 줬을 텐데. 어머니는 오늘 쉬고 있었다. 아버지를 배웅하지도, 떠날 채비를 도와주지도 않았다.

그래도 할아버지가 일어서는 모습에서 위엄이 느껴졌다. 새하얀 턱수염 위로 보이는 눈에는 연륜과 인자함이 묻어났다.

먼저 몸집이 떡 벌어진 나이 든 남자가 할아버지에게 다가갔다.

"아살람 알라이쿰(Assalam alaykum. 당신에게 평화가 깃들기를)!"

남자는 오른손을 펴서 가슴에 대고 가볍게 인사했다.

"와 알라이쿰 아살람(Wa alaykum assalam. 당신에게도 평화가 깃들기를)."

할아버지가 남자를 빤히 쳐다보며 말했다.

젊은 운전사도 할아버지가 하는 대로 손을 올리고 인사했다.

"여긴 오스만이고, 옆은 오스만의 아들이에요. 트럭에 아들이 한 명 더 타고 있는데, 산에 가는 길에 넘겨 줄 양을 돌보고 있어요."

조금 전만 해도 친절하게 인사를 나누던 아버지가 통명스럽게 말했다.

이어서 아버지가 남자들에게 할아버지를 소개하는데, 메리걸 앞을 가로막고 서며 메리걸을 없는 사람 취급했다.

메리걸은 몇 발자국 물러섰다. 분노가 끓어올랐다. 아버지의 무례함에 당황스러웠다. 냉소적인 목소리에 마음이 상했다. 아버지는 메메트가 집에 없다고 메리걸을 무시하는 걸까? 제 옆에 남을 아들 하나 없는데 메메트는 떠나가 버렸다고? 아니면 메리걸을 보면 메리걸의 처지가 떠오르는 걸까? 자기가 먹이고 키웠는데, 조만간 집을 떠나 다른 누군가와 결혼해서 다른 집 일을 해 줄 배은망덕한 딸이라고?

메리걸은 사내아이로 태어나지 않았으니 땅속으로 사라져야만 할까?

메리걸은 그 자리에서 빠져나와 현관에서 사람들을 엿보았다. 오스만이 할아버지에게 건넨 인사말을 듣고, 가죽 같은 거친 얼굴에 할아버지를 향한 존경의 표정이 스치는 걸 보니 왠지 기분이 좋아졌다. 오스만은 할아버지가 오아시스에서 힘겹게 겪은 위구르족 투쟁사의 산 증인임을 아는 듯했다. 자신이 위구르족의 자부심과 역경을 모두 아는 사람 앞에 서 있다는 사실도.

"메리걸! 트럭에 실을 짐을 집에서 가져와."

아버지가 소리를 질렀다. 그 불쾌한 말투에, 메리걸은 자신이 전혀 소중한 존재가 아니라는 생각이 다시금 들었다.

"네, 아버지."

메리걸은 있는 힘껏 냉랭하게 대꾸했다.

부엌으로 간 메리걸은 저장실에서 호두와 말린 복숭아를 넣어 둔 가방을 꺼냈다. 자신이 구운 난을 담은 봉지와 아버지가 여행 중에 먹을 건포도를 챙겼다.

메리걸은 집에서 나오다가, 할아버지의 작업실에서 나오는 아버지와 마주쳤다. 아버지는 가방 두 개를 메고 있었다. 메리걸은 바구니를 가방 하나에 챙겨 넣어 뒀다. 아버지는 왜 가방을 다시 꾸렸을까?

"뭘 빤히 쳐다봐?"

아버지가 팔꿈치로 메리걸을 밀치며 쏘아붙였다.

메리걸은 뒤로 비틀거리면서 들고 있던 무거운 가방들을 놓치지 않으려고 애썼다. 어째서 아버지는 메리걸의 마음을 이토록 아프게 할까? 메리걸은 무슨 일을 하든 아버지의 화를 돋우지 않으려고 조심했는데. 메리걸은 트럭으로 걸어갔다. 낯선 사람 앞인데도 이상하게 마음이 편했다.

오스만이 메리걸한테서 가방을 건네받았다. 오스만은 메리걸에게 인사조차 하지 않았다. 아버지가 메리걸을 사랑하는 딸로 여기지 않는 마당에, 오스만이 메리걸에게 인사할 까닭이 없었다.

아버지는 트럭 짐칸에 가방을 놔두고 하나하나 단단히 묶어 두었다. 이제 오스만의 아들 두 명이 음매 우는 양들 옆에 쭈그려 앉았다. 아버지는 오스만의 차 문을 운전석에 끈으로 동여맨 뒤 조수석에 탔다.

모두 차를 타고 멀어져 갔다.

잘 다녀오겠다는 손 인사도, 엄마를 잘 보살피라는 말 한마디도 없었다. 게으름 피우지 말라는 말도 안 했다. 시간 맞춰 집안일을 하라는 주의조차 하지 않았다.

메리걸이 찻길에서 돌아오는데, 할아버지가 집 옆에 가만히 서 있었다. 메리걸이 다가가자, 할아버지가 펼친 손을 내밀었다. 메리걸이 할아버지의 손바닥에 자기 손을 얹었다. 옹이 진 할아버지의 손가락에서 느껴지는 묵직함과 편안함에 메리걸은 마음이 차분해졌다.

"아버지는 남자가 함께 데려온 두 아들을 보고 슬퍼졌던 것 같아요. 맞죠? 아버지는 오빠가 여기 없다는 사실을 못 견뎌 했으니까요."

메리걸이 할아버지의 손을 꽉 잡았다.

"그래서 아버지가 저한테 이상하게 행동하고, 사실 아버지를 화나게 한 건 오빠라고 생각하시죠?"

안쓰러운 마음에 촉촉해진 할아버지의 눈가를 보고, 메리걸은 마음이 누그러졌다.

"내 예쁜 메리걸, 아버지가 네게 한 행동에 어떤 변명을 붙일 수 있겠니."

그래서, 그다음은?

"랄리, 더 서둘러. 이른 시간인 줄 알지만 날 도와줄 사람은 너뿐이야. 카와이 디안(Kwai dian. 빨리)."

메리걸은 잠이 덜 깬 동생이 정신 차리도록 선생님 말투까지 써가며 만다린 어로 재촉했다. 수레에 짐을 반밖에 싣지 못했고, 이미 떠나야 할 시간이었다. 곧 출발하지 않으면, 시장에 좋은 자리가 하나도 남아 있지 않을 게 뻔했다. 메리걸은 앞에 있는 랄리에게 비키라고 손짓하면서 집으로 들어가 가방에 호박을 더 채웠다.

메리걸은 지난밤 해가 진 뒤로도 한참을 더 호박을 구운 뒤 뻗어 버렸다. 아버지가 떠난 뒤로 잠시도 쉬지 않고 일했건만, 여전히 호박 몇 개는 굽지도 못한 채로 팔아야 했다. 어머니가 실망했을지도 모르지만, 메리걸은 어머니가 거들지 못하게 했다. 어머니는 시장에 가 주는 것만으로도 충분했다.

메리걸은 이제 어머니를 깨웠다. 어머니가 이렇게 늦게까지 자는 날은 드물었다. 의사가 준 차를 마셔서 편안하게 잠을 깊이 자는 듯했다.

"일어날 시간이에요. 출발해야 해요."

메리걸이 어머니의 팔을 흔들며 말했다.

어머니는 평온했던 꿈속에서 깨어나 벌떡 일어나 앉았다.

"그래, 갈 거야. 가야지. 더 일찍 깨우지 그랬니? 도와줘야 했는데."

어머니는 곧바로 일어나 침상 위에 걸린 빨랫줄에서 치마를 잡아당겼다.

"오늘은 빨간 스웨터를 입으세요. 행운이 있도록요."

어머니가 양손을 모아 깍지를 꼈다. 스스로 보호막을 치고 내면 깊숙이 틀어박히려고 할 때 취하는 끔찍한 행동이었다. 메리걸은 어머니의 손을 잡고 깍지를 풀었다.

"스웨터를 가져올게요."

메리걸은 스웨터를 넣어 둔 원목 옷장으로 향했다.

"식사 마치시면 머리 땋아 드릴게요."

어머니가 고개를 들자 메리걸과 눈이 마주쳤다. 메리걸은 어머니가 자신을 쳐다본 게 몇 주만인 듯했다.

그날 아침은 되는 일이 없었다. 메메트랑 아버지가 당나귀에 마구를 매는 광경을 얼마나 많이 봐 왔던가? 당나귀는 메메트나 아버지가 목줄과 마구, 복대를 묶는 동안 제자리에 선 채로 순순히 몸을 내맡겼건만, 메리걸에게는 그러지 않았다. 당나귀는 앞발을 연신 버둥댔고, 냄새 고약한 이빨로 메리걸을 깨물며, 마치 그거 하나 제대로 못 하느냐고 투덜대는 듯했다.

"가만히 좀 있어!"

메리걸이 소리치자, 당나귀는 3km 내에 있는 모든 당나귀에게 자기를 구하러 와 달라는 듯 시끄럽게 울어 댔다. 메리걸은 더욱 상냥하게 재촉하면서 결국 녀석에게 해야 할 건 다 해냈다. 할아버지가 보지 않는 곳에서 해내서 기뻤다. 할아버지는 그게 당신 일이라고 고집을 피웠을 테니까. 그렇게 힘든 일을 할아버지가 해서는 안 되었다.

메리걸이 가축우리에서 당나귀를 끌고 나오니, 어머니와 랄리가 수레 옆에 있었다. 둘은 수레 손잡이를 당나귀 허리띠에 있는 고리를 지나 목줄에 달린 고리로 끼우는 일을 도왔다. 어머니가 당나귀를 잡고 있는 사이, 메리걸은 할아버지의 방으로 달려갔다. 할아버지는 이미 하루 동안 작업할 버드나무 가지를 나눠 물에 담그는 일로 바빴다.

"되도록 빨리, 호박을 전부 팔자마자 곧장 올게요."

할아버지는 계속 손을 놀리며 고개를 끄덕였다. 할아버지를 홀로 놔두는 것에 걱정하는 사람은 메리걸뿐인 듯했다.

"시간 되시면 차도 드세요!"

"그래, 그러마. 얼른 가 봐. 해가 더 높이 뜨기 전에 출발해야지."

할아버지는 더미에서 떨어진 가지 하나를 줍고는 무심히 툭툭 쳤다. 마치 그만 가 보라고 말하는 듯했다.

메리걸과 어머니와 랄리는 미루나무가 줄지어 선 좁은 도로를 따라갔다. 공기는 그때까지도 얼얼했다. 늙은 당나귀는 고집스레 자기만의 속도로 걸어갔다. 메리걸이 소리쳐도 무시하고, 채찍질을 해도 언제 채찍을 내리친 줄도 모르니, 뭐라고 하나 마나였다. 셋은 길가에서 풀을 뜯는 양과 막대에 물통을 매달고 등에 지고 가는 여자 옆을 지나갔다.

시장으로 가는 동안 조용할 새가 없었다. 랄리가 어찌나 크게 조잘대던지, 높은 곳에서 지저귀는 할미새 소리조차 들리지 않을 정도였다. 랄리는 학교에 가지 않더라도, 빨간 웃옷에 격자무늬 치마, 빨간 레깅스와 끈 달린 흰색 신발을 신어도 된다고 허락받았다. 어머니는 랄리를 옆으로 바짝 끌어당겼다. 둘은 수레에서 다리를 늘어뜨리고는 다리를 꼬았다 풀었다 하며 대롱거렸다. 랄리는 친구 얘기를 늘어놓고, 고운 목소리로 어린 시절에 부르던 노래를 허공에 띄워 보냈다. 어머니는 물론이고 메리걸도 가끔 따라 불렀다.

시장 가까이 다다르자 도로가 북새통을 이뤘다. 셋이 탄 수레도 쭉 늘어선 수레 행렬에 섞여 들었다. 메리걸은 수레에서 내려 당나귀를 몰았다. 발걸음을 옮길 때마다 모래와 먼지가 날리면서, 신발과 헐렁한 바지에 먼지 때가 한 겹 덧입혀졌다. 치마를 입었다면 좋았겠지만 바꿔 입을 시간이 없었다. 사실 아무래도 좋았다. 그날 아침 모처럼 세 모녀가 보낸 즐거운 순간이 메리걸의 마음속에 새겨졌으니까.

주위가 시끄러워질수록 랄리의 노랫소리도 커졌다. 랄리는 학교에서 배운 만다린 어 노래를 불렀다. 메리걸이 쳐다보자 랄리가 손으로 입을 막으며 노래를 멈췄다. 랄리는 지켜야 할 약속을 잘 지켰지만, 어머니는 이미 들어 버렸다. 메리걸은 이제 랄리가 바깥세상, 즉 어머니가 더는 속하지 않은 세상에 발을 걸친 아이라는 사실을 어머니도 떠올리고 말았으리라 생각했다. 어머니는 가만히 무릎 위로 깍지를 꼈다.

양모 장수 옆자리는 다른 사람이 꿰찬 뒤였다. 메리걸은 당나귀를 시장 안쪽으로 끌고 가면서, 사람들이 오다가다 주황빛 구운 호박과 양파 냄새에 취해 배 속에 한턱내고 싶은 마음이 들 만한 자리를 물색했다. 메리걸네는 오늘 번 돈으로 이번 한 주를 버텨야 했다. 아버지는 여행하면서 자기가 번 돈보다 더 많이 쓸 가능성이 높았다. 메리걸은 당나귀를 잡아당겨 빈자리로 끌었다.

메리걸네 옆에 있던 여자는 수레에 감자와 풋고추, 홍고추를 높이 쌓아 놓고, 손님에게 줄 고추를 저울질하고 있었다. 메리걸이 보기에 수더분해 보이는 여자였다. 머리에 두른 노랑고 빨간 스카프 아래로 주름진 이마와 눈이 보였다. 어머니는 여자가 건네는 인사에 마주 인사했다. 메리걸이 시장 끄트머리에 있는 나무에 당나귀를 묶으려고 자리를 떠났을 때도, 어머니는 그럭저럭 좋아 보였다.

오히려 불안해하는 사람은 메리걸이었다. 메리걸은 수레로 서둘러 돌아오면서 당수 부인이 있는지 사람들을 유심히 살펴보았다. 부인이 비밀리에 감시 활동을 맡은 듯했다. 메리걸로서는 사람들 틈에 뒤섞여 있는 게 가장 안전했다.

오전이 다 가도록 쭉 늘어선 수레마다 장사가 잘 되었다. 메리걸이 자리 하나는 잘 맡았다. 근처 어디를 봐도 당수나 당수 부인은 보이지 않았고, 어머니의 호박은 불티나게 팔렸다.

랄리가 홍보 역할을 톡톡히 했다.

"여기 최고의 맛을 자랑하는 엄마표 호박이 있어요!"

랄리가 노래하듯 외치고는, 손님에게 다가가 살살 꾀었다.

"저희 어머니가 특별한 레시피로 만들었거든요."

랄리는 언제 손님 팔을 붙들고 수레로 끌고 올지 잘 아는 듯했다. 수레에서는 메리걸이 호박을 자르고 손님과 가격을 흥정했다. 어머니는 뒤집어 놓은 상자에 기대앉아 있었다.

메리걸이 수레 짐칸에서 자르지 않은 호박을 더 가져올 때였다. 문득 당수 부인이 채소 장수에게 가서 고추 몇 개를 고르는 모습이 보였다. 채소 장수가 고추 무게를 다는 사이, 부인이 주변을 둘러보다가 자신을 보는 메리걸을 알아보았다. 그 끔찍한 순간, 둘의 시선은 얽혀 버렸다. 당수 부인은 표정 하나 바뀌지 않은 채 고추를 봉지에 넣고 유유히 사라졌다.

부인은 자신이 알아야 할 것을 알아냈다. 메리걸이 학교에 가지 않았다는 사실을.

오후 중반쯤 되자, 장사도 한풀 꺾였다. 시장에 손님도 뜸해져, 메리걸은 장사를 접고 싶었다. 게다가 당수 부인이 다시 돌아올까 봐 두려웠다. 하지만 팔아야 할 호박이 두 개 남아 있었다. 메리걸은 호박 가격을 내렸다. 랄리는 홍보 노릇을 하느라 지쳤고, 손님이라고 해 봐야 감자나 고추를 사러 들른 사람들뿐이었다.

호박 반 개만 남았을 즈음, 메리걸은 실 장수 옆을 지나가는 패티를 보았다. 패티는 메리걸이 그곳에 있으리라 짐작한 모양이었다. 메리걸은 친구를 보고 기쁜 나머지, 길가로 가면서 손을 흔들었다. 순간, 패티 옆에 있는 하진자를 보았다. 하진자는 굽이 높은 빨간색 신발을 신고 흙바닥을 사뿐사뿐 걷고 있었다.

메리걸은 손을 내렸지만, 둘이 메리걸을 알아보았다. 주름투성이에 지저분한 복숭앗빛 바지와 때 묻은 웃옷, 목에 수건 두른 모습을 들키고 말았다. 메리걸은 얼른 랄리를 앞에 세웠다. 예쁜 빨간 겉옷에 순백의 스카프를 두른 여동생이 방패막이가 되어 주기를 바랐다.

"패티 언니, 패티 언니!"

랄리가 소리치며 언니 친구에게 달려가 얼싸안았다. 메리걸은 창피해서 어쩔 줄 모른 채로, 서로 팔짱을 끼고 수레로 다가오는 패티와 랄리를 쳐다보기만 했다. 하진자가 어깨를 으쓱하고는 잔뜩 구긴 얼굴로 뒤따라왔다.

메리걸은 수레 뒤로 돌아가 어머니를 데리고 나왔다.

"안녕하셨어요!"

패티가 인사하고는, 어머니와 꼭 껴안았다. 어머니의 빨간 스웨터와 하얀 단추가 달린 패티의 붉디붉은 겉옷이 한데 뒤섞였다. 메리걸이 어머니와 얼굴을 맞대며 포옹한 지는 몇 주, 몇 달이 넘었다. 아니, 그보다 더 오래되었을지도…….

어머니가 미소를 지었다. 메리걸이 보기에 어머니의 얼굴빛이 발그레했다. 어머니는 행복해 보였다. 메리걸은 돈을 조금만 더 벌고 빨리 집에 가고 싶었다.

등 뒤에서 "안녕!" 하는 쾌활한 목소리가 들렸다. 메리걸이 고개를 돌리니, 랄리가 하진자를 수레로 잡아끌고 있었다. 하진자를 올려다보는 눈빛이 마치 여왕 폐하라도 만난 듯했다.

메리걸은 얼굴에서 모든 감정을 거둬 내고는, 랄리에게 다가가 동생 어깨를 손으로 꽉 움켜쥐었다. 랄리는 무슨 뜻인지 눈치채고 말을 멈추고는 메리걸에게 기대섰다.

"우리 어머니한테 인사드릴래?"

메리걸은 어머니와 하진자가 마주 보도록 한쪽으로 비켜섰다.

"틴클리크무(Tinchliqmu? 잘 지냈니)?"

어머니가 위구르족의 전통 방식으로 인사를 건넸다. 머뭇거리긴 했어도 친절한 태도였다.

"틴클리크! 시즈-추(Tinchliq! Siz-chu? 잘 지냈어요. 아주머니는요)?"

하진자가 정확한 단어로 대꾸했지만, 어머니는 눈을 깜박이다가 이내 내리떴다.

"틴클리크(Tinchliq. 잘 지냈지)."

어머니는 이렇게 대답하며 인사를 마쳤다. 들릴락 말락 하는 목소리였다.

하진자가 원래 저런 자세로 섰던가? 냉랭한 말투에 고개까지 쳐들고? 하진자가 인사한 태도에서, 어머니를 딸만큼이나 촌스럽게 여기는 느낌이 배어 나왔다.

"잠시 메리걸 좀 데려갈게요. 곧바로 보내 드린다고 약속해요."

패티가 어머니의 손을 다정하게 잡으며 말했다.

메리걸은 랄리더러 어머니에게 가라고 손짓하고는, 조금 거리를 두고 패티와 하진자를 따라갔다. 패티는 가방을 들고 있었다. 메리걸은 가방 안에 바구니를 장식할 펠트 조각이 있기를 바랐다. 하진자가 얕본다 해도, 메리걸은 꿀리지 않고 자신이 원하는 바를 얻어 내기로 마음먹었다.

"하우 아 유 두잉(How are you doing? 잘 지냈어)?"

메리걸은 패티가 영어로 질문하는 것도 마음이 불편했다. 지난번 패티가 찾아온 뒤로 영어 공부할 시간을 내지 못했다.

"위 해브 어 그레이트 잉글리시 티쳐(We have a great English teacher. 우린 좋은 영어 선생님을 만났지)."

하진자도 영어로 말했다.

"쉬 이즈 게팅 시디즈 포 미 소우 아이 캔 스터디 온 마이 오운(She is getting CDs for me so I can study on my own. 혼자 공부하라고 시디까지 주셨다니까)."

하진자가 계속 영어로 떠벌렸다. 메리걸에게는 아무 의미 없는 말이었어도 열등감에 불을 지피기에 충분했다.

"아, 맞다. 내가 약속한 거 있잖아, 기억나?"

패티가 중간에 끼어들어 만다린 어로 물었다.

하진자랑은 위구르 어로 말하지 않는 걸까? 위구르 어는 가난한 농부나 쓰는 언어일까? 메리걸은 그 자리를 박차고 나오고 싶었다. 하지만 패티의 가방에 든 것을 가지고 싶은 마음이 더 컸다.

메리걸은 억지로 즐거운 표정을 지었다.

"당연히 생각나지."

메리걸은 위구르 어로 대답했다. 그러면서도 하진자가 머리 뒤로 양손을 엇갈려 잡으며 눈알을 굴리는 모습을 놓치지 않았다. 패티가 들고 있던 가방을 메리걸에게 건네자, 하진자는 짜증 난다는 듯이 어깨를 으쓱했다.

"이제 가도 되니, 패티? 심부름은 끝난 거야?"

하진자가 다그쳤다.

"레이스 장식이 달린 레깅스를 어디서 파는지 알고 싶다며? 그럼 그만 가야 해. 우리 어머니를 계속 기다리게 할 수는 없다고."

패티가 고개를 끄덕였다. 패티는 재빨리 메리걸과 눈을 맞추고는, 몸을 돌려 하진자를 따라 미로 같은 시장 틈새로 사라졌다. 메리걸은 패티의 시선이 무슨 뜻인지 알지 못했다. 그저 가장 친한 친구가 자신을 떠나갔다는 것, 팔짱까지 끼진 않았더라도 자신이 좋아하지도 믿지도 않는 누군가와 나란히 걸으며 자신이 닿을 수 없는 세상으로 가고 있다는 것 말고는.

늙은 당나귀를 타고 집으로 가는 동안 랄리가 노래를 불렀다. 그래도 메리걸은 아무 위로가 되지 않았다. 만약 자신이 멀리 보내진다면? 이곳에서 체념한 채 받아들여야만 하는 삶보다도 더 나쁠까? 얼마큼 지나면 어머니처럼 될까? 얼마큼 지나야 차를 마시며 하루를 버티게 될까? 메리걸은 랄리와 할아버지 곁을 떠난다는 건 상상조차 할 수 없었다. 하지만 메리걸이 없는 편이 더 나을까? 메리걸이 집으로 돈을 보내 준다면?

바구니를 판 돈에서 학비를 내라고 아버지가 얼마쯤을 메리걸에게 떼어 준다고 치자. 그래서 손가락을 꼽을 만큼의 나날 동안 학교로 돌아간다 해도, 그래서 그다음은? 봄이 오면 농장 일은 많아지기 마련이었다. 아버지가 온종일 일한다고 해도 혼자서는 감당하기 힘들었다.

이곳에 머물든 떠나든, 메리걸은 자신의 미래가 보이지 않았다.

요란한 손님과 도둑

처음에는 신음이 낮게 들렸다. 어쩌면 약초 기운에 잠든 어머니가 억눌린 슬픔을 토해 내는지도 몰랐다. 메리걸은 이불 속으로 더 깊이 파고들었다. 따뜻한 기운과 머릿속을 채운 생각에 기분이 좋았다. 잠시 뒤에 일어나 할아버지에게 칼을 빌려 포도나무 덩굴로 갈 참이었다. 마침내 아버지가 자신을 찾을지도 모른다는 두려움에서 벗어났다. 물론 집안일이 있었지만 오늘은 휴일로 삼기로 했다. 메리걸은 오로지 패티가 준 빨갛고 파란 펠트 조각들을 엮어, 더욱더 멋진 바구니를 많이 만드는 일에만 전념할 생각이었다.

신음이 더욱 커졌다. 울부짖는 소리. 이제는 밖에서 휘이잉 하는 소리로 들렸다.

메리걸은 자리에서 일어나 앉아 무슨 소리인지 귀를 기울였다. 마치 수많은 북을 두드리듯 지붕과 진흙 벽이 쿵쿵 울렸다.

메리걸은 쏜살같이 문으로 달려갔다. 문이 활짝 열리지 않게 조심하며, 모래와 먼지가 소용돌이치며 만든 장벽을 문틈으로 엿보았다. 미세한 알갱이가 콧속과 목구멍으로 들어가자 기침이 나고 목이 막혔다. 힘겹게 문을 닫은 메리걸은 지금 일어난 실제 상황에 어안이 벙벙했다. 타클라마칸 사막의 신들이 오아시스 너머로 바람과 모래를 보내는 날을 오늘로 선택할 줄이야.

메리걸은 모래와 먼지 때문에 손바닥에 침을 칵 뱉고, 눈을 깜빡거렸다.

그때 요란스러운 소리가 들렸다. 사다리가 지붕에서 바닥으로 떨어졌다. 그 밖에 뭐가 바람에 날아가고 있을까? 누가 이 일을 수습할까? 누가 피해를 살피려고 애쓸까? 아버지? 메메트?

할아버지! 메리걸은 옷을 잡아챘다. 할아버지 혼자 집에 들어오려고 하기 전에 도와야 했다.

메리걸은 랄리가 칭얼대는 소리에 침상으로 갔다.

"무슨 일이야, 언니?"

메리걸은 동생을 침상 덮개 밑으로 쑥 밀어 넣었다.

"사막에서 모래가 행차하셨네. 우리가 이웃인 걸 잊지 말라고."

메리걸은 랄리의 이마에 가볍게 입을 맞춘 뒤, 랄리의 머리 위로 담요를 덮었다.

"그래도 넌 안전해. 모래가 안으로 들어오지 못하게 할게. 틈새로 들어오는 모래는 얼마 안 될 거야. 더 자. 일어나기 아직 일러."

"학교 가야 하는데."

"오늘은 아니야. 할아버지를 모셔 올게. 할아버지가 집 안에 계시게 하는 게 네 임무야. 할아버지는 밖에 나가 도우려고 하실 테니까. 하지만 절대 안 돼, 랄리! 할아버지한테는 위험해. 어머니한테 도와 달라고 할게. 알았지?"

"알았어."

랄리는 이미 일어나 앉아 동그랗게 뜬 눈으로 나직이 대꾸했다.

메리걸은 스웨터 하나를 더 껴입고, 촘촘히 짜인 비단 스카프로 코와 입을 막아 뒤로 묶었다. 또 다른 스카프로는 반쯤 눈을 가리고 머리도 덮었다.

메리걸은 재빨리 밖으로 나가 뿌연 풍경 속으로 들어섰다. 벽에 몸을 바싹 붙인 채로 조금씩 움직여 할아버지의 작업실로 향했다.

방 안이 어두웠지만 할아버지가 벽에 붙어 웅크려 있는 모습이 보였다.

"할아버지, 저희랑 같이 계세요."

메리걸은 소란스러운 모래 폭풍 속에서 자기 목소리가 들리기를 바라며 소리쳤다.

"우리가 해야 할 일이 많겠구나."

메리걸이 일으켜 세울 때 할아버지가 말했다.

"나중에요. 깔개로 얼굴을 가리세요. 제가 모시고 갈게요."

둘은 다시 살금살금 걸으며 벽을 따라 현관까지 갔다. 메리걸은 할아버지가 자신을 따라가기를 꺼리는 듯이 느껴졌다. 도움을 주고 싶어 하는 할아버지의 마음을 잘 알았다.

랄리가 문 안쪽에서 기다리고 있었다.

"랄리, 빗자루를 가져와. 할아버지의 겉옷에서 모래 좀 털어 내 드려."

메리걸은 부엌에서 꼼짝 않고 서 있는 어머니를 바라보았다.

"어머니, 가만히 서 있지 마시고 도와주세요. 나뭇가지가 필요할까요? 물은요? 저 대신 확인해 주세요. 저는 밖에 나가야 해서요."

"나뭇가지 좀."

어머니가 고개를 돌리며 대꾸했다.

"미안하다, 메리걸. 잠을 깨려고 애쓰는 중이야. 무슨 일이 일어났는지는 알아."

"랄리 좀 돌봐 주세요. 그건 할 수 있죠?"

랄리는 손에 빗자루를 들고 서 있었는데, 길 잃은 병아리처럼 잔뜩 겁에 질려 보였다. 메리걸은 랄리나 어머니, 심지어 자신에게조차 어떤 위로도 건넬 수 없었다. 뭘 해야 할지 통 알 수가 없었다.

"집 안에 계세요. 아무도 저를 따라 나오지 마시고요."

메리걸은 할아버지에게 고개를 끄덕여 보이고는, 모래 폭풍에 맞서 문을 열어젖혔다.

메리걸은 집 벽에 바짝 붙어서 사다리를 살펴보러 갔다. 사다리의 첫 번째 계단이 돌 더미에 박살이 났지만 그럭저럭 쓸 만했다.

메리걸은 사다리를 끌고 헛간으로 향했다. 집 모퉁이를 도는 순간, 느닷없이 돌풍이 메리걸을 후려쳤다. 메리걸은 사다리를 움켜잡은 채 바닥에 엎드려, 돌풍이 부는 방향을 살펴보았다. 가늘게 뜬 눈에, 잿빛 하늘을 배경으로 노란색 줄무늬가 날아다니는 광경이 보였다. 옥상에 보관해 둔 말린 옥수숫대들이 바람에 날려 마당으로, 논밭으로, 그 너머로 휘날려 갔다. 겨울에 수프로 끓여 먹으려던 낟알과 난로의 연료로 사용했을지 모를 옥수수 속대들도 공중에 떠다니다 사라져 버렸다.

복숭아도 날아갔을까? 아니면 구석으로 쓸려 가, 모래와 먼지로 뒤범벅이 되어 먹을 수 없을 지경이 되었을까?

메리걸은 사다리를 질질 끌며 탁 트인 공간을 기어 헛간으로 가면서도, 머릿속은 온통 엉망이 되었을 식량 걱정뿐이었다.

다 메리걸 탓이었다. 어째서 지난밤 폭풍이 몰려올 낌새를 알지 못했을까? 아버지와 메메트라면 알아챘을 텐데. 그랬다면 식량을 모두 구할 수 있었을 텐데.

메리걸은 이유를 알고 있었다. 메리걸은 이기심에 빠져 있었다. 일찍 일어나 바구니를 만들려면 밤에 푹 자는 것 말고 뭐가 중요했겠는가? 메리걸의 머릿속은 온통 새로 만들 바구니 생각으로 꽉 차 있었다. 빨갛고 파란, 화려한 펠트 조각으로 무늬를 넣은 바구니를 말이다. 메리걸은 바람 소리의 변화, 먼 곳에서 느껴지는 동요에 제대로 귀를 기울이지 않았다. 새들의 움직임도 건성으로 보았다. 사막 폭풍을 피하려면 산으로 날아가야 한다는 걸 잘 아는 친구들이 바로 새인데. 척 보기만 해도 버드나무에 달린 나뭇잎들이 위로 향해 있다는 걸 알았을 텐데.

할아버지는 알고 있어야 하지 않았을까! 메리걸은 멈칫했다. 벌로 모래가 얼굴에 몰아치도록 내버려 두었다. 할아버지는 거의 듣지도 보지도 못하는 분이었다. 할아버지가 알았을 리가 없다. 어머니도 마찬가지였다. 의사가 처방해 준 진정시키는 차를 메리걸이 어머니에게 직접 주었으니 말이다.

메리걸 탓이었다. 그리고 상황은 시시각각 나빠졌다. 당나귀가 헛간에서 발을 걷어차고 시끄럽게 울면서 도망치려고 난리였다. 메리걸은 수레 밑에 사다리를 끌어다 놓았다. 이어 할퀴고 날라 오는 것들을 피하면서, 잽싸게 뛰어가 낡은 꼴망태를 잡아채어 당나귀 머리에 뒤집어씌우고는 단단히 동여맸다. 이만하면 당나귀도 모래 때문에 눈과 코가 고생하지는 않을 듯했다.

헛간 옆에 선 미루나무가 폭풍에 휘어 있었다. 메리걸은 밧줄을 찾아, 나무에 수레와 사다리를 꽉 묶었다. 그 밖에는 할 일이 없었다. 당나귀에게 줄 건초 더미도 이미 휩쓸려 간 상태였다. 폭풍이 멎으면, 당나귀는 구석으로 날아간 모래투성이 지푸라기를 먹어야 할 판이었다.

메리걸은 눈을 비비고 싶었지만 꾹 참고, 잠시 헛간의 격자문에 기대어 얕게 숨을 들이마셨다. 하늘이나 땅이나, 돌진하는 모래로 온통 뿌옜다. 메리걸은 나무판자에 바짝 붙어 서 있는 몇 미터가 세상 전부처럼 느껴졌다. 지난밤 메리걸이 해 놔야 했던 일을 생각해 봤자 보탬이 될 리 없었다.

메리걸은 헛간 가장자리에 처박힌 잔가지를 한 움큼 집어 들고, 집으로 간신히 걸음을 옮겼다.

메리걸이 집으로 들어가자, 랄리가 달려 나왔다.

"잠깐."

메리걸은 랄리에게 멈추라고 손짓하며 잔가지를 내려놓았다. 랄리는 딱 멈춰 서서 유령 같은 언니의 모습에 눈이 휘둥그레졌다.

"랄리, 다른 바지를 가져다줄래?"

메리걸은 모래로 뒤범벅이 된 옷을 벗기 시작했다. 스카프를 막 풀려는데, 순간 어머니가 옆에 있는 것을 보고 깜짝 놀랐다.

"눈 감아! 눈과 코에 모래가 더 들어가면 안 되니까."

어머니가 스카프를 같이 풀어 주며 말했다. 메리걸은 축축한 천이 눈두덩과 눈썹, 이마 위를 쓱쓱 지나가는 걸 느꼈다. 이어 어머니는 스카프를 탁탁 치며, 촘촘히 낀 먼지와 모래를 털어 냈다.

"고마워요."

"옷 갈아입고 차 마시러 와."

메리걸은 식사하는 깔개로 걸음을 옮겼다. 겉에 입은 스웨터를 벗고 바지를 새로 갈아입었는데도 모래 때문에 온몸이 따끔거렸다. 메리걸은 어머니가 보살펴 줘서 기뻤다. 어머니가 불을 피우고 차를 끓이는 동안 앉아 있어도 되어서 좋았다. 어느 틈에 어머니가 찻잔을 들고 뒤에 서 있었다. 어머니 손에서 잔을 받아 드는데 유황 냄새가 훅 끼쳤다. 어머니가 비축해 둔 귀한 석탄 몇 개를 불 피우는 데 쓴 모양이었다.

할아버지와 어머니, 랄리, 메리걸은 조용히 앉아 차를 마시며, 어머니가 깔개 한가운데에 둔 양철 그릇에서 딱딱해진 난을 곁들어 먹었다. 들리는 소리라고는 모래바람이 여기저기 휘젓고 다니며 집을 연달아 치는 소리뿐이었다.

마침내 어머니가 입을 열었다.

"우리 식량 말이야……. 지붕에 있던 거……."

메리걸은 목소리만 듣고도, 어머니가 이미 알아차렸다는 걸 알았다.

"날아가 버렸어요. 못 먹을 거예요."

메리걸은 힘없고 애처로운 자신의 목소리를 들었다. 눈이 따끔거리면서 눈물이 났다. 입에서 먼지가 씹히는 느낌이었다. 구차하고 가슴 아플 말밖에 할 말이 없었다. 아버지나 메메트가 없어서 이 모양이라고 화내 봤자, 사막을 탓하는 것만큼 부질없는 짓이었다. 메리걸은 침상으로 가서 나무틀에 머리를 기댔다.

옆에서 할아버지가 입을 열었다.

"메리걸, 11월에 폭풍이 치는 건 드문 일이란다. 봄이면 모를까, 이맘때라면 예상 못 할 일이지. 푹 쉬자꾸나. 바람이 잠잠해져야 피해가 어느 정도일지 가늠이 될 테니까."

할아버지가 메리걸의 손 위로 자신의 손을 얹었다.

"우리 민족은 이 땅을 선택했어. 그리고 살아남는 방법을 터득했지."

할아버지는 깔개로 돌아가 몸을 웅크리고 앉았다. 이어 눈을 감고 입술을 달싹였다. 기도하는 듯했다. 랄리는 편안하게 누우려는지, 어머니의 무릎으로 기어갔다. 메리걸은 눈을 감았다. 쓰라린 마음이 가라앉는 듯했다.

"봐요! 기적이 일어났어요!"

랄리가 펄쩍펄쩍 뛰면서 소리치더니, 문밖으로 뛰어나갔다.

메리걸은 눈이 끈적끈적 붙어서 떠지지 않았다. 눈을 살살 비비면서 일어나 문으로 향했다.

기적이 일어났다. 비가 오고 있었다! 모래 폭풍이 몰려온 지 몇 시간 만에 비가 내리다니. 비는 와 봐야 일 년에 고작 이삼일 내리고 말았다. 양을 합해 봐야 1cm를 간신히 넘을 만큼이었다. 그것도 운이 좋은 경우였다. 그런데 오늘 비가 내리고 있었다!

메리걸은 밖으로 나와 고마운 빗줄기 속에서 고개를 들었다. 딱딱하게 굳은 땅에 깊숙이 스며들 만큼 비가 오래 내려 준다면, 대기와 땅은 되살아날 터였다. 메리걸도 몸을 추스르도록 비에 몸을 내맡겼다.

랄리가 메리걸의 손을 잡았다.

"언니, 춤추자, 춤!"

랄리가 메리걸을 잡고 뱅뱅 돌더니, 둘은 마치 한 쌍의 바보처럼 함께 빙글빙글 돌고 발을 쿵쿵 굴렸다.

어머니와 할아버지도 빗속에 서 있었다. 메리걸은 할아버지가 올린 기도에 알라신이 바로 이렇게 응답한 거라고 생각했다. 할아버지는 양가죽 모자를 쓴 채로 고개를 들고 비를 맞았다.

당나귀가 시끄럽게 울어 댔다. 기쁘기보다는 배고파서였다.

"그만, 랄리! 당나귀의 양동이에 물을 가득 채워 줘. 나는 녀석이 먹을 만한 게 있는지 살펴볼게."

메리걸이 랄리를 멈춰 세우며 말했다.

"싫어. 더 추자."

랄리가 도움을 청하듯 어머니를 바라보며 말했다. 어머니가 고개를 가로저었다.

"나중에 추자!"

메리걸이 다독였다.

메리걸과 랄리가 헛간에서 돌아오니, 어머니가 냄비와 팬을 모조리 밖으로 꺼내 와 귀중한 빗방울을 모으고 있었다. 할아버지는 마당과 옥수수밭을 가르는 울타리 옆에 서 있었다. 울타리 일부가 폭풍에 넘어져 있었다.

"울타리에서 넘어진 부분을 지붕으로 가져갈 수 있을까? 식량 선반으로 그럭저럭 쓰기 좋을 것 같은데. 선반에 식량을 올려 두면 비가 모래나 먼지를 씻겨 줄 테고. 메리걸, 울타리를 올릴 수 있을 것 같니?"

할아버지가 물었다.

울타리에서 무너진 부분은 상태가 멀쩡했고, 세로로 잘게 켠 널 조각들이 가로 널빤지에 그대로 붙어 있었다. 할아버지의 말이 옳았다. 울타리를 올려 식량을 조각조각 널어놓으면, 비가 도와서 씻겨 줄 터였다.

"할아버지, 기가 막힌 생각이에요."

메리걸은 어떻게든 울타리를 지붕에 올리기로 했다. 사다리 맨 위 계단이 없어졌다는 건 할아버지에게 말하지 않을 참이었다. 여자아이 몸무게쯤은 안전하게 받쳐 줄 것 같았다.

메리걸은 곧바로 격자무늬 울타리를 손봤다. 평평한 지붕 가장자리를 따라 질척거리는 모래가 수북이 쌓여 있었다. 어머니와 랄리는 그 모래 더미 속에서 복숭아를 찾아내어 하나씩 펼쳐 놓았다. 또 아직 건포도로 말리지 않은 포도송이들과 줄에 매달아 놓은 홍고추, 풋고추, 얼마 되지 않는 옥수수 알을 건져 냈다. 저장 식량으로 마련했던 먹을거리를 되찾아 어느 정도 다 펼쳐 놓자, 메리걸은 랄리와 함께 식량을 더 찾으려 집 주위를 뒤졌다. 옥수숫대

몇 개를 찾긴 했지만, 모래로 뒤범벅이 된 복숭아 반쪽은 당나귀 먹이로나 알맞을 상태였다. 어머니는 지붕 위에 있으면서 먹을거리들이 골고루 비를 맞도록 계속해서 뒤집어 주었다.

비는 충분히 내렸다. 많은 것을 잃었지만, 얻은 것도 많았다.

오후 중반 즈음, 햇살이 비쳤다. 땅은 다시 마르고 먼지가 일었다. 메리걸이 작은 물웅덩이에 맨발을 담갔다. 바닥 흙이 부드러웠다. 발을 첨벙거리자 바지 밑단 곳곳에 진흙이 튀었다. 그런 모습을 랄리가 보지 않기를 바랐지만 그래도 기분은 상쾌했다. 오래간만에 날아갈 것만 같았다.

메리걸은 헛간으로 달려가 자전거를 탔다. 되도록 페달을 빨리 밟아 찻길로 내려가 대나무 숲에 다다랐다. 메리걸은 자전거를 숨겨 놓고 숲으로 들어가 비밀 장소로 향했다. 대나무 줄기에 달린 무성한 가지와 나뭇잎들이 엄청났던 모래 폭풍에서 비밀 장소를 지켜 주었다. 메리걸이 숲을 헤치고 들어갈 때도 비가 가볍게 내렸지만, 바구니를 망칠 만큼은 아니었다.

반쯤 들어섰을 때, 메리걸은 걸음을 멈췄다. 패티가 준 펠트 꾸러미를 가지고 오지 않아 속상했다. 하지만 랄리가 같이 가자고 조를까 봐 몰래 나올 수밖에 없었다. 메리는 혼자 있어야 했다. 자기가 모아 둔 덩굴줄기로 머릿속에 그려 온 바구니를 드디어 짤 순간이었다.

메리걸이 다시 걸음을 멈추었다. 길을 잘못 들었나 싶었다. 분명 비밀 장소가 맞았다. 메리걸이 남겨 둔 표식이 여전히 대나무 줄기에 묶여 있었다. 바구니를 덮어 두었던 대나무 덮개도 그대로였다. 그런데 덮개를 치우자, 바구니가 없었다. 메리걸은 무릎을 꿇고 손으로 사방을 더듬었다. 대나무가 옆으로 쓰러져서 바구니가 바람에 날아갔을까? 바구니가 근처에 있을까? 엮지 않은 포도나무 덩굴은 제자리에 차곡차곡 쌓여 있었다. 메리걸이 놔둔 그대로였다.

동물 말고는 달리 짐작 가는 바가 없었다. 그럼 다람쥐들이 겨울 둥지로 쓰려고 바구니를 숲속으로 끌고 갔을까?

메리걸은 비밀 장소에서 원을 그리며 점점 더 멀리 대나무 줄기 사이를 기어 다녔다. 그러다 바구니를 결코 못 찾으리라는 확신이 들었다. 메리걸은 비밀 장소로 돌아와 맥없이 주저앉고는 무릎을 꽉 감싸 안았다.

누군가 바구니를 훔쳐 갔다.

눈을 감으니 기억을 더듬는 데 도움이 되었다. 비밀을 아는 사람은 패티였고, 이곳에 함께 왔다. 메리걸을 위해 애써 펠트를 구해 주었고, 바구니에 예쁘게 쓰이길 기대하면서 바로 어제 건네주었다. 패티는 장난으로라도 이런 짓을 할 친구가 아니었다.

메리걸과 패티가 대나무 숲에서 나왔을 때, 아버지가 도로에 있었다. 새소리를 쫓아 숲에 들어갔었다고 패티가 둘러댔다. 아버지는 믿지 않는 눈치였지만 그래도 더는 캐묻지 않았다. 이어 자전거를 타고 갔다.

퍼뜩 아버지가 카우혼 산에서 팔려고 할아버지의 작업실에서 바구니를 챙겨 나오던 순간이 떠올랐다. 마침 꾸러미 두 개를 어깨에 걸친 아버지와 마주쳤는데, 꾸러미 하나는 크고 하나는 작았다. 그때 본 아버지의 표정. 깜짝 놀란 듯도 했지만, 메리걸은 당시에 화난 얼굴이라고 생각했다.

이제 알았다.

메리걸이 본 건 죄책감이었다. 아버지가 메리걸의 바구니를 가져갔다.

왜 자꾸 밀어내요

메리걸이 마당을 지나가는데, 양고기 냄새가 진하게 풍겼다. 어머니가 장터에서 산 뼈를 우려내 수프를 끓인 모양이었다. 비를 환영하는 특별식. 여느 때 같으면 메리걸이 무척 반겼을 별식이었다.

메리걸은 대나무 숲속에서 텅 빈 자리를 하염없이 바라보며 넋을 잃고 앉아 있었다. 그 뒤로 아무 느낌도 들지 않았다. 계획도 없었다. 뭘 해야 할지 머리가 돌아가지 않았다. 분노가 치솟으면서도, 맥이 탁 풀려 온몸에 힘이 하나도 없었다. 그저 자고만 싶었다. 잊기 위해서.

"메리걸, 걱정했어. 무슨 일로 끙끙대고 있나 해서."

메리걸이 바닥에 앉자, 어머니가 그릇에 큰 국자로 수프를 떠서 건넸다.

'손 떨지 마. 그릇을 잡아. 입까지 들어 올리고. 수프를 마셔.'

메리걸이 속으로 생각했다.

그릇이 천근만근 무겁게 느껴졌다. 하지만 어머니, 할아버지, 랄리가 쳐다보고 있었다. 메리걸은 순무 하나를 집어 들어 게걸스럽게 먹었다. 양파도. 당근도. 가족은 조용히 지켜보았다. 그리고 신경 써 주었다. 메리걸은 집에서 가장 대접받는 사람처럼 느껴졌다. 메리걸은 남자들이 할 일을 해냈고 존경받고 있었다.

"수프가 맛있어요."

메리걸이 말하자, 어머니의 얼굴에 살포시 미소가 번졌다.

"오늘 고생 많았는데, 수프까지 만들어 주셔서 감사해요."

이어서 어머니는 열심히 일했다. 사다리를 수없이 오르락내리락하며, 비축해 둘 식량을 그러모아 하나씩 씻고 닦았다. 어머니의 볼에 한동안 보지 못했던 건강한 붉은빛이 감돌았다.

"힘든 겨울이 되겠구나. 그래도 우리는 잘해 낼 거야."

어머니가 다독여 주었다. 아버지가 있었다면 하지 않았을 말이었다. 가족 모두 아버지의 소리 없는 분노에 짓눌리기 전에 늘 그랬듯, 어머니는 가족을 위로해 주었다. 아버지가 분노를 머금은 지는 한참이 되었다. 그것도 메메트가 떠난 뒤로는 분노가 더욱 심해졌다.

오늘 밤, 메리걸은 어머니와 단둘이 시간을 보낼 수 있었다. 아버지에 대해 말할 참이었다. 때가 되었다. 메리걸은 모든 것을 털어놓기로 했다.

메리걸은 서둘러 랄리에게 이불을 덮어 주었다. 랄리는 학교에 가려면 새벽에 일어나야 했기 때문이다. 할아버지도 일찍 잠자리에 들었다.

"저랑 좀 걸으실래요?"

어머니는 아무것도 묻지 않고 겉옷을 걸친 다음 메리걸을 따라 나섰다.

하늘을 물들인 장밋빛 저녁놀을 배경으로 검푸른 산의 윤곽이 도드라져 보였다. 늘 뿌옇게 떠 있던 먼지 안개가 땅으로 밀려가면서 장엄한 쿤룬 산맥이 모습을 드러냈다. 빙하가 시냇물로 흘러들며 생명을 이어 가게 했다. 메리걸이 쿤룬 산맥의 아름다움과 힘을 알게 된 건 할아버지 덕분이었다.

사실 아버지한테서도 배우긴 했다. 방식은 할아버지와 달랐지만. 아버지는 말로 길게 설명하는 법은 없었지만 이 땅과 함께한 사람이었다. 계절과 징후에 대해 잘 알았고 새소리에 귀를 기울였다. 메리걸에게 새의 이름과 울음소리를 알려 주기도 했다. 아버지는 더는 그런 사람이 아니었고, 그런 사람이 아니게 된 지 오래되었다. 아직 어린아이였는데도, 메리걸은 카심 삼촌이 투루판으로 일자리를 찾아 떠난 바로 그 날, 가족 모두를 변하게 했음을 직감했다. 삼촌은 슬픔과 공허함을 남겼고, 가족이 조화롭게 이루었던 균형은 무너져 내렸다. 농사일은 모조리 아버지가 떠맡아야 했다. 메메트가 커 가면서 많은 몫을 떠안기 시작했다. 메메트가 있을 때만 해도 빈자리는 느껴지지 않았건만. 이제는 메메트마저 떠나고 없었다.

메리걸은 바로 옆에 힘없이 서 있는 어머니를 쳐다보았다. 힘겨운 일과 외로움 그리고 삼촌 가족과 하나뿐인 아들이 떠난 뒤로 떠안은 부담감의 무게에 짓눌려 자세도 구부정했다. 그래도 아버지에 대해 말해야 했다. 어머니도 알아야 했다.

"두 주 전에 시장에서 뜻밖의 일이 생겼어요. 어머니한테는 말하지 못했는데, 나쁜 쪽으로 아버지와 연관되어 있어서 그랬어요."

메리걸과 어머니는 장밋빛 하늘이 더욱 짙게 물들어 가는 광경을 지켜보았다.

"제가 만들었던 별 쓸모없는 덩굴 바구니, 기억나요? 오빠가 장식 삼아서 수레에 매달았던 바구니요."

메리걸은 어머니를 빤히 쳐다보았고, 어머니는 앞만 뚫어지게 바라보았다.

"아니. 그랬던가."

어머니가 어깨를 살짝 으쓱하며 말했다.

"미국 부인이 시장에 와서 보고는 마음에 들어 하더라고요. 바구니를 사 가면서 더 사고 싶다고 주문했어요. 그래서 바구니를 몰래 만들고 있었어요. 부인이 다음 주에 시장에 들러서 사 가겠다고 했거든요."

새빨간 노을이 보랏빛으로 변해 갔다.

"그런데 바구니를 도둑맞았어요."

메리걸이 털어놓았다. 보랏빛이 완전히 암흑으로 변하기 전에 죄다 이야기하고 싶었다.

"그게, 그러니까, 아버지가."

메리걸은 목이 메었다.

"바구니를 숨겨 둔 곳을 아버지가 알고 있었어요. 아버지가 순례 시장에 내다 팔려고 바구니를 가져갔다고요! 어째서, 어째서 아버지는 그럴까요? 어떻게 그럴 수 있죠?"

어머니가 양손을 마주 잡고는 천천히 고개를 가로저었다.

"아버지가 바구니를 가져갔다면, 도둑맞은 게 아니야."

메리걸은 숨이 턱 막혀 왔다.

"네 아버지는 바구니가 잘 팔릴 만한 곳을 알고 계실 거야."

"아니요, 어머니!"

메리걸이 몸을 돌려 어머니와 마주 보았다.

"바구니를 순례 시장에 가져가 봐야 좋을 게 없어요. 거기서는 쓸모없으니까요. 아버지도 그걸 알고 있다고요."

어머니가 뒤로 물러서며, 천천히 손을 올려 자신의 몸을 감싸 안았다.

"미국 부인이…… 바구니 하나에…… 백 위안을 치렀어요."

메리걸은 가슴이 울렁거렸지만 또박또박 차분히 말을 이어 갔다. 어머니도 메리걸의 이야기에 귀를 기울였다.

"할아버지가 바구니를 만들어서 버는 액수보다 몇 배나 더 많아요."

메리걸이 어머니 주변을 서성거리다가 어머니 주위를 빙 돌았다.

"아버지가 복숭아 판 돈을 써 버렸어요. 다른 곳에요. 제가 번 백 위안을 아버지에게 드린 덕분에 옥수수를 빻을 수 있었던 거예요."

메리걸은 어머니와 눈을 마주칠 때까지 가만히 서 있었다.

"아버지는 어머니에게 말하지 말라고 했고요."

어머니가 입을 달싹였지만 아무 소리도 나지 않았다.

"아버지는 제 바구니의 값을 정확히 알고 있었어요."

어머니와 딸은 밤하늘 아래 조용히 서 있었다. 별 몇 개와 가느다란 초승달이 서서히 모습을 드러냈다.

"도대체 왜 아버지가 제 바구니를 가져갔을까요?"

"아버지가 바구니를 가져간 걸 봤니? 어떻게 안 거니?"

어머니가 물었다.

"아버지는…… 아버지는 바구니가 있는 곳을 알았을 거예요. 대나무 숲에. 제가 패티랑 그곳에서 나오는 걸 아버지가 봤거든요. 그랬는데 지금 바구니가 싹 없어졌고요. 그리고…… 아버지가 트럭에 실은 가방을 봤어요. 분명 그 가방에 바구니가 들어 있었을 거예요. 어머니, 전 알아요. 아버지가 바구니를 가져갔다고요. 아버지가 제 옆을 지나가면서 지었던 표정을 보면 알아요."

"장담할 수는 없는 일이야. 정말 아버지가 바구니를 가져갔다고 확신할 수 있니?"

메리걸이 주먹을 움켜쥐었다. 어머니가 믿어 주지 않다니!

"패티가 가져갔을 수도 있잖아. 패티도 숲에서 너랑 같이 있었다면서?"

"패티가 가져갔을 리 없어요. 내게 영어를 열심히 가르쳐 주고 있다고요. 바구니 짤 때 같이 엮으라고 펠트 천도 가져다줬고요."

말이 점점 빨라졌다. 아버지가 저지른 짓이 분명한데, 자신의 친구가 그랬다고 생각하다니, 메리걸은 믿기지 않았다.

"패티가 더는 네 친구가 아닌지도 모르지."

묘하게도 어머니의 목소리에 신랄한 느낌이 묻어났다.

"시장에서 패티와 함께 있던 여자애가 패티에게 그렇게 하라고 부추겼을지도 모르고. 걔는 우리를 호의적으로 생각하지 않던데, 메리걸."

메리걸은 다시 정신을 추스르기 위해 눈을 감았다. 어머니는 패티를 비난할지언정, 아버지를 비난할 수는 없는 사람이었다.

"패티나 하진자한테 바구니가 무슨 쓸모가 있겠어요, 어머니. 순례를 떠나는 사람한테도 마찬가지고요. 쓰임새 좋은 바구니가 아니라고요. 미국 부인은 바로 그런 바구니를 원하는 것 같았고요. 부인은 바구닛값으로 돈을 많이 줬을 거예요."

메리걸이 말을 멈추었다. 어머니가 무표정한 얼굴로 서 있었다. 더 듣고 싶지 않다는 듯이.

"어머니, 제 말 좀 들어보세요."

메리걸은 자기 몸을 단단히 감싸고 있는 어머니의 팔을 잡고 풀었다. 자기 말을 듣지 않을 수 없도록 어머니 얼굴 앞에 자신의 얼굴을 바짝 들이댔다.

"아버지라면 제 바구니를 가져가도 된다는 거군요. 우리가 뼈 빠지게 일해서 번 돈을 가져가서 술 먹고 노름하는 데 써도 괜찮다는 거예요?"

어머니는 메리걸의 손에서 벗어나려고 했지만, 메리걸은 어머니를 꽉 잡고 놔주지 않았다.

"아버지가 노름을 해요. 우리 돈을 도박판에 쏟아붓고 있다고요. 제가 봤어요. 아버지는 그런 짓을 해도 괜찮아요?"

이제 어머니는 벗어나려 하지 않았다. 대답도 하지 않았다.

"우리 돈을 훔쳐 간 거랑 제 바구니를 훔쳐 간 거랑 대체 뭐가 다른데요? 말해 보세요!"

메리걸의 목소리가 고요함을 깨뜨리며 주위를 맴돌았다. 한밤의 어둠이 둘을 감쌌다.

어머니는 얼굴을 돌리고 바닥만 뚫어지게 쳐다보았다.

"네 아버지는 슬픔에 빠져 계셔. 네 오빠가 떠나면서, 아버지는 모든 희망을 포기하셨지. 우리를 둘러싼 세상이 아버지에게는 이해할 수 없는 곳이 되었어."

어머니가 나지막이 말했다.

"우리는 먹을 것 없이 지내도 괜찮다는 거예요? 저는 학교를 단념해야 하는데요? 아버지가 방황하고, 술 마시고, 도박할 수 있게, 그래도 된다는 거예요?"

"아버지는 술을 많이 드시지. 아버지 친구들도 다 그래."

어머니가 잠시 말을 멈췄다.

"메리걸, 아버지는 돈이 필요해. 그래야 친구들 사이에서 아버지 자리를 유지하면서 우정을 지켜 나갈 수 있으니까. 지금 그게 아버지가 가진 전부야."

"어머니! 내 바구니들이 사라졌어요. 어머니가 겨울을 무사히 버텨 내게 해 줄 돈이 사라졌다고요! 집에 돈이 떨어졌을 때 어머니는 친구들을 포기했어요. 근데 지금 뭐가 달라요? 아버지는 왜 훔쳐도 되는데요?"

"아버지는 곤경에 처하신 거야. 정직하지 못하신 게 아니라. 아버지를 비난하는 건 옳지 않아."

메리걸은 어머니가 자신의 손을 뿌리치는 대로 놔두었다. 어머니가 그저 자신을 밀어내지 않도록 애쓸 만큼 애썼다.

어째서 메리걸은 아버지가 저지른 짓을 알면 어머니 마음이 변할 거라고 생각했을까? 차라리 늙은 당나귀한테 털어놓는 편이 나을 뻔했다.

어쨌거나 메리걸은 바구니를 더 만들 터였다. 그 누구도 찾을 수 없는 곳에 바구니를 꼭꼭 숨겨 놓고서. 메리걸은 카젠 부인을 만날 테고, 부인은 바구니를 사 줄 터였다. 아니면 안 사거나.

그런 다음에는? 카젠 부인은 미국으로 돌아갈 것이다. 메리걸은 멀리 보내지고······.

"차 드시러 가요, 어머니. 밤에 푹 주무실 수 있을 거예요."

앞으로 나흘뿐

자신을 믿고 푹 안겨 자는 랄리야말로 메리걸이 새날을 시작할 이유였다. 먼지 낀 뿌연 창문으로 아침 햇살이 비쳐 들었다. 비는 눈 깜짝할 사이에 사막에서 부는 바람에 굴복했고, 창문은 또다시 미세한 모래 가루로 뒤덮였다.

잠에서 깬 사람은 아무도 없었다. 메리걸은 랄리에게 이불을 덮어 준 뒤 침상에서 나와 바지와 셔츠, 조끼를 입었다. 지난밤 몸만 쏙 빠져나온 채로 두었던, 모래가 잔뜩 낀 더러운 옷이었다. 메리걸은 아궁이에 불을 피우기 시작했다. 고맙게도 나뭇가지가 조금 남아 있었다. 오늘 해야 할 일 하나가 땔감을 모으는 일이었다. 예전에 집 옆에 쌓아 둔 장작더미는 하나도 남아 있지 않았다.

메리걸은 밖으로 나가 주전자에 물을 채웠다. 주전자를 불에 얹어 끓이다가, 그릇에 남은 난 조각 하나를 발견했다. 랄리에게 우선 그걸 먹이기로 했다. 메리걸이 화덕에 불을 피울 때쯤이면, 어머니도 난을 만들어 줄 만큼 기운을 차릴 것 같았다.

메리걸은 랄리를 깨우면서 쉿, 하고 손가락을 입술에 댔다. 눈을 뜬 랄리는 곧 무슨 뜻인지 알아채고, 아무 소리도 내지 않기 놀이를 시작했다. 랄리는 발끝으로 살금살금 걸었다. 이어 찍소리 하나 내지 않고 빨간색과 녹색이 어우러진 가장 좋아하는 스웨터를 입었다. 그러고는 무릎을 꿇고 차를 마시려다 옆에 맛없어 보이는 말라빠진 난을 보았다. 랄리는 난까지도 조용히 차에 적셔 먹었다.

집 밖으로 나서자마자, 랄리는 메리걸을 길가로 빠르게 데리고 갔다.

"이제 말해도 되지?"

랄리가 묻자, 메리걸이 고개를 끄덕였다.

"타이 하오 라(Tai hao la. 신난다)!"

랄리는 메리걸의 손을 잡고 메리걸 주위를 빙빙 돌았다.

"내가 뭐가 되고 싶은지 알아?"

"부 즈이 다오 가오 소오 우(Bu zhi dao, gao su wo. 아니, 말해 봐)."

메리걸이 말했다.

"무용수. 노래도 부르고 춤도 추고, 텔레비전에 나오는 유명한 사람."

"무용수는 또 어떻게 알았어?"

메리걸이 랄리를 멈춰 세우고, 옆으로 잡아끌었다.

"친구가 얘기해 줬어."

마음이 들뜨는지, 랄리의 볼이 붉게 달아올랐다.

"위구르 여자애들이 호텔에서 노래 부르고 춤추면 돈을 많이 벌 수 있대. 난 친구랑 큰 도시에서 살 거야."

랄리는 빙글빙글 돌고, 흥겨운 발걸음으로 춤추며 앞서갔다.

"우리 랄리, 진짜 잘 추네. 정말 보기 좋다. 자, 언니 한번 안아 주고 가."

메리걸은 춤추며 다가온 동생을 두 팔로 끌어안았다. 메리걸이 그대로 꼭 껴안고 있자, 랄리도 완전히 동작을 멈추었다.

"결혼식 때 노래하고 춤추면 이곳에서도 곧바로 유명해질 수 있어. 위구르 노래를 배우고 연습하면 돼."

메리걸은 랄리의 얼굴을 살짝 올리고, 스카프 밖으로 몇 가닥 삐져나온 앞머리를 옆으로 쓸어 넘겼다.

"하지만 오늘은 공부에만 집중해. 최고 점수를 받아야 하니까. 만다린 어로 말할 때 남보다 잘해야 해. 언니는 널 믿어. 랄리, 너는 아주 좋은 선생이 될 거야."

메리걸이 만다린 어로 말했다. 메리걸은 랄리가 흘려듣지 않도록 랄리의 두 팔을 꽉 잡았다.

"언니가 바라는 건 그게 다야."

랄리가 양 볼을 쏙 빨아들였다.

"선생님들은 늙고 까칠한 데다, 잘난 척한단 말이야. 나는 그런 사람이 되고 싶지 않아."

랄리가 머리를 세게 가로저었다.

"앞으로 생각할 시간은 많아. 지금은 네가 할 수 있는 최선을 다 해."

메리걸은 동생을 팔로 감싸 안은 채로 길가로 걸어갔다. 랄리를 태우고 갈 가족이 당나귀 수레를 타고 다가오고 있었다.

메리걸이 랄리를 자기 쪽으로 돌려세웠다. 메리걸의 얼굴에 온화함은 사라지고 없었다. 배우는 것이 얼마나 중요한지 동생에게 꼭 이해시켜야 했다.

"언니가 네 학생이 될게. 네가 날마다 배운 중요한 내용을 언니한테 가르쳐 줘. 그러면 네가 학교생활을 어떻게 하는지 언니도 알게 되겠지."

랄리가 메리걸의 손에서 빠져나갔다. 수레로 달려가 뛰어오르며, 어깨 너머로 소리쳤다.

"응, 재밌겠는데."

만약 메리걸이 멀리 떠난다면, 누가 동생을 이끌어 줄까? 누가 소중한 랄리를 돌봐 줄까?

메리걸은 집안일을 하면서도 온통 랄리와 할아버지 생각뿐이었

다. 일은 자신이 하고, 혜택은 아버지와 어머니가 누리는 게 싫었
다. 자신의 바구니를 팔려고 가져간 아버지. 침상 구석에 가만히
웅크리고 자는 어머니.

메리걸은 어머니를 노려보다가, 치대고 있던 밀가루 반죽에 세게
주먹을 날렸다. 그러고는 냄비를 탕 소리 나게 내려놓고는, 문을 쾅
닫고 나가 버렸다. 화덕에 불을 피우기 위해 물기 없이 잘 마른 나
뭇가지를 찾아야 했다.

메리걸이 돌아오자, 잠에서 깬 어머니가 옷을 챙겨 입고 밀가루
반죽을 보고 서 있었다. 반죽이 거기 있어서 놀란 눈치였다. 아무
래도 자기가 언제 반죽해 놨는지 긴가민가한 모양이었다. 어머니에
게 좋은 하루가 되기는 글러 보였다.

"불은 준비됐어요. 빵 좀 구워 주실래요?"

메리걸이 물었다. 생각보다 말투가 까칠하게 튀어나왔다.

어머니는 잠시 메리걸을 쳐다보더니, 입매가 일직선으로 굳어졌
다. 그러고는 그릇을 집어 들고 밖으로 나가 버렸다.

어머니의 표정과 걸음걸이를 보니, 어쩐지 메리걸은 까칠하게 말
한 게 후회되었다. 아버지의 실상을 듣고 나서, 어머니는 넋을 놓고
자기 연민에만 빠져 살기로 작정한 걸까? 진짜 현실에 충격을 받
고, 자기 존재를 서글퍼했던 쓰라림보다 더한 문제가 있다는 걸 다
시금 떠올렸는지도 몰랐다. 이렇게 현실을 깨닫고, 아픈 몸을 차로
달랜다면, 어머니도 삶을 다시 제대로 마주할 수 있을까? 랄리에

게 어머니 자신이 얼마나 필요한지 깨닫게 될까?

어머니가 난을 굽지도 못한다면, 메리걸이 어떻게 떠날 수, 아니 보내질 수 있겠는가?

무슨 수를 내야 했다. 조만간. 하지만 당장 기낼 만한 사람은 어머니뿐이었다. 어머니는 현실 세계에서 사는 법을 배워야 했다. 그렇지 않으면 랄리는 결국 호텔에서 춤추게 될지도 몰랐다. 아니, 그보다 더 나쁜 일이 벌어질지도 몰랐다.

메리걸은 어머니에게 화내 봤자 아무 도움도 되지 않는다는 걸 잘 알았다. 랄리를 위해서라도, 어머니가 쓸모 있는 사람이 되도록 도와줘야 했다. 게다가 메리걸은 배가 고팠다. 어머니가 맡아서 난을 굽는다면, 메리걸은 몇 가지 집안일도 끝낼 수 있었다.

메리걸은 집의 흙바닥에 물을 뿌려 모래 폭풍이 몰고 온 먼지와 모래를 쓸어 냈다. 텃밭에서 잡초를 뽑아 당나귀에게 먹이고, 농장에서 멀리 떨어진 곳에서 불쏘시개도 구해 왔다. 그때 즈음, 어머니는 그럭저럭 빵을 구워 냈다. 메리걸은 할아버지와 앉아 갓 구운 난을 맛보았다.

휴식 시간은 짧았다. 아버지가 없는 동안 복숭아나무 옆 들판에 겨울 밀을 심어야 했다. 메리걸은 아버지가 시킨 일을 억지로라도 해내고 마는 자신의 착한 딸 노릇을 질색했다. 아버지가 돌아오기 전까지 끝내야 할 일이었고, 밀을 심기에는 오늘이 안성맞춤이었다. 비가 내린 덕분에 땅이 부드러웠기 때문이다.

메리걸은 성큼성큼 헛간으로 괭이를 가지러 갔다. 이곳에서 밀을 심고 있어야 할 사람은 아버지였다. 새 바구니를 만들 날이 닷새밖에 남지 않은 상황에서, 그나마 메리걸이 만들어 놓은 바구니를 팔아 치우러 떠나서는 안 되는 일이었다.

들판으로 가는 동안, 마음속에서 서서히 분노가 일더니 잡초처럼 온몸으로 퍼져 나갔다. 아버지는 뭘 하고 있을까? 술? 노름? 메리걸의 바구니를 판 돈도 쓰고 있겠지?

메리걸은 괭이로 애꿎은 땅만 마구 파헤치다가, 땀과 눈물로 눈앞이 뿌예지고 나서야 괭이질을 멈추었다. 그만 괭이를 내려놓고 대나무 숲으로 발걸음을 옮겼다. 바구니나 좀 더 만들기로 했다. 미국 부인에게 바구니를 줄 것이고, 부인이 마음에 들어 한다면……. 메리걸은 자신이 맞이할 행복을 떠올리는 것조차 두려웠다. 지금 속한 삶과는 달라도 한참 달라서.

메리걸은 대나무 줄기 사이에 보관해 둔 포도나무 덩굴 더미를 빠르게 다시 챙겼다. 그러고는 비밀 장소 한가운데에 웅크리고 앉아 덩굴줄기를 앞에 내려놓았다. 메리걸은 조용히 앉아 눈을 감고, 자신이 처음 만들었던 원뿔형 바구니를 떠올려 보았다.

"나뭇가지 다섯 개를 고르자. 반으로 접어서 열 가닥으로 만들 수 있을 만큼 긴 거로."

메리걸이 중얼거렸다.

"아야!"

날카로운 가지 끝에 손바닥이 긁혔다. 메리걸은 가지를 내려놓았다. 긁힌 곳이 피로 물들었다. 하지만 더 큰 걱정거리가 생겼다. 괭이의 거친 손잡이를 잡고 일했더니, 손에 붉은 반점이 생기고 잔뜩 부어 있었다. 그런 손으로 나뭇가지에 숨은 마법을 느끼며 바구니를 짤 수 있을까?

메리걸이 바구니를 짜고 또 짠다 해도, 박물관에서 본 것만큼 아름다운 바구니를 만들려면 수년이 걸릴 터였다. 제대로 배우고, 제대로 만들어 보고 싶었는데. 공장에서 일하며 바구니를 전혀 못 만드는 것과 손이 망가질 때까지 논밭에서 일하는 것 가운데 어느 쪽이 더 나쁠까?

메리걸은 덩굴줄기를 더 세세히 분류하여, 가장 길고 유연한 가지만 따로 골라냈다. 나머지는 한쪽으로 치워 뒀지만, 더는 쓸 일이 없을 게 뻔했다. 쉽게 구부러질 것 같지 않았다. 물을 먹이거나, 아예 새 줄기를 잘라야 했다.

메리걸은 꼼짝도 하지 않고 앉아 있었다. 오늘 평범한 바구니라도 만들어 보겠다는 뚜렷한 계획도 없이. 그나마 어떻게 만들지 방법을 알 때의 이야기지만. 온몸에 전율이 일었다. 메리걸은 양팔로 다리를 꼭 끌어안아 몸을 공처럼 둥글리고는, 자신의 손가락에서 모든 능력이 사라졌다는 두려움을 떨치려고 했다. 덩굴줄기는 오래된 데다 바싹 말라 있어, 생각대로 형태를 잡을 수 없었다. 손가락은 다루기 힘든 줄기를 수레에 매달 만한 멋진 바구니로 바꾸고 싶어 하질 않았다.

메리걸이 마음대로 만든 바구니는 몇 개 없었다. 그 바구니들은 정말 특별했을까? 할아버지는 메리걸이 만든 바구니를 마음에 들어 했지만, 메리걸을 기쁘게 해 주려고 그랬을지 모른다. 패티도 바구니를 좋아하긴 했지만.

패티를 생각하니 마음이 복잡해졌다. 패티가 시장에서 멀어져 가던 모습이 지워지지 않았다. 하진자와 친하던 모습이. 어머니 말이 맞을까? 하진자가 패티와 계략을 꾸며 바구니를 훔쳤을까? 하진자라면 몰라도, 패티는 그럴 친구가 아니었다.

메리걸은 대나무에 기댔다. 대나무 가지 사이로 새어 드는 빛이 희미해지기 시작했다. 메리걸은 미동도 없이 그 모습을 지켜보았다. 길쭉하고 가느다란 나뭇잎이 부드럽게 흔들리는 모습도 바라보았다. 나뭇잎은 돌연 차가운 밤공기를 몰고 온 거센 북풍에 날리기 시작했다. 메리걸이 만들어 놓은 표식도 나뭇잎과 어지러이 뒤엉켰다. 어쩌면 메리걸의 소원을 이뤄 줄 은총이 바닥나 버렸는지도 몰랐다.

오늘은 바구니 하나 완성하기 글렀다. 그럼 내일은? 남은 날은 단 나흘뿐이었다.

메리걸이 대나무 숲을 나왔을 때, 랄리의 목소리가 들렸다.

"언니, 언니!"

랄리가 소리쳤다. 잔뜩 겁먹은 동물의 울음소리 같았다.

메리걸은 서둘러 차도로 내려왔다. 굽이진 길을 돌자, 랄리가 지붕 위에서 입가에 양손을 모으고 이쪽저쪽 몸을 돌리며 메리걸을 부르는 모습이 보였다.

"갈게!"

메리걸이 소리쳤다.

랄리가 사다리를 타고 허둥지둥 내려와 달려왔다.

"내가 집에 올 때 왜 마중 나오지 않았어? 늘 와 줬으면서. 언니가 어디 갔는지 아는 사람도 하나도 없고 말이야."

랄리가 메리걸을 꽉 껴안았다.

둘은 길 한복판에서 부둥켜안고 서 있었다. 메리걸은 랄리의 심장이 뛰는 걸 느꼈다. 메리걸은 동생을 바짝, 더 힘껏 껴안았다. 랄리가 아직 어려서, 자기 엄마가 아무것도 감당할 수 없는 사람이라는 걸 알아채지 못해서 참 다행이었다. 아버지라는 사람은 집에 잘 붙어 있지도 않고, 갈지자로 비틀거리며 다닌다는 사실도. 하지만 랄리 또한 이 모든 사실을 보고 알고 있었다. 나름의 방식으로.

"언니, 숨 막혀."

랄리는 이렇게 말하면서도 몸을 빼지는 않았다.

"아, 랄리. 내가 어디에 있든, 언니는 언제나 너를 생각하고 있을 거야."

메리걸은 동생의 얼굴을 손으로 감싸고 이마에 입을 맞췄다.

갑갑한 가슴이 터질 듯이 느껴질 때, 메리걸은 랄리의 눈에서 주르륵 흐르는 눈물을 보았다. 메리걸이 손가락으로 랄리의 눈물을 닦아 주는데, 자신의 눈에서도 눈물이 차올랐다. 메리걸이 우는 걸 랄리가 봐서는 안 되었다.

메리걸은 랄리의 어깨를 감싸며 길 아래로 걸어갔다. 랄리가 팔을 쓱 내리고는 언니의 웃옷 자락을 꽉 움켜쥐었다.

"넌 누구보다 똘똘하고 스스로 잘 돌볼 수 있어. 그렇지? 그걸 잊지 마."

메리걸은 목소리에 절박한 티가 나지 않게 하려고 애썼다. 메리걸은 랄리의 순진함이 불안했다. 랄리를 강한 아이로 만들어야 했는데, 너무 애지중지 대했다.

"알았어."

랄리가 입술을 깨물며 천천히 고개를 끄덕이고는 울먹이며 대답했다.

메리걸이 할 말을 더 찾고 입 밖에 낼 힘을 찾기까지 시간이 꽤 걸렸다. 메리걸이 아무것도 바꾸지 못하고 무기력하게 있다면, 랄리에게도 좋을 게 없었다.

"오늘 수업할 준비는 됐니?"

메리걸이 물었다.

"음, 응."

랄리가 웅얼거리며 대답했다.

"그럼 당장 시작하자."

"알았어."

랄리가 대답하며 고개를 끄덕였다.

메리걸은 랄리가 주먹에서 스르륵 힘을 빼는 것을 느꼈다.

"그럼 시작할게. 틴티안, 우 멘 쉬에 시이 니아오 흐어 쇼(Tintian, wo men xue xi niao he shu. 오늘은 새와 나무에 대해 공부할 거야)."

못생긴 바구니

　토요일이었다. 랄리는 집에서 메리걸의 일거수일투족을 주시하며 그림자처럼 따라다녔다. 드디어 랄리를 어머니와 함께 채소를 뽑으러 텃밭에 보낼 기회가 찾아왔다. 메리걸은 그렇게 동생을 스리슬쩍 내보냈다.

　어머니와 랄리가 텃밭으로 나가자마자 메리걸은 할아버지의 작업실로 갔다.

　"할아버지께 말씀드려야겠어요. 제 바구니 말인데요, 이제 바구니가 없어요."

　메리걸이 할아버지 옆에 앉으며 말했다.

　할아버지가 바구니를 엮던 손길을 멈추었다.

"아버지가 순례를 떠나면서 팔려고 가져갔어요. 가져가겠다고 말한 건 아니에요. 하지만 아버지가 가져간 게 분명해요."

이런 말을 내뱉다가 메리걸은 멈칫했다. 믿을 만한 증거 하나 없는, 추측과 의심뿐이었기 때문이다.

"아무튼, 바구니들이 사라졌어요."

메리걸는 나지막하게 말했지만, 할아버지가 들었다는 걸 알 수 있었다. 할아버지의 얼굴에 장막이 드리워진 듯했다.

"바구니를 가져간 사람이 아버지인지, 사실은 잘 모르겠어요. 진짜 아버지가 가져갔다 해도, 그래도 어머니는 아버지가 옳은 거래요. 바구니를 가지고 어떻게 해야 할지 아버지가 가장 잘 안다면서 말이에요. 하지만 전 바구니를 미국 부인에게 꼭 가져가고 싶었다고요."

이런 말들이 차근차근 쏟아져 나왔다.

"할아버지, 성가시게 이런 얘기를 해서 죄송해요. 바구니를 다시 만들 수 있을 줄 알았는데요, 그런데…… 못 만들겠어요. 만들 줄이나 아는지, 그것마저 모르겠어요. 손가락이……."

메리걸은 말을 잇지 못했다. 자신이 우는 모습을 할아버지가 보지 않았으면 했다.

할아버지는 짜던 바구니를 여전히 잡고 있었다. 이어 다시 손을 움직이며 차분히 말했다.

"내 뒤에 있는 꾸러미 속에 버드나무 가지가 있단다. 촉촉해서 바로 짤 수 있지. 필요한 만큼 가져오렴. 시장에 팔 평범한 바구니를 만들려무나. 나처럼."

　이전만 해도 메리걸에게 실망감을 줬던 손가락들이, 할아버지가 바구니를 엮는 리듬을 따라잡으면서 다시 날렵하니 감을 잡아 갔다. 메리걸은 안도했다. 손의 감각을 잃은 게 아닌지도 몰랐다.
　"할아버지, 순무 여섯 개는 족히 넣을 만큼 바닥을 짰어요. 이제 옆쪽을 짤까요?"
　"오냐. 그 정도면 여자들이 부엌에서 쓸 만한 괜찮은 바구니가 되겠구나."
　메리걸은 미소를 지었다. 할아버지는 현명한 분이었다. 랄리가 옆에 달라붙어 있었지만, 메리걸은 여전히 마음이 편했다.
　"부엌에서 어머니를 도와 드려, 랄리! 언니는 지금 여기 있어야 해. 나중에 같이 놀자."
　메리걸이 동생에게 말했다.
　랄리는 계속 눌러앉아 수다를 떨었다. 언니나 할아버지나 관심을 기울여 주지 않자, 랄리는 안채로 들어가 버렸다.
　메리걸은 손가락에 리듬을 타면서 버드나무 가지를 엮어 바구니 옆면 그리고 테두리까지 만들었다.
　메리걸이 다 만든 바구니를 할아버지 앞에 놓았다. 할아버지는 메리걸의 손을 꼭 잡아 주었다. 잡은 두 사람의 손이 걷잡을 수 없이 떨렸다. 메리걸은 엮고 있던 줄기를 아직 손에 쥐고 있었다. 그 연약한 줄기는 메리걸이 더는 감당하지 못할 절박함에 뚝 부러져 버렸다.

메리걸은 몸을 들썩이며 흐느끼다가 애써 숨을 가다듬었다. 그러는 내내 할아버지는 잡은 손에 지그시 힘을 주었다.

메리걸이 깊이 들이마신 숨은 깊은 한숨으로 변했다. 그제야 할아버지는 손에 힘을 풀고 메리걸의 손을 어루만졌다.

"네 손가락에 마법이 여전한걸, 뭐가 그리 걱정이니, 아가?"

자신을 염려하고 이해하는 할아버지의 마음이 충분히 느껴졌다. 메리걸은 몰려드는 안도감에 할아버지를 와락 껴안았다.

"아, 할아버지, 나흘 뒤면 미국 부인이 와요. 바구니를 만들 시간이 사흘밖에 안 남았어요."

메리걸은 허탈해했다.

"아버지는 내일쯤 올 테니, 바구니를 짜려면 몰래 해야겠죠. 아버지는 바구니를 더 만들지 못하게 했거든요. 소용없는 짓이라고, 어차피 부인은 오지 않을 거라고요. 하지만 저는 계속 만들고 싶어요! 무엇보다도 바구니를 만들고 싶다고요."

메리걸이 소리쳤다.

할아버지는 메리걸을 물끄러미 바라보며 조용히 앉아 있었다. 할아버지가 천천히 머리를 흔들었다.

"포도나무 덩굴을 새로 자르렴. 덩굴줄기는 유연하니까 바로 작업할 수 있거든. 다만 마르면 쪼그라든다는 걸 잊지 마라. 그 점을 고려해서 짜야 해."

할아버지는 옆에 있던 칼을 메리걸의 손에 쥐여 주었다.

"어서 가려무나. 네 어머니한테는 내가 말하마. 네 동생도 바쁘게 만들어 주고."

메리걸은 포도나무 덩굴줄기를 한 아름 꺾어 오른쪽에 내려놓았다. 바로 옆은 좁은 경작지였다. 메리걸은 나뭇잎을 잘라 내면서 덩굴줄기를 손질해 갔다. 나뭇잎을 다 떼고 나면 잘게 벌어진 껍질을 벗겨 낼 참이었다. 줄기에서 매끈함이 느껴지는 걸 좋아했기 때문이다. 이번에도 풍요의 뿔 모양으로 만들기 시작했다. 하지만 오늘 만들 바구니는 카젠 부인이 사 간 풍요의 뿔보다 덜 촌스럽게, 더 세련되게 만들 작정이었다. 메리걸은 덩굴손이 고스란히 남아 있도록 주의를 기울였다. 듬성듬성 보이는 소용돌이가 특별한 촉감을 보태도록 말이다.

메리걸은 잘 다듬고 크기에 맞게 자른 줄기를 앞에 놓고 앉았다. 두 눈을 감았지만 기도하지는 않았다. 가을 잎사귀들이 산들바람에 나부끼며 내는 바스락 소리, 그런 적막감에 귀를 기울였다. 어찌하다 수확을 피한 썩은 복숭아에서 달콤한 냄새가 진하게 풍겼다. 일을 시작할 때 메리걸에게 필요한 게 바로 이런 평온함이었다.

메리걸은 눈을 떴다. 눈앞에는 가지에 열매라고는 찾아볼 수 없는 복숭아 과수원이 자리했다. 과수원 너머로는 경작하지 않은 밭이 펼쳐져 있었다. 메리걸이 괭이를 내팽개쳐 둔 밭이.

"싫어요. 나는 바구니를 세 개 만들 거예요. 그런 다음에 밭일을 할 거예요. 이게 내 일이에요, 아버지!"

곧이어 메리걸은 줄기를 엮어 나갔다. 할아버지가 주의하라고 한 점을 되새기며, 덩굴줄기에서 물기가 마른 뒤 바구니가 쪼그라들 것을 염두에 두고 좀 더 느슨히 엮었다. 바구니가 줄어들 줄도 몰랐던 때에 만든 원뿔형 바구니도 그런대로 괜찮아 보였다는 생각에 마음이 놓였다.

어쩐지 할아버지와 일할 때보다는 손이 술술 움직여 주지 않았다. 아무래도 덩굴줄기가 더 질기기 때문인 듯했다. 다루기에는 버드나무가 훨씬 수월했다.

엮을 줄기가 다 떨어졌다. 메리걸은 손을 멈추고 다시 줄기를 준비했다. 생각보다 시간이 오래 걸려 초조해졌다.

메리걸은 다시 두 눈을 질끈 감았다. 내달리는 심장을 달래야 했다. 호흡을 진정시켜야 했다.

"괜찮아. 바구니 두 개야. 열심히 만들면 두 개는 거뜬히 만들겠지."

메리걸은 줄기를 집어 들었다. 손이 살짝 떨렸다. 하지만 배에서 꾸르륵 소리가 나는 걸로 보아, 손이 떨리는 것도 배가 고파서일 거라고 생각했다. 먹지 않고 버티는 요령은 잘 알고 있었다. 내팽개친 괭이를 잊기만큼이나 쉬웠다. 아버지를, 또 카젠 부인에게 보여줄 수 없게 된 바구니를 잊기만큼이나 어려운 일이 아니었다.

메리걸은 주위에서 희미하게 윙윙거리는 벌 떼 소리, 다람쥐가 날쌔게 돌아다니는 소리를 빼고는 모든 것을 떨쳐 버리려고 애썼다. 새가 지저귀는 소리가 가장 크게 들렸다. 식사 시간인지 먹이를 먹는 중이었다. 메리걸은 바구니를 하나도 완성하지 못했다.

이제 중요한 건 바구니를 완성하는 일뿐이었다. 적어도 5cm는 더 짜야 가장자리를 마무리할 수 있었다. 최대한 빨리 줄기를 엮었다. 안으로 넣고, 밖으로 빼고. 안으로 넣고, 밖으로 빼고. 돌리고, 돌리고, 돌리고. 바구니를 위로 짜 갈수록 폭을 넓혔다. 손에서 쥐가 났다. 메리걸은 손을 주물럭거리며 계속 만들어 나갔다.

테두리를 만들고, 드디어 작은 손잡이를 달 차례였다. 수레에 매달았던 바구니에도 손잡이가 있었다. 카젠 부인은 손잡이를 원할 듯했다. 메리걸은 가는 나뭇가지를 반으로 구부려 한쪽 테두리에 고정했다. 그러고는 아치형을 유지하며 양 갈래로 엮어서 반대편 쪽에 손잡이 끝을 동여맸다.

메리걸은 완성된 바구니를 앞에 내려놓았다. 볼품없는 나뭇가지 다발로 보였다.

메리걸은 손을 깍지 끼고 다시 보았다. 대부분 고른 엮음새였다. 보기 좋은 원뿔형이었다. 메리걸은 바구니를 잡고, 너무 벌어졌거나 밭은 이음새를 칼로 조절했다. 줄기를 새로 엮으면서 밖으로 느슨히 삐져나온 끝부분은 보이지 않게 다듬었다.

메리걸은 바구니를 다시 내려놓고 뚫어지게 쳐다보았다. 그러고는 자기 손을 내려다보았다. 손은 메리걸이 움직이라는 대로 움직여 주었다. 두 손이 바구니를 만들어 냈다. 다만…… 100위안의 값어치에는 못 미치는 바구니였다. 메리걸은 알 수 있었다. 자신이 만든 바구니는 세련되지도, 아름답지도 않았다.

"왜지?"

자신에게 물어도 답을 알 수 없었다.

메리걸은 메메트가 있을 때 만들었던 원뿔형 바구니를 떠올려 보았다. 마음의 눈으로 그 바구니를 또렷이 보자, 메리걸의 얼굴에 긴장이 풀리면서 부드러운 미소가 번졌다. 이제 메리걸은 깨달았다. 그때 메리걸은 메메트 오빠를 위해 행복을 엮어 바구니를 만들었다는 사실을.

메리걸은 앞에 놓인 원뿔형 바구니를 바라보았다. 이 바구니를 엮은 것은 분노였다.

메리걸은 자리에서 일어나 바구니를 발로 짓뭉갰다.

꿈 깨

"어머니, 수요일에 시장에 가져갈 호박이 있을까요?"

가족이 아침 식사를 할 때 메리걸이 물었다.

어머니는 차를 홀짝이다 말고 찻잔을 내려놓았다.

"우리가 먹으려고 남겨 둔 몇 개밖에 없어."

"그럼 뭘 가져가죠? 할아버지가 바구니를 준비하셨는데요. 아버지라면 바구니만 가져가진 않을 텐데요."

메리걸은 애써 초조함을 감췄다. 그들은 장에 가야 했다. 추수 뒤에 어떤 일이 벌어질지는 관심 밖이었다. 전에 메리걸이 학교에 다닐 때, 아버지와 메메트는 늘 그 걱정을 했었지만.

"옥수숫대와 옥수수 껍질을 팔 시기야."

어머니가 고개를 돌리며 이어 말했다.

"네 아버지가 노발대발하시겠지. 바람에 너무 많이 날아갔다고."

"진작 말하지 그랬어요? 주워 왔을 텐데. 오늘 아버지가 돌아오기 전에 주워 올 수 있었다고요. 아버지가 당장에라도 들이닥칠 텐데."

메리걸이 벌떡 일어섰다.

"랄리, 빨리 먹어! 할 일이 있어."

메리걸이 재촉했다.

"옥수수 껍질을 누가 사고 싶어 한다고 그래?"

랄리가 커다란 난을 입에 쑤셔 넣으며 물었다.

"당나귀나 염소, 양에게 먹이를 주고 싶어 하는 사람들."

메리걸이 랄리를 잡아당겼다.

"그래서 언니가 우리가 기른 옥수수 속대를 고생고생하며 하나하나 껍질 벗기고 차곡차곡 쌓아 둔 거잖아."

메리걸이 겉옷을 가지러 랄리를 끌고 가면서 말했다.

"그러니까 같이 나가서 바람에 날아가 버린 옥수숫대와 껍질을 주워 오자."

메리걸이 어깨 너머로 어머니를 바라보았다.

"어머니, 어떻게 할 거예요? 도와주실래요, 온종일 앉아서 차만 홀짝이실래요?"

이렇게 인정머리 없이 말할 생각은 아니었다. 하지만 아버지가 어떻게 반응할지 걱정했다면, 어머니는 왜 밖에 나가 주워 오지 않았을까? 어머니는 환자가 아니었다.

'아냐, 환자일지도 몰라.'

메리걸은 속으로 생각했다.

어머니는 양손을 꽉 움켜쥔 채 가만히 있었다.

메리걸은 자기 자리에 그대로 남은 난을 집으려고 몸을 굽히다가, 할아버지가 고개 숙이는 모습을 보았다. 그 모습을 보고 메리걸은 자신이 한 말을 후회했다. 하지만 이미 엎질러진 물이었다.

메리걸은 문으로 걸어갔다.

"옥수숫대를 집을 때마다 숫자를 셀게. 그게 오늘 수업이야."

랄리가 말했다.

옥수숫대는 대부분 차곡차곡 정리해 뒀던 더미에서 그리 멀리 날아가진 않았다.

"이, 얼(Yi, er. 하나, 둘)."

메리걸은 가장 가까이 있는 옥수숫대부터 집어, 더미 위로 던지면서 만다린 어로 숫자를 셌다.

"옥수숫대는 이렇게, 더미 주위로 아래에서 위로 쌓는 거야."

메리걸은 옥수숫대를 다시 거두어 정리하며 말했다.

랄리가 어깨를 으쓱했다.

"산, 스, 오, 리우, 치, 바아, 지요(San, si, wu, liu, qi, ba, jiu. 셋, 넷,

다섯, 여섯, 일곱, 여덟, 아홉)."

메리걸이 더미를 계속 쌓아 올리며 말했다.

랄리가 서둘러 달려가 옥수숫대를 더 많이 집어 왔다.

"쉬이, 쉬이이, 쉬이얼(Shi, shiyi, shier. 열, 열하나, 열둘)."

랄리가 노래를 불렀다.

놀이는 계속되었다. 놀이로 생각해서인지, 잠시나마 둘은 주위를 돌아다니며 누가 옥수숫대를 많이 집어 오고, 누가 빨리 숫자를 세는지 겨루는 재미가 쏠쏠했다.

"산바이(Sanbai! 삼백)!"

랄리가 의기양양하게 숫자를 외치며, 옥수숫대 하나를 들고 멀리서 달려왔다.

"저쪽에 더 있어. 각자 한 아름씩 두 번 더 가져오자. 그다음엔 껍질을 주워야 해."

"싫어. 나 힘들어. 나더러 선생님 되라며. 지금 하는 일이랑 무슨 상관이야."

메리걸이 랄리 옆에 웅크리고 앉았다. 이어 주머니에서 난을 꺼내 반을 잘라 랄리에게 건넸다.

"이렇게 해야 돈을 벌고, 돈을 벌어야 네 책과 필요한 물건을 사지."

얼굴을 잔뜩 찌푸린 랄리는 사랑스럽기도 하고, 슬퍼 보이기도 했다.

"왜 그렇게 쳐다봐, 언니?"

"입술을 쭉 내미니까 사랑스러워서."

메리걸은 동생을 꽉 껴안았다.

"싫어. 진심이야. 더 일하고 싶지 않아."

랄리는 투덜대며 몸을 빼려고 버둥거렸다.

"꼭 해야 해. 언니 혼자 못 해. 같이 해야 공평하지. 안 그래?"

랄리가 고개를 끄덕였다.

"그건 그래."

"충분히 쉰 다음, 옥수숫대를 한 아름씩 두 번 더. 그러고 나서 자루에 껍질을 모아 담자. 넌 큰 자루, 언니는 작은 자루. 그리고 복숭아 과수원에 가서 또 줍기 시작할 거야. 껍질은 뒤에서 부는 바람에 새처럼 멀리 날아가니까."

랄리는 곧장 맹렬히 앞으로 달려 나갔다. 새처럼 옥수수밭 주위를 퍼덕이며 돌아다니다 복숭아나무 아래로 미끄러지듯 달려갔다.

둘이 부대 자루를 끌면서 밭을 가로질러 집으로 돌아올 즈음, 어머니는 집 주위에서 옥수수 껍질을 줍고 있었다. 랄리는 앞으로 달려가 자루를 열어젖히며, 자기가 모은 것을 어머니에게 자랑했다. 메리걸은 랄리의 팔과 몸동작을 보고, 어머니에게 껍질이 어떻게 날아갔는지 들려주고 있다는 걸 알았다.

메리걸이 두 사람에게 다가갔을 때까지도 어머니는 랄리를 꽉 끌어안고 있었다. 메리걸은 어머니가 자신을 안아 주던 때를 떠올려 봤다. 아무 기억도 나지 않았다. 실망스러웠다. 메메트한테 듣기로는, 아버지는 아들을 하나 더 원했는데 메리걸을 낳았다고 어머니를 구박했다고 했다. 게다가 메리걸 스스로 생각해도 자신이 랄리처럼 귀엽고 사랑스럽지 않은 것은 확실했다. 심지어 아버지도 랄리는 좋아하는 눈치였고, 일에서 빼 주기까지 했다.

메리걸은 그루터기만 남은 옥수수밭 끄트머리에서 일했다. 어머니와 랄리는 쌓아 올린 더미 가까이에서 껍질을 주웠고, 허리를 펼 때마다 도로를 살폈다. 얼마 뒤에는 메리걸도 도로로 시선을 돌렸다. 아버지가 오는지 보기 위해서였다. 덜커덩거리는 트럭 소리가 들리는지도 귀를 기울였다.

아버지가 늦어지면 늦어질수록, 어머니는 껍질 줍는 것도 잊은 채 이리저리 돌아다녔다. 어머니가 간 그곳, 현실을 외면할 수 있는 생명력 없는 그곳으로 어머니는 점점 빠져들었다.

"랄리, 어머니를 집으로 모시고 가."

보다 못해 메리걸이 입을 열었다.

"식사 준비하는 거 도와드려. 아버지가 도착하면 드시고 싶을 거야."

메리걸은 한 자루 더 가득 채운 뒤, 빈 자루들은 헛간으로 가져갔다. 메리걸은 일할 만큼 했고, 바구니를 만들 수 있는 시간을 아버지를 기다리는 데 쓸 이유가 없었다. 메리걸은 잠시 할아버지를

보러 갔다. 할아버지가 바구니 짜는 모습을 지켜보았다. 메리걸은
망친 바구니 이야기를 하지 않았다. 아니, 또 엉터리로 만들지도
모른다는 생각을 용납하지 않았다.

"할아버지, 칼 좀 빌려주실래요?"

칼은 할아버지 앞에 놓여 있었다. 메리걸은 한동안은 할아버지
에게 칼이 필요하지 않으리라는 걸 알고 있었다.

"덩굴줄기를 더 잘라야 해요."

메리걸이 설명하자, 할아버지가 고개를 끄덕였다.

"잘 쓰려무나, 아가. 이제 '우리' 칼이구나."

할아버지가 메리걸에게 칼을 건넸다.

메리걸은 자신이 멋진 바구니를 만들 수 있다는 걸 할아버지가
믿는다는 사실을, 그러기를 기대한다는 사실을 잘 알고 있었다.

메리걸은 곧고 가늘어서 손목에 쉽게 감기는 줄기들을 세심히
골랐다. 그러고는 참을성 있게 줄기 껍질을 벗겼다. 줄기가 충분히
모이자, 한 아름 품에 안고 대나무 숲의 비밀 장소로 향했다.

홀로 비밀 장소에 들어간 메리걸은 십자가처럼 가슴에 두 손을
엇갈려 놓고 고개를 숙였다. 메리걸은 기도하러 모스크에 들어간
적도, 여자들이, 심지어 제 엄마가 큰 소리로 기도하는 모습을 본
적도 없었다. 그래도 할아버지가 기도하는 동안 그 옆에 있으면 늘
마음이 평온해지곤 했다. 비록 자신을 도와 달라는 특별 기도를
어떻게 해야 할지 몰랐지만, 메리걸은 평화, 몸과 마음의 평온을 구

했다. 눈을 뜨자 대나무 줄기에 표식으로 묶어 둔 흰색 천 조각이 보였다. 오래전 일처럼 까맣게 잊고 있었다. 흰색 천에 먼지와 모래가 내려앉아 회색으로 변해 있었다. 그제야 메리걸은 천을 만져 보았다. 아름다움이 뭔지 자신의 손가락에 일깨워 줄 힘이 흰색 천에 남아 있기를 간절히 믿고 싶었다.

곧이어 바구니를 어떤 모양으로 만들지 생각했다. 100위안의 값어치가 있는 것으로. 메리걸은 자꾸 돈 생각에 짓눌렸다. 바구니가 그렇게 큰 액수를 받을 만한 값어치가 있어야 한다는 생각에. 메리걸은 모르는 게 너무 많았다. 다른 사람들은 어떤 바구니를 만들어 왔을까? 메리걸은 책도 없고 배우러 갈 곳도 없었다. 대체 뭘 믿고 카젠 부인이 좋아할 만한 바구니를 더 만들 수 있다고 생각했을까?

"그만!"

메리걸이 소리쳤다. 화가 치밀어 올랐다. 자신에게 화가 났다.

"너는 바구니를 세 개나 만들었잖아. 다시 만들 수 있어."

그렇게 크게 소리치고 나니, 자신감이 고개를 들었다.

"할아버지에게 배웠잖아. 손가락이 만드는 방법을 알고 있어."

괜히 귀한 시간만 낭비했다. 하지만 애써 느긋이 굴었다. 일부러. 메리걸은 심으로 삼을 튼튼한 가지를 고르고는 바구니를 짜기 시작했다.

시간이 늦었지만, 메리걸은 작업을 계속했다. 중심이 튼튼하게 완성되자, 길고 가는 줄기를 집어 원뿔형 바닥을 엮기 시작했다.

그때, 소리가 들렸다. 온 가족이 온종일 귀 기울였던 그 소리가. 아버지가 트럭에서 내리자마자 메리걸 자신이 보이도록 마중 나가야 할 시간이었다. 아버지의 눈을 보면 아버지가 바구니를 가져갔는지 알게 될 터였다. 메리걸은 꼭 알아야 했다.

메리걸은 도로에서 자신이 보이지 않도록 조심하면서, 밭을 잽싸게 가로질러 달렸다. 엔진에서 덜컹덜컹 소리가 나는 고물 트럭쯤은 가뿐히 앞지를 수 있었다. 소리가 커지면 커질수록 메리걸은 더욱 빨리 달렸다. 아버지가 트럭에서 내렸을 때, 메리걸은 과연 어떤 모습을 보게 될까?

갑자기 미소가 번졌다. 만약 아버지가 바구니를 팔지 못해, 아무 짝에도 쓸모없는 그 바구니를 집으로 가져왔다면?

트럭이 일으킨 먼지가 가라앉기도 전에, 조수석 문이 열렸다. 아버지는 트럭에서 내리면서 휘청거렸지만, 곧바로 균형을 잡았다. 이어 어깨를 쫙 펴고 운전석으로 걸어갔다.

메리걸이 기대선 담벼락에서는 무슨 말이 오가는지 들리지 않았다. 대화는 짧았고, 악수도 하지 않았다. 아버지는 짐칸 끝에 걸터앉아 있던 오스만의 두 아들에게도 아무 말을 하지 않았다. 아버지가 뒤돌아서자, 키 큰 아들이 뛰어내려 조수석에 올라탔다. 다른 아들은 그대로 짐칸에 남았다.

172

아버지가 휘청거리며 천천히 집으로 걸어오는데, 빈손이었다. 농장에서 일할 때 필요한 빈 부대 자루 하나 들고 있지 않았다.

랄리가 아버지를 맞이하러 집에서 달려 나왔다.

아버지가 랄리에게 양팔을 벌리는데, 랄리가 코를 막고 도망쳤다. 메리걸은 그 모습을 보고 움찔했다. 아버지가 술 먹는 데 돈을 써 버린 게 분명했다.

메리걸은 눈을 가늘게 뜨고, 당당하고 거침없는 걸음걸이로 아버지에게 다가갔다. 랄리가 그 자리에 있다는 게 마음에 걸렸지만, 그쯤으로 멈출 수가 없었다.

아버지가 메리걸을 보았다. 시선을 피하면서. 그것으로 메리걸이 봐야 할 것을 모두 본 셈이었다.

"내 바구니는 얼마에 파셨어요?"

아버지의 어깨가 갑자기 위아래로 들썩였다. 마침내 아버지는 메리걸을 마주 보았다. 아버지가 땅에 침을 뱉었다.

"아무짝에도 쓸모없는 거 말이냐?"

아버지가 한 손으로 얼굴을 쓸어내렸다.

"흥, 네 할아버지가 만드신 바구니보다도 못한 가격에 팔았지. 사려는 사람이 있어야 말이지."

"도로 가져오지 그러셨어요! 미국 부인이 좋은 가격을 쳐 줄지도 모르는데요."

메리걸은 말을 내뱉으며 침착하려고 애썼다.

랄리가 잔뜩 움츠린 몸을 메리걸에게 기댔다. 여동생이 훌쩍거리는 소리가 들렸다. 메리걸은 랄리의 어깨를 감싸 안으면서도 아버지에게서 눈을 떼지 않았다. 감정을 가라앉히려 했지만, 철사 끈이 머리 둘레를 조이는 듯했다.

"울보 같으니."

아버지가 투덜거리고는, 메리걸과 랄리 옆을 지나쳐 가려 했다. 메리걸은 랄리를 바짝 끌어당기고는 아버지 앞을 가로막았다.

아버지가 공허한 검은 눈으로 메리걸을 노려보았다.

"꿈 깨고 진짜 할 일이나 해. 말했잖아. 미국 부인은 안 온다고."

부러지지 않을 힘

"오늘은 제일 좋은 옷으로 입어. 기분이 한결 좋아질 거야."

메리걸이 랄리에게 빨간 레깅스를 내밀었다.

"행운을 가져다줄 빨간색이지."

랄리는 전날 아버지가 돌아온 뒤 메리걸한테서 잠시도 떨어지려 하지 않았다. 그날은 월요일이었다. 랄리는 학교에 가야 했다.

"꾸물거리지 마. 격자무늬 치마랑 빨간 스웨터 입어. 그다음에 머리 땋아 줄게."

메리걸이 아침 준비를 할 때 문이 열렸다. 아버지가 괭이를 휘두르며 뛰어들어 오더니 메리걸에게 다그쳤다.

"밭에 말이야, 아무것도 안 심었잖아. 대체 뭐 하고 있었니? 쓸모

없는 바구니나 만들고 있었던 거야?"

메리걸은 자세를 똑바로 하고 맞받아칠 준비를 했다. 적당한 대답을 찾으면서 눈을 가늘게 뜬 채 숨을 죽였다. 방이 빙글빙글 돌기 시작했다. 어지러웠다. 정신이 멍해졌다.

"심으려던 중이었어요."

메리걸이 기어들어 가는 목소리로 답했다.

아버지가 괭이로 흙바닥을 마구 두들겼다.

"우리는 농사를 지어서 먹고산다고. 기억이나 하고 있니?"

아버지가 고함을 질렀다.

그때 아침 차를 마시며 앉아 있던 할아버지가 천천히 일어났다.

"밭에 나가 봐야겠구나. 내가 도와줄 만한 일이 있을 게야."

할아버지가 말했다. 메리걸은 목청이 찢어질 정도로 소리치고 싶은 걸 간신히 참았다. 자신이 이런 일을 일으켰다. 자신의 실수였고, 돌이킬 수 없었다.

"아버지는 그냥 계세요. 여기 게으른 것들이 끝낼 테니까요. 빨리 시작해, 메리걸. 그리고 당신, 아니샤. 오늘은 당신도 일 좀 해."

메리걸만큼 잔뜩 주눅이 든 어머니가 일어섰다. 어머니가 밭에 나간다 해도, 사막에 씨를 뿌리듯 별 소용없다는 걸 아버지는 모르는 걸까? 그래도 메리걸은 어머니가 그 자리에 있어서 마음이 놓였다. 아버지랑 단둘이 있고 싶지 않았다.

아버지는 랄리에게 향했다. 랄리는 몸을 웅크리고 벽에 기대서서 숨으려 했다. 아버지가 랄리의 어깨에 손을 올렸다.

"화려한 옷은 벗어. 너도 도와. 일을 배울 때가 됐어. 오늘은 학교에 갈 필요도 없다."

"랄리는 밭에서 일하면 안 돼요. 학교에 가야 해요."

메리걸이 얼른 랄리 앞에 서며 감싸고돌았다. 할아버지는 메리걸을 보호해 주려 했다. 랄리를 보호하는 건 메리걸의 몫이었다.

아버지가 경고하는 뜻으로 괭이를 들어 올렸다. 랄리가 소리를 지르며 등 뒤에서 메리걸을 끌어안았다. 메리걸은 사막에 뿌리 내린 위성류처럼, 흙바닥을 단단히 딛고 버티고 서 있었다.

'구부러지자. 하지만 부러지진 않겠어.'

메리걸은 생각했다.

메리걸은 젊었다. 부러지지 않을 힘이 있었다. 그리고 할아버지가 보내는 사랑도.

아버지의 얼굴이 일그러졌다. 마침내 아버지가 괭이를 움켜잡은 채로 옆으로 비켜섰다. 메리걸은 랄리를 데리고 나갔다.

메리걸이 집에 돌아왔을 때, 아버지와 어머니는 밭으로 나간 뒤였다. 할아버지는 앞에 놓인 차와 난에 손도 대지 않고, 양탄자에 무릎 꿇고 조용히 앉아 있었다. 메리걸은 차가워진 찻잔을 한쪽으로 치운 뒤, 새 찻잔에 따뜻한 차를 따르고 할아버지 옆에 무릎 꿇고 앉았다.

"할아버지, 우리 마셔요. 힘내야지요."

할아버지는 양탄자의 복잡한 무늬에 시선이 붙박여 있었다. 메리걸이 보기에 딱히 무늬를 보고 있는 것 같진 않았다.

"정말 괜찮아요. 아버지가 시킨 일을 해야 했는데. 아버지가 화 낼 줄 알았어요. 제가 이 지경으로 만들었고요. 남은 가족까지 휘말리게 할 생각은 아니었어요."

어느새 메리걸도 양탄자로 시선을 향했다.

"미국 부인에게 가져갈 바구니는 더 준비했니?"

메리걸은 할아버지에게 진실을 말하고 싶지 않았다. 그렇다고 거짓말할 생각도 없었다.

"아뇨. 만드는 게 좀 벅차네요. 하지만 바구니 하나는 만들기 시작했어요."

메리걸이 뒷말을 재빨리 덧붙였다. 메리걸은 궁둥이를 붙이고 앉았다.

"바구니를 많이 만들고 싶었는데요, 개수가 중요할까 싶어요. 어쩌면 아버지 말이 옳은지도 몰라요. 아버지는 미국 부인이 오지 않을 거라고 확신하거든요."

할아버지와 메리걸은 말없이 한참을 앉아 있었다. 그러다 할아버지가 찻잔을 들었다.

"차는 따뜻할 때 마셔야지."

할아버지는 차를 마신 뒤, 난을 차에 담갔다가 먹었다.

메리걸은 인내해야 한다는 걸 알았다. 할아버지의 침묵에는 의미가 담겼을 것이다. 메리걸도 차에 난을 담갔다가 억지로 먹었다.

할아버지는 찻잔을 내려놓고는 메리걸의 얼굴을 찬찬히 쳐다보았다. 메리걸은 할아버지가 뭘 찾는지 잘 알았다. 손녀 마음에 평온이 찾아들 때까지, 할아버지는 아무 말도 하지 않을 것이다. 하지만 고작 이틀 동안 카젠 부인에게 줄 바구니를 만들어야 하는데 어찌 걱정하지 않을 수 있을까? 아버지가 괭이로 자신을 때릴지 모르는데 어찌 두렵지 않을 수 있을까? 메리걸은 자신이 아버지라고 부르는 사람이 도무지 이해가 가지 않았다.

그리고 또 하나. 메리걸의 눈에서 아버지에 대한 분노가 불타오르는 한편, 마음속은 실망감이 가득했다. 간절히 해내고 싶었던 일을 이루지 못하고 실패했다는 실망감이. 메리걸이 실망감에 시달린다는 사실을 할아버지도 꿰뚫어 보고 있었다.

메리걸은 고개를 숙였다. 더는 할아버지를 볼 수가 없었다. 할아버지가 바라는 마음의 평화를 자신은 찾을 수 없었다.

"할아버지, 그만 가 볼게요. 해야 할 일을 하려고요. 밭일 말이에요. 제가 미뤄 둔 일을 해야 비로소 온전한 제가 될 수 있을 것 같아요."

메리걸은 문 옆에 놔둔 괭이를 어깨에 걸치고 밭으로 향했다.

아버지와 어머니는 밭의 끄트머리에서 시작했다. 메리걸은 며칠 전에 엉터리로 헤집어 놓은 울퉁불퉁한 부분을 맡았다. 메리걸은 발로 꾹꾹 밟아 땅을 평평하게 만든 뒤 일을 시작했다. 축축해서 씨앗이 잘 자랄 땅을 찾으려고 이번에는 더 깊이 팠다. 메리걸은 평평한 자리에 조심히 고랑을 냈다. 그러고는 각 고랑 끝에 서서 어머니한테서 받은 씨앗을 골라 심었다. 어머니는 아버지를 따라잡으려고 안간힘을 쓰고 있었다. 메리걸만큼 모두 분노하고 있었다. 메리걸은 어머니를 달래 봤자 소용없다는 걸 알았다.

정오가 지나도 일은 끝나지 않았다. 메리걸은 반이 남았고, 아버지도 일찌감치 내빼는 바람에 일부가 남아 있었다. 메리걸은 아버지가 왜 일부러 밭에 왔는지 궁금했다. 아버지가 있건 없건, 밭매는 일은 분명 메리걸의 몫이었다. 손에 물집이 잡혀 씨를 심을 때마다 고통이 심해진다고 해도, 메리걸은 일했을 것이다. 거친 나무 손잡이에서 삐져나온 가시에 찔려도 계속 일했다.

어머니는 더는 서 있을 수 없겠던지, 종자 포대를 들고 밭 가장자리에 앉았다. 메리걸은 새로 씨 뿌릴 자리를 마련한 뒤, 어머니한테서 종자 포대를 가져갔다.

"랄리가 집에 올 시간이에요. 가세요, 어머니. 랄리랑 같이 계세요. 저한테 못 오게 해 주세요. 제가 곧 집에 갈 거라고요."

메리걸의 말투에서 아무런 연민도 느껴지지 않았다. 연민 자체가 느껴지지 않았기 때문이다. 어머니는 랄리를 돌봐야 하는 사람이었다.

어머니는 고개를 끄덕이고는 그 자리를 떠났다.

일을 마치자 날이 늦긴 했지만, 메리걸은 대나무 숲으로 향했다. 손을 부드럽게 앞으로 쭉 뻗으며 통증을 달래 보았다. 대나무 숲에 아직 완성하지 못한 바구니가 있었다. 메리걸의 작품을 훔치려고 아버지가 또 온다 해도, 훔쳐갈 필요도 없다고 생각할 터였다.

메리걸은 바구니 앞에 쭈그리고 앉아 길이나 넓이는 어느 정도로 할지 생각했다. 아쉽게도 할아버지의 칼을 가져오지 않았다. 테두리도 완성하지 못할 성싶었다. 줄기를 물에 흠뻑 적셔 두면 부드러워져서 작업하기도 훨씬 편하고 괜찮았을 텐데. 메리걸은 칼도 물도 없이 바구니를 만들어 갔다.

메리걸은 엮을 줄기를 집을 때마다 손가락이 아프지 않도록 조심했다. 아픔 때문에 이번 작업은 더 힘들 듯했다. 바구니 바닥 부분은 줄기를 촘촘히 엮었다. 아주 정교한 작업이었다. 메리걸은 숨죽인 채 줄기를 엮었다. 바구니 위쪽을 엮을수록 만들기가 더 수월해질 터였다. 그래야 했다.

늘 민첩하고 흔들림 없던 손가락이 움직이기 힘들 지경에 이르렀다. 손에서 피가 흘렀다. 바구니에도 피가 물들지 몰랐다. 바구니에 피 얼룩이 질지 몰랐다.

메리걸은 옆으로 쓰러졌다. 손가락을 혀로 핥았다. 피를 핥아서 닦아 내도 피가 계속 흘러나왔다. 메리걸은 웃옷 안쪽에 손을 끼워 넣고 누웠다.

추웠다.

망했다.

메리걸은 수도꼭지에서 흐르는 물에 손을 대고 있었다. 차가운 물에 통증이 덜해졌다. 랄리가 언니를 보고 달려 나와 부둥켜안지 않았다면, 물이 낭비되건 말건 그대로 서 있었을 것이다.

"손이 젖어서 안아 줄 수 없네. 하지만 사랑해. 알지?"

메리걸이 랄리를 다독였다.

"응. 언니가 돌아오니까 좋다. 안에서는 아무도 말을 안 해. 나한테도 안 하고, 아무한테도 안 해."

랄리가 메리걸을 꼭 껴안고는 나지막이 말했다.

"아버지가 집에 왔어. 밥을 먹고는 잠자러 갔어. 또 끔찍한 냄새가 나더라."

메리걸이 몸을 굽히고는 랄리 귀에 속삭였다.

"아버지가 잠자러 가서 다행이다."

메리걸은 이 순간을 영원히 붙들고 싶었다. 동생을 품에 안고, 동생을 지켜 주고 있는 이 순간을. 얼마나 오래 집에 머물며 동생을 지켜 줄 수 있을까? 메리걸은 짐작도 가지 않았다. 하지만 랄리가 학교에 다닐 수만 있다면 뭐든 할 생각이었다.

"숙제는 다 했어?"

텃밭을 지나갈 때 메리걸이 물었다.

"응."

"잘했네. 어머니가 저녁 식사 준비하는 거 도와드렸고?"

"응. 그리고 우리 빼고 다 저녁 드셨어. 나는 언니를 기다리는 게 좋겠다고 어머니가 말해서."

메리걸은 이번만은 집에서 새어 나오는 희미한 불빛이 반가웠다. 아버지가 나직이 내는 신음과 거칠게 코 고는 소리가 들려왔다. 할아버지는 침상에 무릎 꿇고 앉아 있었다. 설핏 잠이 든 듯했다. 어머니는 음식 선반 옆에서 바쁘게 그릇을 닦느라 둘이 들어오는 줄도 몰랐다.

랄리는 양탄자로 달려가서는 자기 옆으로 오라고 메리걸에게 손짓했다.

"한 그릇 가득 담아 줘."

메리걸이 상냥하게 말하자, 랄리는 불명 한마디 없이 숟가락으로 폴로를 그릇에 담아 언니 무릎에 놓아 주었다. 메리걸이 몸을 숙이고 즐겁게 먹는데, 소금 때문에 살갗이 벗겨진 손가락이 쓰라렸다. 메리걸은 계속 먹을 수가 없었다.

"남은 거 네가 먹어. 몸에 좋은 거니까."

메리걸이 랄리에게 속삭였다.

손가락을 핥자 더 아팠다. 메리걸은 랄리가 다 먹을 때까지 억지로 앉아 있었다.

"잠잘 준비해. 언니는 밖에 나가야 해."

"나도. 나도 언니랑 같이 갈래."

둘은 텃밭 가장자리에 판 구멍에 소변을 누었다. 그러고는 메리걸은 랄리를 집으로 쫓았다.

"들어가. 언니는 손이 쓰라려. 흐르는 물에 손을 담가야겠어, 랄리. 언니가 도와줘야 할 때는 언제든 들어갈게."

이번에는 차가운 물이 그다지 도움이 되지 않았다.

메리걸이 다시 집으로 들어가자, 랄리는 이미 베개를 베고 침상에 누워 있었다. 어머니도 누워 있는데, 할아버지는 침상 한쪽에 일어나 앉아 있었다.

"손 좀 보자."

메리걸은 랄리가 할아버지에게 상황을 말했다는 걸 알았다. 메리걸이 손을 내밀었다.

"상처에 좋은 약초가 있을 거야. 약초를 빻아서 붙여 주마."

할아버지는 자리에서 일어나 선반 위에서 자그마한 나무 상자 세 개를 꺼내 왔다. 각 상자에서 약초를 그릇에 조금씩 덜어서 섞어 넣고 막자로 빻았다. 물을 부어 부드러운 풀처럼 되자, 그걸 메리걸의 손가락과 손바닥에 발라 주었다. 할아버지는 어머니의 반짇고리에서 부드러운 흰 천을 꺼냈다. 그러고는 천을 기다랗게 잘라 메리걸의 손에 느슨히 감아 주었다.

"이제 나을 거란다."

할아버지가 메리걸의 이마에 살포시 손을 얹었다. 메리걸이 고개를 들었다.

"내일 어떤지 한번 보자꾸나."

"고맙습니다, 할아버지."

메리걸은 고통과 잃어버린 희망이 목소리에 묻어나지 않도록 조심했다.

메리걸은 할아버지가 잠든 걸 확인한 뒤, 어머니의 차를 달여 마셨다. 내일 어떻게 될지는 알고 있었다. 이제 유일한 바람은 잠자는 것뿐이었다.

아버지가 없는 곳으로

새벽녘에 깊은 잠에서 깬 메리걸은 몸을 가누지 못했다. 손으로 눈을 비비는데 붕대가 느껴졌다. 손가락과 손바닥을 볼에 대 보자, 아프긴 했지만 피 냄새는 나지 않았다. 욱신거리던 통증도 잠잠해 졌다.

메리걸은 천천히 침상에서 나오다가 옷을 그대로 입고 있는 걸 알고 깜짝 놀랐다. 어젯밤에 어떻게 잠자리에 들었는지 아무 기억 도 나지 않았다.

메리걸은 창가에 섰다. 붕대가 풀려 있었다. 왼손은 어느 정도 괜찮아 보였지만 오른손은 아니었다. 물집이 터지면서 피부가 벗겨 지는 통에, 아래쪽 연한 살갗이 그대로 드러났다. 잔뜩 부어오르고 뻣뻣한 손 상태를 확인하려고 손을 오므렸다가 펴 보았다.

이제 아무래도 상관없었다. 메리걸은 다 포기하고, 시간 날 때 아버지가 시키는 건 뭐든지 하기로 했다. 최소한 왼손으로라도.

다른 식구도 움직이기 시작했다. 메리걸은 소매 속으로 붕대를 밀어 넣고, 조용히 신발을 신고는 불쏘시개를 모으러 밖으로 나갔다. 집으로 돌아오자 어머니가 일어나 있고, 랄리는 학교 가려고 옷을 입는 중이었다.

"오늘 아침에 불을 피워 주시겠어요, 어머니?"

어머니는 왜 부탁하는지 묻지 않았다. 메리걸이 나뭇가지들을 묶어 팔에 걸고 있던 끈을 잠자코 빼 갔다. 메리걸은 물을 받아 오고, 로즈힙 티를 준비했다. 아버지가 아침 식사를 하러 자리를 잡자, 메리걸은 입술을 떨며 말없이 움직이는 랄리를 위해 되도록 평상시와 똑같은 분위기를 이어 가려고 애썼다.

할아버지만이 조용히 앉아 흐트러짐 없이 식사했다. 메리걸은 할아버지와 눈을 맞추려고 했지만, 할아버지는 메리걸 상태가 어떤지 알고 싶지 않은 듯했다.

메리걸도 아침을 먹었다. 차를 마시고 싶어서 왼손으로 찻잔을 집었지만, 찻잔을 들어 올리려면 오른쪽 손바닥으로 찻잔을 받혀야 했다. 통증이 느껴지자 가쁜 숨을 삼켰다. 도저히 찻잔을 들 수 없었다. 모두 그 모습을 봤지만 아무 말도 하지 않았다.

양탄자에 부서진 난 조각이 놓여 있었다. 메리걸은 차에 난을 평소보다 오래 담갔다가 먹었다. 그날 아침은 그런 식으로 차를 마셨다.

아버지는 가만히 앉아서 조용히 난을 먹고 있었다.

"서둘러, 메리걸. 시장에 가려면 준비할 게 많아. 일단 옥수숫대부터 묶어라. 여러 다발 만들어 놔. 내일 두 군데쯤 돌아다녀야 할지도 몰라. 그리고 한꺼번에 많이 묶지도 마. 다 같은 가격에 팔 거니까."

아버지가 말하는데, 할아버지가 끼어들었다.

"메리걸은 오늘 도와주기 힘들다. 다른 일을 할 시간이 필요하거든. 게다가 손도 치료해야 하고."

할아버지의 목소리에는 야윈 몸에서 나온 소리 같지 않게 힘이 있었다. 아버지는 몸을 꼿꼿이 세우고 서 있어서, 누구보다 커 보였다. 비열하고 능글맞은 미소가 얼굴에 스쳐 지나갔다.

아버지가 할아버지를 보며 귀를 쫑긋거리고는 말했다.

"들어 보세요. 하늘에서 천둥이 치네요. 노인네가 고함을 치는데, 보세요. 비가 안 와요."

아버지가 창문을 가리키며 빈정댔다.

"아무것도 안 내린다고요."

아버지가 눈을 번득이며 메리걸에게 달려들더니 와락 손을 움켜잡았다.

"물집 몇 개? 괜찮아. 그렇게 굳은살로 바뀌면서 네 몸을 제대로

하게 될 테니까."

아버지가 메리걸의 손을 탁 놓았다.

"이제 일 시작해. 넌 농사꾼이야. 네 일을 해야지."

"안 된다, 얘야. 너무 심하구나. 성전에 나온 말을 명심해라. '신은 네 마음에 쌓아 둔 것 때문에 너를 책망하실 것이다.' 다른 사람에게 친절과 연민을 베풀라는 말씀에 귀 기울여야 할 때야."

할아버지의 말에 시간이 천천히 흐르는 듯했다.

아무도 움직이지 않았다. 아버지가 팔짱을 끼고는 집에서 나가 버렸다. 랄리가 훌쩍이는 소리만 적막을 채웠다.

"어머니, 랄리를 안아 줘요."

메리걸이 어머니에게 시켰다.

"랄리한테 우리가 필요한 게 안 보여요? 엄마가 필요하다고요."

메리걸이 어머니를 노려보더니, 상처 입은 자신의 손을 뚫어지게 쳐다보았다.

"도와주세요. 랄리를 안아 줘요. 저는 수건을 가져올게요. 랄리 얼굴을 닦아 주게요."

메리걸이 간곡히 말했다.

랄리는 학교에 가야 했다. 랄리 마음이야 어떻든, 오늘 집에 없는 편이 좋았다. 아버지랑 함께 있을 때 일어나는 일은 뭐든 나빴다.

메리걸이 돌아와 젖은 수건을 랄리의 이마에 대 주었다. 그때까지 어머니는 랄리를 안고 있었다. 메리걸이 랄리의 눈물을 닦아 주자, 랄리가 긴장을 풀었다.

"찻길로 나갈 시간이야. 준비됐니?"

"집에 있고 싶어."

"오늘은 안 돼. 아주 중요한 걸 배울지도 모르고, 네가 그걸 모르면 언니를 어떻게 가르쳐 주겠니?"

랄리가 고개를 가로저었다. 하지만 메리걸은 랄리가 학교로 가리라는 걸 잘 알았다.

"어머니랑 언니가 찻길까지 같이 걸어가 줄게. 좋지?"

메리걸이 이렇게 말하며 두 사람을 쳐다보았다. 랄리는 싫다고 했지만, 어머니는 고개를 끄덕였다. 어머니가 얼마나 도움이 될지 모르겠지만, 메리걸은 밖에 나가서 아버지와 마주쳤을 경우 그 자리에 어머니가 있어 주길 바랐다.

할아버지는 앉아서 차를 마시고 있었다. 아버지의 태도를 보고 충격을 받았을 게 분명하지만, 할아버지는 평온해 보였다. 메리걸은 할아버지 옆으로 가서 무릎을 꿇고 앉았다.

"감사해요, 할아버지."

메리걸은 눈물을 참으려고 입술을 앙다물었다. 메리걸도 랄리와 마찬가지였다. 할아버지 옆에 앉아 울고만 싶었다.

할아버지가 메리걸의 팔을 잡았다. 할아버지의 억센 손가락에 힘이 들어갔다. 메리걸이 깊이 억누른 증오와 두려움 그리고 사랑이 소리 없이 흐르는 눈물을 따라 함께 흘렀다.

"집에 오면 내 작업실로 오려무나."

할아버지가 꽉 잡은 손을 놓으며 말했다.

오늘 메리걸이 바구니를 짜지 못할 거라는 사실은 할아버지도 분명 알고 있었다. 메리걸도 완성하지 못한, 피 묻은 바구니를 비밀 장소에 놔뒀을 때 이미 짐작한 일이었다. 카젠 부인이 내일 찾아온다면, 쏜살같이 수레로 달려가 숨어야 할 판이다. 하지만 할아버지가 맞서 준 덕분에 메리걸은 손을 쉬게 할 시간을 벌었다. 그래서 감사했다.

메리걸이 작업실에 들어갔다. 할아버지는 방 안에서 바쁘게 일하다가, 길쭉한 대나무 줄기를 들고 메리걸 옆에 앉았다. 할아버지가 줄기 하나를 건넸다.

"메리걸, 이걸 만져 보려무나. 부드럽고 유연하지. 오늘은 이걸로 작업할 수 있을지도 몰라."

"아, 할아버지."

왼손으로 잡은 가지는 표면에 윤기가 나고 연한 노란빛을 띠었다. 매끈매끈 흠잡을 데가 없었다. 길고 가는 줄기는 메리걸의 새끼손가락의 절반 두께였고, 맨 위에서 아래까지 두께가 쭉 골랐다.

"이런 줄기를 어디서 구하셨어요?"

"사막에서 위성류 가지를 모을 수 없게 된 뒤로, 나는 버드나무 줄기로 바구니를 만들기 시작했지. 오늘도 마찬가지고. 하지만 위성류로 만든 것만큼 내게 소중하고 만족스러운 건 없더구나."

할아버지는 기억을 떨쳐 버리려는 듯이 어깨를 으쓱했다. 그러고는 메리걸이 손에 들고 있는 대나무를 내려다보았다.

"우리 아버지는 수공예 장인이셨단다. 이 땅에 주어진 모든 재료로 바구니를 만드는 법을 알려 주셨지."

할아버지가 잠시 말을 멈추었다가 다시 어깨를 으쓱했다.

"가까이에 대나무 숲이 생긴 뒤로 대나무 바구니를 만들어 보려고 했단다. 대나무를 준비하는 과정이 좋더구나. 덕분에 너와 메메트가 학교에 있던 긴 겨울날을 정신없이 보냈지. 나는 간직할 만한 가치가 있는, 우리 아버지가 만든 것만큼 훌륭한 바구니를 만들어 본 적이 없단다. 부엌에서 일하는 여자들은 평범한 버드나무 바구니를 더 좋아하기도 했고."

"대나무 줄기에서 이렇게 유연하고 나무랄 데 없는 줄기를 얻었다는 게 믿기지 않아요. 우리는 그냥 포도나무 덩굴줄기와 버드나무 가지를 잘라서 그대로 사용했는데 말이에요."

"일단 줄기가 마르면, 여러 번 열을 가해 우려내야 한단다. 네 어머니가 난을 다 굽고 나면 내가 그 작업을 했지. 그다음 줄기를 반으로 가르고, 또 가르지. 원하는 두께가 될 때까지 말이야. 그러고 나서 각 조각이 매끄럽고 고른 두께가 될 때까지 안팎으로 겉을 깎으면서 벗겨 내는 거란다."

대나무 줄기를 다듬는 과정을 이야기하는 내내, 할아버지의 얼굴에서 뿌듯함이 엿보였다. 메리걸은 덩굴줄기를 손질하는 느낌이 어떤지 잘 알고 있었다. 손으로 뭔가를 만든다는 즐거움과 경이로움을 이해하기 시작한지도 몰랐다. 할아버지는 바구니를 만들면서 평온을 찾았다. 메리걸도 평온을 찾게 될까?

메리걸은 할아버지가 준 기다란 줄기를 들어 올렸다.

"지금 이대로도 아름다워요, 할아버지."

메리걸이 감탄했다.

"덩굴줄기나 버드나무 가지만큼 다루기 힘든 것도 없을 게다. 네 손이라면, 이걸로 간단한 바구니 정도는 엮을 수 있을 것 같구나. 만드는 이의 영혼과 정신이 바구니에 아름다움을 입혀 줄 거란다. 네 손 한번 잡아 보자, 메리걸."

메리걸은 줄기를 무릎에 내려놓고 손을 내밀었다. 할아버지가 아무리 눈이 침침하다 해도, 오른손을 쓸 수 없다는 걸 알아챌 터였다. 사실 두 손 모두.

"따끔거릴 게다. 그래도 작업은 해야지."

전날 밤부터 낯선 연고 통이 바구니 더미 옆에 놓여 있었다. 할아버지가 그 연고를 메리걸의 손에 발라 주었다.

"저한테 천이 있어요."

할아버지는 메리걸의 손가락과 손바닥을 천으로 조심스레 감아 주었다. 모양새가 마치 장갑을 낀 듯이 보였다.

"너를 위해서 대나무 줄기 한 자루를 준비했단다. 이미 물을 흠뻑 머금고 있지만, 부드럽게 유지하려면 옆에 물을 놔두려무나. 어디에서 작업하면 편하겠니? 물론 나와 함께 여기에 있어도 괜찮다. 그게 좋다면 말이다."

장소가 문제가 아니었다. 메리걸은 어디에서도 작업할 수가 없었다. 할아버지는 모르는 걸까? 하지만 할아버지를 실망시킬 수는 없었다. 적어도 노력은 해야 했다.

"모, 모르겠어요."

메리걸이 눈에 눈물을 가득 머금고 말했다. 눈물을 참고 싶지도 않았다.

"갈 데가 없어요. 아버지 근처라면 어디에서도 작업할 수 없어요."

"그렇겠구나."

할아버지가 일어나 메리걸 대신 가방을 챙겨 주었다.

"패티네 가족들은 반겨 주지 않겠니? 방앗간 부부는 오랫동안 우리와 친구였잖니. 방앗간 옆에 있는 개울에서라면 평온을 찾을지도 모르지."

할아버지가 메리걸 옆에 다시 앉았다.

"거기까지 자전거를 타고 갈 수 있겠니?"

"네."

순간 메리걸은 해낼 것 같은 기분이 들었다. 내일까지 바구니를 만들 수 있을 것만 같았다.

"제가 해낼 수 있다고 믿어 주셔서 감사해요."

잠시 뒤, 메리걸은 깨끗한 바지 두 벌과 따뜻한 셔츠 한 벌을 입고, 대나무가 든 자루를 자전거 손잡이에 매달고 패티네로 갔다.

오래된 속담 때문에 마음이 괴로웠다. 아버지가 잊지 말라던 말이었다. '네 마음속 감정과 욕망에 따르지 말라. 그것이 너를 사과처럼 쪼개 사막으로 던질지니.'

메리걸의 마음은 어떻게든 바구니를 만들라고 말하고 있었다. 오늘 완성하지 못할지라도 포기할 수는 없었다. 카젠 부인이 찾아오지 않았다면, 자신이 바구니를 만들 수 있는지조차 몰랐을 거다. 메리걸이 간절히 바라는 그 일을 말이다.

당수가 메리걸을 어디로 보내든, 메리걸은 무엇이든 찾아 엮을 터였다. 노끈이든 천 조각이든, 뭐든 찾아서 손가락을 날렵히 움직이며 계속 엮어 갈 것이다. 나무껍질이든 시내 옆에 핀 잡초든 상관없었다. 박물관에 있는 도시로 보내진다면, 바구니가 전시되어 있을 터였다.

메리걸은 그 속담이 자신에게 전혀 효력이 없기를 기대하며, 물레방앗간 개울을 향해 더 빠르게 페달을 밟았다.

엮지 않은 바구니

패티 식구들은 메리걸을 따뜻하게 맞이했다. 메리걸은 패티네 어머니와 할머니와 차를 마셨다. 왜 손에 붕대를 감았는지 묻지 않았지만, 메리걸이 다룰 수 있는 작은 찻잔을 준비해 주었다. 패티는 메리걸이 만든 바구니가 어떤지 식구들에게 말한 상태였다. 메리걸은 자기가 만든 바구니를 친구가 입에 침이 마르도록 칭찬했다는 사실에 기분이 좋았다. 사실 바구니 얘기를 하지 않기로 한 약속을 어겼으니 친구가 비밀을 지키지 못했다고 해야 하나, 그래도 의리 있는 친구임은 분명했다.

패티의 어머니와 할머니는 메리걸이 방앗간 개울 옆에서 작업하게 되어 영광이라고 말했다. 그러고는 메리걸이 편안하게 작업하도록 펠트 깔개를 가져와, 강둑을 따라 늘어선 울퉁불퉁한 돌 위에 깔아 주었다.

메리걸은 패티가 바구니를 훔쳤을지도 모른다고 의심한 것이 미안했다. 죄책감을 떨치는 데 시간이 좀 걸렸다. 방앗간에서 흘러나오는 잔잔한 물소리를 들으니 마음이 차분해졌다. 강둑을 따라 나무가 자라 있었다. 메리걸은 여유를 부리며 하늘에서 나풀나풀 날리는 가을 낙엽 하나를 잡았다. 이곳에서 늘 느꼈던 만족감이 온몸에 서서히 퍼져 나갔다.

메리걸은 할아버지 옆에서 쭉 그래 왔듯, 소박한 바구니를 만드는 일만 생각하기로 했다. 멋스러운 대나무 줄기만으로도 카젠 부인에게는 특별함을 선사할 거라고.

메리걸은 자루에서 대나무 줄기를 꺼내 십자 모양으로 배열했다. 그런 다음 윤기 나는 면을 바깥쪽으로 돌렸다. 왼손으로도 충분히 할 수 있는 일이었다. 엄지손가락으로 오른쪽 손가락들을 살짝 건드려 보았다. 통증은 없었지만 아직 통통 붓고 뻣뻣한 상태였다. 메리걸은 천천히 작업을 시작했다.

메리걸은 신발을 벗었다. 아무리 아름다운 대나무 줄기라도 맨발에 꼼짝없이 붙잡혔다.

자루에서 줄기 하나를 더 꺼냈다. 여전히 나긋나긋했다. 이제 시작할 시간이었다.

붕대를 감은 것으로는 상처를 보호할 수 없었다. 바구니의 뼈대가 될 살 밑으로 줄기를 넣으려면 힘을 줘야 했는데, 그때마다 참기 힘든 고통이 손 전체로 퍼졌다.

"안 돼!"

메리걸이 소리를 질렀다. 중심부를 만들려면 줄기를 촘촘히 꼬아야 하건만, 손에 힘을 줄 수가 없었다.

메리걸은 가만히 앉아 손을 어루만지며, 두근대는 심장이 진정되기를 기다렸다. 계속 만들어야 했다. 그래야만 했다. 바구니 옆쪽은 더 쉬울 것이다.

메리걸은 마음을 굳게 먹고 반복해서 중얼거렸다.

"아래로…… 위로…… 아래로…… 위로……."

눈물 사이로, 손을 감싼 천에 피가 번지는 게 보였다. 메리걸은 왼손으로 줄기를 잡고, 다시 위쪽으로 집어넣은 뒤 아래쪽으로 빼내려고 안간힘을 썼다.

메리걸은 눈을 꼭 감고, 마당에 앉아 바구니를 짜던 할아버지의 모습을 떠올렸다. 할아버지는 어떤 가닥을 뺄까, 어떤 가닥을 밀어 넣을까 생각하지 않고 열 손가락을 안팎으로 재빨리 움직였다. 할아버지의 두 손이 힘을 합쳐 바구니의 중심부를 만들었다. 그건 메리걸도 쓱쓱 해 오던 일이 아닌가?

오늘은 아니었다. 오늘은 바구니를 엮을 날이 아니었다. 메리걸이 받아들여야 할 사실이었다. 이제 왼손까지 손 전체가 아팠다. 진실 어린 속담을 흘려듣지 말걸. 메리걸은 어리석고 현명하지 못했다. 메리걸이 품은 희망과 꿈은 현실과는 거리가 한참 멀었다. 아버지는 메리걸이 처한 현실을 내내 뻔히 알고 있었는데. 하진자도 마찬가지였다.

"그래, 하진자! 나는 스카프를 턱 밑에 묶는 시골 촌뜨기일 뿐이야. 공장에서 일이나 하라고 멀리 보낼 법한 아이라고."

메리걸이 나무에 대고 소리쳤다.

메리걸은 조금 짜다 만 바구니를 다시 끌렀다. 기다란 대나무 줄기를 똑바로 펴서 무릎에 놓았다. 자루에 있던 줄기도 모아 무릎에 놓고 하염없이 바라보기만 했다. 언젠가는 메리걸도 대나무 줄기를 준비하고 자기만의 바구니를 만드는 법을 터득할 수 있지 않을까?

메리걸은 팔꿈치로 짚고 몸을 뒤로 기댔다. 다시 꿈을 꾸다니. 기회는 날아갔다. 메리걸의 미래를 결정할 사람은 당수와 당수 부인이었다.

메리걸은 실패했다. 가장 평범한 꿈, 카젠 부인에게 보여 줄 바구니를 만들지 못했다. 단 한 개도.

메리걸은 꿈을 꾼 죄로 어떤 벌을 받을지 잘 알고 있었다. 사과처럼 잘려서 사막에 버려지거나, 남쪽 더 멀리 내던져지거나. 어느 쪽이든 상관없었다. 어리석은 몽상가에게는 양쪽 모두 적절한 벌로 여겨졌다.

메리걸은 개울만 빤히 쳐다보았다. 낡은 방앗간 돌담에서 흘러

나온 개울이 돌바닥으로 폭포처럼 쏟아져 내리는 모습을 바라보았다. 개울은 여러 모양으로 잔물결을 일으키며 흘러갔다. 그 모습을 보고 있자니, 어쩐지 위안이 되었다.

한가롭게 앉아 있어서는 안 된다고 생각하면서도 선뜻 자리를 뜨기가 싫었다. 메리걸은 대나무 줄기 끝부분을 한꺼번에 움켜쥐고 위로 쭉 끌어당겨 보았다. 몸통을 팔로 감싸 안고 보니 나름 바구니처럼 보였다. 길고 쪽 곧은 대나무 살들이 하늘로 날아갈 듯 아름답고 우아하게 원통을 만들었다.

메리걸은 대나무 살들을 계속 잡고 있었다. 손에서 놓을 수가 없었다. 대나무의 단순함과 완벽함 그리고 메리걸에게 전하는 평온함을 사랑했다. 마치 대나무 줄기가 바구니로 엮이고 싶지 않다고, 자유로워지고 싶다고 말하는 듯했다. 대나무 숲의 가지들처럼 자유롭게.

어떻게 하면 대나무를 팔로 안지 않고도 이런 식으로 모양새를 유지할 수 있을까? 이런 식의 바구니는 본 적이 없었다. 무슨 수가 있어야 했다.

메리걸은 바구니의 바닥을 찬찬히 살펴보았다. 바구니라고 부르기에 아직 한참 멀었지만 메리걸의 눈에는 이미 그건 바구니였다. 어쨌든 바구니가 똑바로 서려면 바닥이 있어야 했다. 대나무 줄기를 십자가 모양으로 한 가닥 한 가닥 교차시켜서 바퀴살 모양으로 만든다면…… 바퀴살처럼 줄기 여러 가닥을 한가운데에서 단단히 엮고…… 바퀴살을 네 갈래로 나누어…… 그러고는 각 갈래마다 대나무 줄기로 둘러서 바닥을 더 튼튼히 만든다면…….

메리걸은 마음속에서 바구니의 모습을 보았다. 메리걸의 입가에 미소가 번졌다.

메리걸은 대나무 줄기를 손에서 놓기를 주저하다가, 깔개에 편편하게 펼쳐 놓았다. 할아버지가 가르쳐 준 대로, 먼저 윤기 나는 표면이 바깥으로 향하도록 대나무 줄기를 죄다 돌렸다. 그런 다음 한번에 여러 줄기를 바퀴 모양으로 엮었다.

메리걸은 손을 쳐다보았다. 중심부에서 대나무를 잡아당겨 네 갈래로 나눈 바퀴살마다 대나무로 엮기란 어려운 작업이 될 게 분명했다. 메리걸은 대나무 줄기 네 개를 집어 방앗간 개울 깊이 담갔다. 줄기가 부드럽고 나긋나긋해질 때까지 담근 뒤에 작업을 시작했다.

손에 통증이 느껴졌다. 통증은 심해도, 바구니는 생각대로 되는 듯했다. 메리걸은 중심에서 4cm쯤 간격을 두고, 대나무 줄기로 바퀴살 주위를 엮어 자그마하게 밑바닥을 만들었다. 중심부 주위로 엮은 네 개의 바닥은 바구니의 밑바닥이 되어 줄 터였다.

이제 메리걸의 팔 대신 대나무를 똑바로 세워 줄 뭔가가 필요했다. 메리걸은 손가락만 허락한다면 대나무 줄기 세 개로 느슨히 노끈을 만들기로 했다. 메리걸은 기다란 대나무 조각을 골라, 최대한 나긋나긋해지도록 개울에 담가 두었다.

메리걸은 랄리의 부드러운 머리카락을 땋는 거라고 상상했다. 통증이 손가락 끝을 훑고 지나갔다. 줄기를 되도록 살살 만지며 계속 땋았다. 완성한 기다란 노끈 하나는 한쪽에 놓아두었다.

오른손이 욱신거렸지만 피는 멈추었다. 쉬고 싶었지만 멈출 수가 없었다. 메리걸은 팔다리, 발을 써 가며 대나무를 살살 달래 위쪽으로 향하게 한 뒤 1/4쯤 되는 곳을 준비한 노끈으로 묶었다. 대나무가 움직이지 못하도록, 몇 센티미터 간격으로 대나무에 노끈을 동여맸다. 메리걸은 깔개에서 가장 평평한 곳에 바구니를 내려놓고 천천히 손을 놓았다.

바구니가 똑바로 섰다. 균형이 딱 잡혔다.

기쁜 소식 슬픈 소식

"제 손으로는 도저히 만들 수 없었어요, 할아버지. 뭔가 다른 걸 만들어 내야 했어요. 바구니랑 흡사하긴 해요. 아니, 바구니 같아요."

마음속에 의구심이 밀려들었다. 메리걸은 고개를 푹 떨궜다.

"대나무 줄기를 못 쓰게 만들지는 않았어요. 다시 사용할 수 있어요."

"메리걸, 네가 만든 걸 보여 주겠니? 한번 보고 싶구나."

메리걸이 대나무 줄기를 담았던 자루로 손을 뻗는데, 문 옆에 서 있는 어머니가 보였다. 어머니에게는 보여 주고 싶지 않았다. 판단을 내릴 수 있는 사람은 할아버지뿐이었다.

"나한테 보여 주렴. 그리고 네 어머니한테도. 어머니에게 보여 주는 게 도리 아니겠니."

메리걸은 천천히 자루를 옆으로 기울였다.

메리걸 앞에 놓인 바구니는 메리걸의 손끝에서 팔꿈치까지만큼 길고, 바구니 입구는 열 손가락 너비만 했다. 길쭉하면서 가느다란 멋스러운 대나무 줄기가 견고한 지지대로부터 위로 자유롭게 뻗어 흘렀다. 메리걸은 문득 기막히게 멋진 바구니라는 생각이 들었다. 그런 바구니를 제 손이 만들어 냈다니, 숨이 턱 막힐 정도로 놀라웠다. 메리걸은 고개를 돌려 버렸다. 대나무 줄기를 엮었다고 다 바구니라고 할 수는 없는 노릇이었다.

할아버지는 바구니를 보고 있었지만 아무 말도 하지 않았다.

"팔려고 만든 바구니는 아니에요, 할아버지. 할아버지를 위해서 만든 거예요. 그냥…… 대나무가 그렇게 해 달라고 해서요."

메리걸이 빠르게 말했다.

할아버지는 바구니를 자기 쪽으로 가까이 기울였다. 바구니에 닿을 듯 말 듯, 우아하게 솟아오른 대나무를 따라 할아버지의 손이 날아올랐다.

메리걸은 숨을 죽이고 기다렸다. 할아버지만은 그 바구니를 선물로 좋아할지 모른다고 생각했다. 할아버지는 미소 짓고 있었다. 거의 웃다시피 했다. 메리걸은 눈을 감아 버렸다. 자기 작품이 어느 정도 가치 있을지 모른다고 생각했던 것이 부끄러웠다.

그때 할아버지가 입을 열었다.

"네가 만든 바구니를 받다니, 아주 기쁘구나. 하지만 미국 부인에게 보여 주면 어떻겠니? 부인이 나만큼 바구니를 마음에 들어 하면 가져가라고 하려무나."

할아버지는 편안히 앉으며 앞에 놓인 작품에서 눈길을 떼지 않았다.

"할아버지, 그럼 이게 마음에 드세요? 이걸 바구니라고 불러도 돼요?"

메리걸은 할아버지가 하는 말을 듣고도 그게 무슨 의미인지 마음에 와 닿지 않았다.

"저, 창피해하지 않아도 돼요?"

"창피해하지 마라, 메리걸. 자부심을 가지렴."

메리걸이 알아차리지 못한 사이에, 어머니가 두 사람 옆에 무릎을 꿇고 앉아 있었다.

"깨끗한 천 가방을 만들어야겠네. 바구니를 담아 가게. 시장 가는 길에 망가지지 않게 잘 싸 둬야 할 테니까."

어머니가 말했다.

메리걸은 어머니를 매섭게 노려보았다. 어머니는 바구니를 잘 싸 가자고 했지만, 아버지가 뛰어들어 와 자신이 갖겠다고 한다면? 어머니는 냉큼 아버지에게 바구니를 내주지 않을까?

도움의 손길을 내밀기에 너무 늦었다. 더러운 자루라도 지금 이

대로 바구니를 보호하기에 충분했다. 메리걸이 고개를 돌리니, 할아버지가 머리를 가로젓는 모습이 보였다.

"고마워요, 어머니."

메리걸이 입을 앙다물고 힘겹게 뱉어 냈다. 할아버지와 보내는 특별한 순간을 어머니가 망치는 게 싫었다. 짧은 순간이나마, 카젠 부인에게 보여 줄 바구니를 만들었다는 행복감을 만끽하고 싶었다. 미국 부인이 돌아온다면, 그 순간에 도망가서 숨을 일은 없게 할 생각이었다.

"메리걸, 손을 내밀어 보렴."

할아버지가 말했다.

메리걸은 이미 왼손에서 붕대를 풀고 있었다. 여전히 부어오르고 붉은 반점도 그대로인 자기 손을 보고도 놀란 기색 하나 없이 할아버지에게 내밀었다.

"다른 손도."

할아버지가 붕대를 풀기 시작했다. 메리걸은 자기도 모르게 움찔했다. 고개를 돌리니, 어머니가 손으로 눈을 가리는 모습이 보였다. 어머니는 서둘러 일어나 집으로 돌아갔다.

할아버지가 붕대를 모두 풀었을 때였다. 어머니가 새로 약초를 짓이겨 만든 연고와 물을 가지고 돌아왔다. 깨끗한 흰색 천 여러 개를 팔에 걸치고 있었다. 할아버지와 어머니 둘이서 메리걸에게 달라붙어 함께 상처를 돌봐 주었다. 손의 통증은 여전했다. 메리걸은 독하게 마음먹고 통증과 싸웠다. 할아버지가 벗겨진 살갗에 발라 준 약초의 효험을 믿기로 했다.

보관해 둔 아주 부드럽고 귀한 천으로 메리걸의 손을 동여매 준 사람은 어머니였다.

"미안해, 메리걸. 밭에서 너를 도와줬어야 했는데. 요즘 난 누구에게도 쓸모가 없구나. 미안하다."

어머니가 말했다.

메리걸은 대답해야 한다고 생각했지만, 무슨 말을 해야 할지 몰랐다. 그러지 않았어도 된다고? 어머니를 이해하고, 용서한다고? 어느 쪽도 진심이 아니었다. 메리걸은 아무 대꾸 없이 고개만 끄덕였다.

"너만 좋다면, 목욕하는 걸 도와줄게. 머리도 감겨 주고. 준비하는 걸 도와줄게. 내일을 위해서 말이야."

어머니가 붕대를 다 감고 나서 말했다.

메리걸은 자신의 의지와 다르게, 상냥한 어머니의 말에 마음이 끌렸다. 어머니가 자신의 몸이나 가눌 수 있을까, 하는 생각에 팽팽했던 몸 근육에 긴장이 풀렸다.

"고마워요."

어쩌면 의사가 처방해 준 약초 덕분에 어머니가 가족에게 돌아오기 시작한지도 몰랐다. 또 아버지에 대한 진실을 알게 되어서.

랄리와 할아버지, 메리걸은 밥과 피망 접시 앞에 둘러앉아 조용히 식사했다. 어머니도 옥수숫가루와 양파로 갓 구운 케이크를 가져와 함께 먹었다. 아버지가 없다거나 당나귀 수레가 없어졌다는 얘기는 아무도 꺼내지 않았다. 험상궂은 아버지의 얼굴에서 자유로워지자, 랄리는 학교생활이 어떤지 이야기보따리를 풀었다.

"친구가 새로운 춤을 가르쳐 줬어요."

랄리가 벌떡 일어나 팔을 머리 위로 올려 물결 같은 몸짓을 보였다. 이어 천천히 손목을 돌리더니, 단조로운 민요 리듬에 맞춰 아치 모양으로 손목을 서로 겹쳤다가 손을 구부리며 아름다운 곡선을 그렸다. 할아버지가 박수를 쳤고, 어머니도 합세했다. 메리걸은 몸을 흔들며 흥얼거렸다.

이제 랄리는 몸 전체를 움직였다. 좀 더 빠르게 몸을 움직이며 목을 돌리고는, 몸을 옆으로, 뒤로 틀었다. 랄리는 치마를 들고 발끝을 세웠다. 세 발자국 앞으로 갔다가 가볍게 발을 차며 뒤로 미끄러지듯 물러날 때는, 위구르 무용수들이 다리를 잽싸게 흔들며 움직이는 모습 그대로였다. 가족이 박수를 치면 칠수록 랄리의 춤은 더욱 경쾌해졌다. 할아버지는 고개를 뒤로 젖히며 흔들기 시작했다.

메리걸이 동생과 함께 추려고 일어선 순간, 방에서 들리는 음악과 웃음소리에 끌리듯 아버지가 문을 열고 들어섰다. 랄리가 허겁지겁 어머니 뒤로 달려가 숨었다. 메리걸은 다리가 덜덜 떨려 음악에 박자를 맞출 수도 없이 그대로 얼어붙었다.

아버지는 그들을 보지도, 소리를 듣지도 못하는 듯했다. 무거운 발걸음을 옮겨 식사용 깔개 옆에 털썩 주저앉았다. 아버지의 커진 눈은 당황해서일까, 두려워서일까?

"무슨 일이에요?"

메리걸이 떨리는 목소리로 물었다. 아버지의 상태를 보니, 뭔가 끔찍한 일이 벌어진 듯했다. 한족이 농지를 빼앗아 가려고 한다든지, 메메트가 투옥되었거나 총에 맞아 죽었다거나 하는 얘기를 들었다든지.

아버지가 입을 들썩였지만 소리가 나오지 않았다. 아버지가 앞뒤로 몸을 흔들었다.

"무슨 일인데요? 말씀해 주세요!"

메리걸이 애원하듯 물었다.

아버지는 메리걸 옆에 있었다. 가까이 있는데도 술 냄새가 전혀 나지 않았다. 그래서 갑절로 두려웠다.

"소식이 왔어. 메메트한테서. 메메트는 카스가얼에 있대. 상황이나 이유는 못 들었고, 단지 그곳이 더는 안전하지 않을 거라는군. 메메트는 중국 국경을 건너고 산을 넘어 키르기스로 이동할 거래. 이것밖에 몰라. 메메트 소식은 듣기 힘들 거야. 아마, 몇 년 동안."

오싹한 통곡 소리가 어머니의 입에서 터져 나왔다.

"그래, 울어! 아들 하나 없는 셈 치자고."

아버지가 비틀비틀 문으로 뛰어가며 어머니에게 소리쳤다. 메리걸은 어머니가 흐느끼는 소리를 들었다. 어머니의 팔을 끌어당기는 랄리도 훌쩍이기 시작했다.

메리걸은 조용히 일어나 밖으로 나갔다. 아버지와 부딪히지 않도록 어둠을 따라 텃밭으로 발길을 옮겼다. 멀리멀리 걸어 밭에 이르니, 완전히 혼자가 되었다. 메리걸은 무릎을 꿇었다. 고개를 숙이고 우렁찬 목소리로 기도를 올렸다.

"감사합니다, 알라신이시여! 메메트 오빠가 무사하게 해 주셔서 감사합니다."

메메트는 총에 맞지 않았다. 사막이 메메트를 집어삼키지도 않았다. 앞으로 새로운 삶을 시작할 가능성이 생겼다. 메리걸은 이런 생각을 하면서도, 어쩌면 오빠를 영영 못 보리라는 상실감에 눈물을 흘렸다.

메리걸의 울음이 서서히 잦아들었다. 메리걸은 자신이 아는 진실을 속으로 헤아려 보았다. 메메트는 이쪽 삶으로 돌아올 수 없었다. 미루나무가 쭉 늘어선, 좁은 도로 끝에 있는 이곳으로. 이곳에서 어린 신부를 맞이할 수도 없었다. 그건 메메트도 잘 알고 있었다. 자신이 가족과 고향을 사랑한다는 사실만큼. 메메트는 변화를 꾀하려고 애썼지만 실패하고 말았다.

차디찬 밤공기가 메리걸을 감쌌다. 메리걸은 잎이 다 떨어진 나무의 황량한 실루엣을 쳐다보았다. 앞으로 길고 긴 추운 겨울이 오리라는 조짐이었다. 타클라마칸 사막에서 불어오는 바람에, 낙엽이 이리저리 흩날리며 들판을 지나 허둥지둥 달아났다. 까마득히 오랜 옛날부터 존재했던 그 바람은 그들의 땅을 휩쓸고 떠다니며, 낙엽들을 모래층 아래로 묻어 버리려 했다.

위구르인은 사막에서 견디는 법을 터득했다. 사막은 친구도 적도 아니었다. 그러나 위구르족의 땅을 휩쓸어 버린 한족은 밀려왔다 밀려가는 떠돌이 모래와는 달랐다. 한족은 계속 머물렀고, 메메트를 내쳐 버렸다.

'이곳에 여전히 남아 있는 우리는 어떻게 해야 할까? 우리에게 선택권이 있을까?'

차디찬 공기와 위구르족을 압도하는 세력에 맞서듯, 메리걸은 두 다리를 꼭 껴안고 앉았다. 남은 사람들은 당수가 시키는 대로 해야 했다. 먼 곳에 있는 누군가가 당수에게 할 일을 지시하고 있었다. 아름다운 위구르 어라든지, 위구르인이 살아가는 방식을 마음에 들어 하지 않는 누군가. 이곳에 있는 위구르인을 원하지 않는 누군가.

위구르족의 삶은 점점 더 빠르게 변화해 갔다. 메리걸은 그동안 메메트의 뒤를 이어 낯선 세계로 갈지 모른다는 두려움에 짓눌려 살았다. 메리걸은 대도시에서 살거나, 공장에서 일하는 삶을 동경하지 않았다. 메메트가 주의를 시키지 않았던가? 그 노래가 머릿속에서 맴돌았다.

'잡혀가지 마라, 동생아! 잡혀가지 마.'

당수가 서류를 가져오는 날, 메리걸은 선택의 여지없이 그대로 따를 수밖에 없었다. 아버지는 메리걸의 나이를 속여서 서류에 서명할 테고, 메리걸은 수천 마일이나 떨어진 곳으로 보내질 터였다.

'잡혀가지 마라, 동생아! 잡혀가지 마.'

메리걸은 철철 흐르는 눈물을 막을 길이 없었다. 말라붙은 오아시스에 메리걸의 눈물이 넘쳐 흐른다 해도, 달라지는 것도 변하는 것도 없을 터였다.

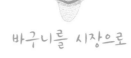

바구니를 시장으로

동쪽 하늘에 첫 번째 빛줄기가 비칠 무렵, 메리걸과 랄리는 장작을 모으고 주전자에 물을 채우러 집을 나섰다. 오늘 아침은 모든 일이 제대로 돌아가야 했다. 그래야 메리걸과 아버지가 시장에서 좋은 자리를 차지할 수 있었다. 카젠 부인과 압둘이 쉽게 찾을 수 있는 자리를 말이다.

"랄리, 서두르자. 이걸 화덕에 넣기 좋은 크기로 잘라. 그러면 어머니에게 도움이 될 거야."

메리걸이 나뭇가지를 건네며 재촉했다.

랄리는 나뭇가지를 잡고는 느릿느릿 자르기 시작했다.

"한 쿠와이 더(Hen kuai de. 서둘러)."

메리걸이 잔소리를 하자, 랄리는 입을 삐죽 내밀고는 어깨를 세게 한 번 비틀었다.

"아냐, 랄리. 너도 도와야 해. 언니가 전부 다 할 수는 없어."

메리걸의 목소리가 거칠어졌다. 메리걸은 자신의 눈에 비칠 두려움과 서둘러 움직이지 않는 여동생에 대한 노여움을 랄리에게 들키지 않도록 몸을 돌렸다.

메리걸이 고개를 숙이고는 깊고 긴 한숨을 내쉬었다.

"아, 랄리. 너, 이런 애 아니잖아. 지금 어떤 상황인지 모르니? 언니가 최대한 시장에 빨리 가야 한다니까. 제발 언니가 시키는 대로 해 줄래?"

메리걸은 차분하게 말하려고 애쓰면서 힘겹게 침을 꿀꺽 삼켰다. 랄리는 겁먹는 순간, 울기만 하고 별 도움이 안 될 터였다.

"자, 이제 서두르자. 언니 팔에 장작거리를 놔 줘. 안으로 옮길게. 너는 물을 길어 오면 돼. 넌 힘도 세니까 혼자서도 길어 올 수 있을 거야."

이어 메리걸이 당나귀에게 먹이를 주고 물 먹일 시간이라고 알려 주자, 랄리는 반항하는 기색 없이 고개를 끄덕였다. 둘은 헛간으로 향했다.

메리걸과 랄리가 돌아오자, 아버지와 할아버지가 식사용 깔개에 앉아 있었다.

"난이 다야?"

어머니가 부서진 난을 몇 개 내려놓자, 아버지가 버럭 소리를 질렀다.

"어제저녁에 당신 주려고 남겨 놓은 옥수수 케이크가 있어요."

어머니가 케이크를 건네며 말했다.

아버지는 툴툴거리며 집어 먹더니 더는 아무 말도 하지 않았다.

어머니는 차를 따랐다. 모두 침묵 속에서 식사했다. 메리걸은 난을 찻잔에 담갔지만 입에 대진 않았다. 되도록 아버지에게 붕대 감은 손을 보이지 않으려 했다. 아버지는 케이크를 다 먹을 때까지 자기만의 세상에 빠져 있는 듯했다.

"짐을 챙겨 놨더구나. 이제 수레에 짐을 싣자."

아버지가 메리걸을 보며 말했다.

메리걸은 마음을 가다듬으며 양손을 뒤로 가져갔다.

"제가 챙긴 거 아니에요. 어머니가 챙겼어요."

메리걸이 잠시 말을 멈췄다가 말했다.

"수레까지 한 번만 나르면 될 거예요."

아버지가 나가라는 듯 팔을 휙 내뻗었다.

"그럼 네가 수레에 실어. 그동안 나는 차를 더 마실 테니."

"메리걸은 못 해요. 내가 할게요."

어머니가 천천히 일어나며 말하자 아버지가 벌떡 일어섰다.

"무슨 소리야? 얘가 못 하다니?"

"손 때문에요. 양손을 다쳤거든요. 손이…… 손이 나으려면 시간이 필요해요."

어머니가 대답하는 동안 메리걸이 속으로 기도했다.

'제발 어머니, 약해지지 마요. 물러서면 안 돼요.'

메리걸이 일어나 어머니 옆에 섰다. 랄리도 일어섰다. 그때 메리걸은 지나쳤다는 생각이 들었다. 반항심을 내비치는 건 아버지의 분노를 부채질하는 꼴이었다. 메리걸은 랄리의 손을 덥석 잡고, 마당으로 잡아끌면서 나지막이 말했다.

"학교 갈 시간이야."

메리걸은 랄리와 찻길로 가면서 말했다.

"이르다는 거 알아, 랄리. 오늘 아침은 친구들을 만날 때까지 걸어가자. 일단 집에서 빠져나오는 게 중요해서 그랬어."

집에서 멀어지자, 메리걸은 다리에 힘이 풀렸다. 시장으로 출발하기 전까지 일이 잘못되기라도 할까 봐 조마조마했다. 집으로 돌아갔을 때 메리걸이 알게 될 일이 두려웠다. 할아버지와 어머니를 믿을 수밖에 없었다.

메리걸이 돌아오니, 당나귀 수레에 짐이 반쯤 실려 있었다. 대부분 아버지가 일했지만, 어머니도 거들었다. 할아버지는 마당에서 조용히 지켜보고 있었다.

"메리걸, 옷 갈아입어라. 아버지가 곧 출발하실 거야."

어머니가 메리걸에게 다가와서 말했다.

모든 일이 몹시 차분했다. 메리걸은 재빨리 치마로 갈아입고 바구니를 가지러 작업실로 갔다.

바구니는 제자리에 그대로 있었다. 어머니가 자루에 달아 준 끈은 메리걸이 팔에 걸쳐 들기에 딱 좋았다. 메리걸은 팔을 등 뒤로 돌려, 아버지 눈에 띄지 않게 했다.

할아버지와 이야기를 나눌 시간이 없었다. 다만 할아버지 옆에 잠시 멈춰 섰다. 할아버지가 건넨 손길만으로도, 메리걸은 그날 겪을 수많은 미지의 일에 맞설 용기를 얻었다.

메리걸이 수레로 향했다. 짐칸에는 길쭉한 옥수숫대가 가장자리까지 옆으로 넓게 위로 높게 쌓여 있었다.

"넌 걷는 거라면 사족을 못 쓰잖아. 그게 네 일이기도 하고."

메리걸이 다가오자, 아버지가 말했다.

"다리가 하는 일이죠."

순간 아버지가 눈살을 험악하게 찌푸리는 걸 보고, 메리는 그렇게 대꾸한 걸 후회했다. 메리걸은 조심해야 했다. 아버지가 어머니를 때리는 일은 없겠지만, 메리걸이 버릇없다고 벌 받을 수는 있었다. 어머니가 메리걸 편을 들었으니까. 메리걸은 순종의 의미로, 어머니를 따라서 고개를 숙였다. 붕대 감은 손과 바구니는 메리걸의 등 뒤로 감췄다.

아버지는 출발한다는 말도 없이, 수레를 찻길로 몰았다. 메리걸은 뒤돌아서 할아버지와 어머니에게 인사하고는 아버지보다 몇 발자국 뒤에서 따라갔다.

메리걸은 아버지에게 들키지 않고 바구니를 시장까지 가져갈 방법을 생각해 놓지 못했다. 그냥 수레 뒤에 올라타, 치마로 가릴 참이었다. 이렇게 걸어가는 상황에서는 등 뒤로 숨기는 것 말고는 방법이 없었다. 당나귀 발굽과 수레바퀴에서 먼지 소용돌이가 뿌옇게 일어났다. 메리걸은 참기 힘들었지만 그렇다고 아버지와 함께 앞에서 걸을 수는 없었다. 메리걸은 아버지가 자신에게 말 걸 일이 없기를 바라며 멀리 뒤처져서 걸었다. 평소에도 아버지는 시장을 오가는 중에 말이 없는 편이었다.

시장에 다다르자, 새로운 걱정거리가 생겼다. 앞에 수레가 잔뜩 몰려서 시장으로 들어가는 입구를 막고 있었다. 수레마다 겨울에 땔 장작을 무겁게 싣고 있어서 움직임이 느렸다. 수레 뒤로 펼쳐진 도로까지 마비되었다. 메리걸은 어쩔 수 없이 수레 앞으로 걸어갔다. 뒤에 있다가는 옥수숫대에 뭉개질 지경이었다.

느닷없이 아버지가 메리걸 옆으로 오더니, 메리걸의 등 뒤로 보이는 자루를 뚫어지게 쳐다보았다.

메리걸은 긴장해서 몸이 굳었다. 자루를 반대쪽으로 가져갔다. 아버지가 자루를 잡아챌까? 박살 낼까?

"아, 이거요?"

메리걸은 아버지가 물어보기 전에 선수 쳤다. 자기가 얼마나 신경이 곤두서 있는지 아버지가 몰라야 했다.

"그래, 그거. 거기 뭐가 들었어?"

아버지가 팔을 쑥 내밀었다.

"그냥, 어떤 거요. 할아버지가 도와주셨어요. 미국 부인에게 아무
것도 안 가져가면 예의가 아니라고 하셨거든요."

거짓은 아니었다. 할아버지가 없었다면, 메리걸은 바구니를 만들
수 없었다. 메리걸은 아버지가 자루를 못 보도록 조금씩 발걸음을
옮겼다. 그래도 아버지는 자루에서 시선을 뗄 줄을 몰랐다.

아버지가 고개를 흔들었다.

"내 말이 말 같지 않아? 그딴 못난 바구니 따위는 잊으라고 했
을 텐데. 할아버지에, 어머니까지. 네 어머니가 도와줬지? 그 면 자
루, 네 어머니가 만들어 준 거지?"

아버지는 주먹으로 자기 다리를 세게 내리쳤다. 그러고는 얼굴이
서로 맞닿을 정도로 메리걸에게 바짝 다가섰다.

"어디 한번 보자. 얼마나 대단하길래 온 가족이 제 할 일을 내팽
개치고 너를 도와줬는지, 한번 꺼내 보라고."

메리걸은 온 힘을 끌어모았다. 움직이지 않으려고, 도망치지 않
으려고. 메리걸은 침을 꼴깍 삼키며, 두려움도 넘어설 목소리와 아
버지를 물러서게 할 말을 찾았다.

"그냥 아무 쓸모 없는 거예요. 전에 만든 것처럼요. 한눈에 봐도
쓸모없다는 걸 아실 거예요, 아버지. 하지만…… 만에 하나, 부인이
온다면…… 바구닛값으로 몇 위안쯤 줄지도 모르잖아요."

219

아버지는 여전히 메리걸 옆에 있었지만 자루를 잡아채지 않았다. 메리걸은 고개를 숙였다.

"아버지가 시키신 대로 옥수숫대 쌓는 일을 도와드리지 못해 죄송해요. 한 짐 더 가져오고 싶으셨죠? 혹시라도 바구니를 팔면, 한 짐 더 싣지 못해서 벌지 못한 값은 채울 수 있을 거예요."

메리걸은 계속 땅바닥에 시선을 두었다. 감히 아버지를 쳐다보지는 못했지만, 아버지는 몸에서 힘을 빼는 듯했다. 어쩌면 100위안을 생각하고 있는지도 몰랐다. 메리걸은 아버지가 자루를 열지 않게 해 달라고 기도했다.

"뭐, 행운을 빌어 봐야겠군. 그 멋진 부인이 와서 바구니를 마음에 들어 하기를 빌어 보자고. 우리는 돈이 필요하니까. 그 여자한테 자루값도 받아."

이어 아버지는 당나귀에게 관심을 돌리고, 좀체 움직이지 않는 수레 행렬에서 애꿎게 당나귀 마구만 앞쪽으로 잡아당겼다.

아버지는 욕설을 퍼부으며, 한 번에 몇 센티미터씩 발을 질질 끌며 걸어갔다. 시장 입구가 사람들로 북적이는 바람에, 메리걸은 아버지 옆에서 걸을 수밖에 없었다. 그때 아버지가 메리걸에게 투덜댔다.

"넌 네 오빠만큼이나 쓸모없어. 형편없는 바구니랑 같이. 한 번이야 운이 좋았지. 그게 다야."

서류에 서명하는 날

아버지는 어딘지도 모를 시장 구석에 수레를 세웠다. 당나귀들을 밧줄로 매어 둔 옆이었다. 과일이며 채소, 면직물, 실, 갖가지 향신료가 가득한 곳에서 동떨어진 곳이었다. 카젠 부인이라면 절대 오지 않을 곳이었다.

"값은 비싸게 매겨라."

아버지가 다른 데로 가면서 당부했다.

"언제 오실 건데요?"

메리걸이 큰 소리로 물었다. 차라리 비명을 지르고 싶은 걸 참느라고 손으로 입을 틀어막았다. 한 번만이라도, 메리걸이 돌아다닐 수 있게 아버지가 수레를 지켜 줄 수는 없는 걸까?

아버지는 무시하듯 어깨만 으쓱 올리고는, 나무 옆으로 사람들이 모인 곳을 향해 길을 따라 걸어갔다.

메리걸은 옥수숫대 뒤로 돌아가서는, 스카프를 이마 위까지 바짝 끌어당겨 턱 아래로 꽉 묶었다. 메리걸이 자리 잡은 곳은 시장에서 뚝 떨어져 있었다. 주위에는 몇 명만이 볏짚을 가득 실은 수레를 지키고 있었다. 메리걸이 이야기를 나눌 만한 아주머니나 여자애는 한 명도 없었다. 메리걸은 최대한 뒤쪽에 숨어서, 미동도 하지 않고 아버지에게 시선을 고정했다.

오스만이 어떤 남자와 무리에 합류했다. 다들 하던 이야기를 멈췄다. 남자는 의기양양하게 격식을 차린 자세로 서 있었다. 서로 인사가 오갔다. 남자가 몸을 돌린 순간, 메리걸은 남자의 얼굴을 똑똑히 보았다.

남자는 당수였다. 당수는 친구 오스만의 안내를 받으며 아버지에게 곧바로 향했다.

오늘이 그날일까? 서류에 서명하고, 메리걸을 멀리 보내는 날.

그 광경을 바라보는 메리걸의 얼굴에 눈물이 흘러내렸다. 메리걸의 소원은 이루어졌다. 3주의 시간을 얻었고, 바구니를 만들어 카젠 부인에게 보여 줄 수 있게 되었으니까. 하지만 그런 건 이제 중요하지 않았다. 랄리와 할아버지와 어머니의 곁을 어떻게 떠날 수 있을까? 메리걸은 자신이 고작 시골 농사꾼일지라도 자기 땅에서 조용히 살고 싶었다.

메리걸은 그 무리를 빤히 쳐다보다가, 느닷없이 속에서 웃음이 솟구쳐 오르다가 캑캑거리는 소리로 나왔다. 이번만큼은, 아버지에게 자신이 오빠보다 더 가치 있는 사람이 될지도 몰랐다. 심지어 번 돈을 집으로 몽땅 보내면, 자신이 아버지를 기쁘게 해 줄지도 몰랐다.

"어서 하세요, 아버지. 서명하시라고요."

메리걸이 이 사이로 식식거리며 속삭였다. 메리걸은 입안에서 침을 충분히 모아 땅에 퉤 뱉었다. 메메트가 종종 했던 대로.

메리걸이 쭉 지켜봤지만, 당수는 딱히 아버지를 상대하지 않았다. 오히려 서둘러 작별 인사를 건네고는 혼자 길가로 걸어갔다.

이어 아버지와 오스만 그리고 또 다른 남자가 자리를 떴다. 당수가 가던 길을 따라가면서도 서두르는 기색이 전혀 없었다. 아버지는 메리걸이 있는 쪽을 흘끔 쳐다보지도 않았다. 아버지는 어디로 가는 걸까?

메리걸은 소리를 지르고 싶었다. 아버지를 뒤쫓고 싶었다. 무슨 일이 있는 건지 말해 달라고 하고 싶었다. 하지만 그러지 않았다. 메리걸은 수레 옆에 가만히 서 있기만 했다. 말뚝에 묶인 당나귀처럼, 메리걸도 수레에 속박되어 있었다. 메리걸은 아버지가 돌아올 마음이 들 때까지, 그 자리에 서 있어야 했다. 그게 아버지가 메리걸을 데려온 이유니까. 메리걸이 맡은 일이 그런 게 아닐까?

안개로 뒤덮인 태양이 11월의 하늘을 천천히 가로질렀다. 그러는 내내 메리걸은 태양의 자취를 따라가는 것 말고는 할 일이 없었다. 게다가 옥수숫대는 왜 팔아야 하는지, 바구니를 왜 팔아야 하는지조차 의문이었다. 메리걸은 바구니가 든 흰색 자루를 치마로 덮었다. 당수나 당수 부인이 가까이 왔을 때 들키지 않기 위해서였다.

사실 즐거워야 하는데 메리걸은 웃음도 나오지 않았다. 카젠 부인과 압둘은 메리걸을 찾느라 고생깨나 하겠지만, 당수나 당수 부인은 문제없이 찾아낼 터였다. 당수가 메리걸을 찾아내 봤자 소용없는 일이겠지만. 당수가 만나야 할 사람은 아버지였으니까. 아무래도 메리걸이 학교에 다니지 않는 사실을 선생님이 당수나 당수 부인에게 이미 말했을 것만 같았다.

정오 무렵까지, 메리걸은 옥수숫대를 한 다발도 팔지 못했다. 그때쯤 농부들이 제법 많이 지나다녔다. 메리걸은 팔아 보려고 애써야 한다는 걸 알면서도, 치마로 바구니를 숨긴 채 옥수숫대 뒤에 서서 길가를 살피기만 했다. 왜 아직도 마음을 졸이고 있는지 스스로 의아해하면서. 메리걸은 계속 신경을 곤두세우고, 주위를 살폈다. 카젠 부인과 압둘이 시장에 와서 자신을 찾고 있다면? 금세 찾지는 못해도, 메리걸을 찾으려고 일이 분쯤 더 시간을 들일지도 몰랐다. 메리걸은 계속 살펴야 했다.

그러다가 곧 아무것도 팔지 못하면 아버지가 어떻게 나올까 싶어 걱정에 휩싸였다. 친절해 보이는 남자 한 명이 다가오고 있었다.

메리걸이 수레 앞으로 나섰다. 장사가 잘 안될 때, 메메트는 사람들을 불러 세우고는 무나 양파, 피망이 필요하지 않으냐고 말을 걸곤 했다. 메리걸도 그렇게 하기로 했다. 당나귀에게 먹이를 먹일 시간이에요, 라고 크게 외치기로 했다.

하지만 아무 말도 나오지 않았다.

정작 메리걸의 마음속에서 거세게 휘몰아치는 건 따로 있었다. 자신의 삶이 산산이 부서져 가는 과정, 아버지에게 느끼는 무력감, 자신이 소중히 여기는 것에서 자신을 떼어 내려는 바깥세상 그리고 침묵하고 있는 자신의 분노…….

남자는 그대로 지나쳐 갔다.

메리걸은 수레에 기댔다. 다음번에도 이런 식일 것이다.

당나귀를 끌고 가던 농부가 잠시 들렀다.

"두 다발 다오. 자, 4위안이다."

"10위안이에요."

"4위안도 인심 쓰는 건데."

농부는 이렇게 말하고는 그냥 가 버리려고 했다.

"잠깐만요. 4위안 주세요. 대신에 옥수숫대 더미에서 직접 가져가세요."

농부가 주머니에서 돈을 꺼냈다. 붕대 감은 메리걸의 손을 보고 눈썹을 올리고는, 옥수숫대를 챙겨 자리를 떴다.

오후 중반에 이르자, 수레의 반이 비었다. 메리걸은 수레바퀴 안쪽 땅바닥에 바구니를 놔두었다. 아무도 바구니를 알아보지 않기만을 바랐다. 메리걸은 길쭉한 옥수숫대 한 다발을 옆구리에 끼고 수레 앞에 서서, 옥수숫대를 앞뒤로 흔들며 지나가는 사람의 시선을 끌어 보았다. 하늘에 떠 있던 태양이 점점 아래로 떨어지자, 더 많은 사람이 옥수숫대를 사려고 걸음을 멈췄다. 메리걸이 손님에게 옥수숫대를 팔고 있는데, 얼핏 빨간색이 보였다. 여자아이와 엄마였다.

"알아서 가져가세요. 돈은 두고 가시고요."

메리걸은 손님에게 이렇게 외치고는 길가로 달려갔다. 패티와 패티 엄마가 모퉁이를 돌아 나타났다.

"패티! 나 여기 있어!"

메리걸이 팔을 흔들며 소리쳤다. 패티 모녀는 팔에 장바구니를 들고 있었다.

"메리걸, 사방으로 찾아다녔어! 설마 시장에서 이렇게 멀리 떨어진 곳까지 사람이 찾아올 거라고 생각하니?"

메리걸은 머리를 가로저으며 눈물을 참으려고 애썼다. 안도의 한숨이 얼굴에 드러나지 않게 신경 썼다.

"그분을 봤어, 네 아버지 말이야. 하지만 물어보고 싶진 않더라. 여기 어딘가에 네가 있겠거니 했지."

메리걸이 다시 제 목소리를 찾았다.

"외국인 부인은 봤니? 위구르인 안내인이랑 같이 다닐 텐데."

패티와 패티 엄마는 고개를 가로저었다.

메리걸이 패티 모녀를 수레로 안내하려고 하자, 모녀는 메리걸을 감싸 안았다.

"수레는 내가 지키고 있을게. 패티랑 같이 가서 외국 부인을 찾아봐."

"제가…… 제가 지키고 있어야 해요. 아버지가……."

메리걸은 말을 잇지 못했다. 아버지가 알면 노발대발할 일이었다. 술을 마시기라도 했다면?

"아버지는 메메트 오빠가 떠난 뒤로 제정신이 아니에요. 전 못 가요."

패티 엄마가 메리걸을 보며 잠시 말을 멈추었다가 입을 열었다.

"이해해."

"그럼 그 부인에 대해 설명해 봐. 부인이 시장에 왔는지 우리가 찾아볼게."

패티가 친구 어깨를 감싸 안은 채로 말했다.

"뭐, 우리랑 다르지. 위구르인도 아니야. 한족은 절대 아니고. 백인 관광객을 보면, 카젠 부인이냐고 물어 봐. 압둘이라는 안내인도 함께 있을 거야. 압둘은 우리네 아빠처럼 생겼어."

"두 사람이 여기 있다면 우리가 찾아낼게."

"그리고 패티, 평소에 우리가 수레를 놔두던 곳, 알지? 그 주변 사람들한테도 말해 줘. 압둘한테 알려 줄 수 있게. 그리고 냄비 장수 옆에 있는 달걀 장수 아줌마한테도. 그 아줌마가 나를 알고 계셔. 도와주실 거야."

패티와 패티 엄마가 서둘러 떠났다. 메리걸은 희망을 품어 보려고 애썼다. 유일한 마지막 꿈을 이룰 수 있을까?

어쩌면 카젠 부인이 이미 왔다가 가 버렸다는 소식을 들을지도 모른다고 생각했다.

오지 않는 사람들

갑자기 사람들이 옥수숫대를 사려고 몰려들었다. 하지만 메리걸은 팔고 싶지 않았다. 패티와 패티 엄마가 돌아오기 전에 수레가 텅 비고 이어 아버지가 온다면, 곧장 집으로 가려 할 테니까. 카젠 부인이 자기를 찾고 있는지, 시장에 오지도 않았는지, 메리걸은 알 길이 없었다. 자신이 100위안의 값어치가 있는 바구니를 만들었는지도.

메리걸은 옥수숫대 한 다발을 팔 때마다 가격을 올렸다.

"4위안이라고? 한 다발에? 시간도 늦었는데, 싸게 해 줘."

남자는 메리걸에게 2위안을 건넸다.

"4위안이에요."

메리걸도 지지 않았다.

남자는 지폐 한 장을 더 꺼내더니, 메리걸에게 던지다시피 했다.

"당나귀가 입에 대지도 않고 집에 가려 하면, 이 돈은 못 가져갈 줄 알아."

남자는 수레에서 옥수숫대 한 다발을 홱 낚아챘다.

이제 세 다발만이 남았다.

"벌써 팔린 거예요."

메리걸은 사람들을 쳐다보지도 않은 채 다음 농부에게, 그다음, 그다음 농부에게도 벌써 팔린 거라고 말했다. 메리걸은 오로지 시장 중심가만을 쳐다보았다.

패티나 패티 엄마는 아직도 오지 않았다. 아버지도 보이지 않았다. 심지어 당수 부인조차 어떤 소식도 전하러 찾아오지 않았다.

"저거 전부 가져갈게. 그럼 너도 집에 갈 수 있겠지?"

한 남자가 지폐 몇 장을 흔들며 말했다.

메리걸은 팔을 뻗어 수레 앞을 막아섰다.

"아뇨, 아뇨, 이건…… 이건……."

메리걸은 말을 더듬거리다가, 문득 말을 멈추었다. 패티가 카젠 부인을 찾지 못했다는 생각만 들었다. 찾지 못한 사실을 자신에게 알려 주러 올 생각은 못 한 거라고.

메리걸은 몸을 돌렸다. 옥수숫대 다발을 움켜잡았다. 어찌나 꽉 잡았던지 손에 상처가 났다. 메리걸은 다발을 남자의 수레에 쌓아 주고 돈을 움켜쥐었다.

"가져가세요! 가시라고요!"

메리걸은 소리를 지르고는 수레 뒤로 달려갔다. 고통을 느끼고 싶었다. 고통을 느껴야 했다.

손에 감은 더러운 흰색 붕대에 핏방울이 맺혔다.

메리걸은 바구니가 든 자루 옆에 섰다. 순백의 자루는 빛바랜 낡은 수레와 딱딱하게 다져진 잿빛 흙, 쿤룬 산맥 정상에서 저물어가는 뿌연 태양 속에서 햇불처럼 빛났다.

어딘지도 모를, 멀리 떨어진 이곳에 남은 거라고는, 바구니를 든 소녀뿐이었다.

마침내 아버지가 나타났다. 흔들림 없는 걸음걸이에 여느 때처럼 잔뜩 화난 굳은 표정이었다. 아버지는 텅 빈 수레를 쳐다봤다가 메리걸 옆에 있는 자루로 시선을 돌렸다.

"100위안을 못 벌었네. 거봐. 여자가 안 올 거라고 했잖아."

"하실 말씀은 그게 다예요? 무슨 일 없었어요? 당수는요?"

아버지는 아무 대꾸도 없이, 자루로 걸어갔다.

"아무도 원하지 않는 쓸모없는 것 좀 보자."

메리걸은 자루를 움켜쥐고, 빠른 걸음으로 아버지를 피했다. 아버지에게 바구니를 뺏길 수 없었다. 지금은 아니었다.

"양고기를 사 올게요."

메리걸은 달아나면서 외쳤다.

메리걸은 계획도 없이, 목적지도 없이, 상인들 사이를 이리저리 헤매고 다녔다. 먼지가 일었다. 아직 패티가 시장에 있기를 바랐다. 몇몇 사람이 모여, 팔리지 않은 감자 가격을 놓고 느긋이 흥정하거나 이야기 나눴다. 메리걸의 기분과는 전혀 상관없는 분위기였다.

메리걸이 터벅터벅 걷고 있는데, 하진자 모녀가 양고기 빵을 들고 좌판 앞에 서 있었다. 하진자는 빵을 아래부터 조금씩 베어 물다가, 기름진 고기즙을 쪽 빨아먹었다. 하진자가 늘 넉넉히 먹는 모습 때문에, 메리걸이 하진자를 싫어하는지도 몰랐다.

메리걸은 하진자 모녀 눈에 띄지 않도록 건너편 좌판에 바짝 붙어 섰다. 자신의 텅 빈 배 속을 애써 모른 척하면서. 배고픔 말고도 생각할 게 너무 많아서, 주머니에 있는 건포도 먹기도 귀찮을 지경이었다.

"넌 인사도 안 할 참이니, 메리걸?"

하진자가 빵을 쪽쪽 먹다가 소리쳤다. 하진자는 길고 가느다란 손가락으로 빵 속에 든 기름진 고기를 베어 물려던 참이었다.

하진자와 마주 서는데, 메리걸의 입에 침이 고였다.

"못 봤어. 나 바쁘거든. 패티와 패티 엄마를 찾고 있어."

메리걸은 하진자의 거만한 태도를 흉내 냈다. 왜 하진자는 자기를 그냥 지나치지 않고 계속 말을 거는지 이해가 안 갔다.

"방금 지나갔어. 이 근처에 있을걸."

갑자기 하진자가 고개를 쭉 뺐다.

"등 뒤 자루에 뭘 숨긴 거야? 메리걸, 드디어 뭔가를 샀니?"

메리걸이 하진자의 비웃는 듯한 목소리를 듣고 얼굴이 화끈거리
는 순간, 패티가 부르는 소리가 들렸다.

"우리 여기 있어, 메리걸! 우리가 갈게."

패티가 메리걸에게 걸어왔다. 자신의 엄마와 압둘 그리고 카젠
부인과 함께.

대나무 바구니의 값

　마치 사막에서 신기루를 본 사람처럼, 메리걸은 그 자리에 얼어
붙었다.

　'눈을 감았다가 뜨면 아무도 없을 거야.'

　메리걸이 속으로 생각하며, 눈을 감았다가 떴다. 지난번처럼 챙
이 넓은 모자를 쓰고 편안한 신발을 신은 카젠 부인이 메리걸에게
걸어오고 있었다. 메리걸은 등 뒤로 들고 있던 자루를 천천히 앞으
로 가져왔다.

　"널 찾아다니다가 포기할 뻔했단다. 원래 있던 곳에 없으니, 어디
로 찾아가야 할지 막막하더구나."

　압둘이 말했다.

"이제 찾았잖아요. 메리걸이 두 분을 위해 들고 있는 건 정말 특별한 거예요!"

패티가 메리걸 옆에 서며 말했다.

메리걸이 숨을 가쁘게 몰아쉬었다. 패티는 바구니가 어떤지 몰랐다. 아버지가 가져가기 전에 만든 포도나무 덩굴 바구니만 봤을 뿐이었다. 대나무로 만든 바구니는 아직 못 봤다.

대나무로 만든 바구니는 카젠 부인이 기대한 게 아니었다.

'혹시 부인이 좋아하지 않으면 어쩌지? 고맙구나. 하지만 내 가게에 오는 누구도 이런 바구니는 원하지 않을 거야. 이렇게 말하고 가 버리겠지.'

다들 메리걸 주위에 서서 기다리고 있었다.

그동안 연습했던 영어가 목에 턱 걸렸다. 메리걸은 그 말들을 놓쳐 버릴까 봐 걱정하며 마른침을 삼켰다. 메리걸이 두려워하는 것은 이제 말하려는 영어가 아니었다. 자신에게 돌아올 대답이었다.

"아이 해브 원 바스켓, 미세스 카젠."

메리걸은 억양도 없이 밋밋한 영어를 느릿느릿 내뱉고는 자루를 열었다. 이어 압둘에게 몸을 돌리고 위구르 어를 쏟아 냈다.

"카젠 부인이 훨씬 더 좋아할 만한 바구니를 많이 만들었는데, 지금은 없어요. 사라져 버렸어요. 하지만 다시 만들 수 있어요. 시간만 주신다면. 부인께서 다시 오시기만 한다면요."

압둘은 고개를 끄덕이고는 카젠 부인에게 돌아섰다. 둘은 잠시 영어로 이야기를 나누었다.

"부인은 조만간 오시지 못할 것 같구나, 메리걸. 어쩌면 몇 년 뒤가 될지도 모르고. 하지만 네가 가져온 바구니가 어떤지 보고 싶어 하시는구나."

압둘이 말했다.

메리걸은 떨리는 손으로 자루를 바닥에 내려놓았다. 하진자를 힐끗 쳐다보니, 메리걸이 괴로워하는 걸 즐기면서 실실 웃으며 지켜보고 서 있었다.

메리걸은 도망치고 싶었다. 누구도 이 바구니를 볼 필요가 없었다. 자신이 할아버지에게 준 선물이었으니까. 하지만 할아버지는 미국 부인에게 보여 줘야 한다고 했다. 부인이 마음에 들어 한다면 부인에게 바구니를 줘야 한다며.

메리걸은 자루 옆에 무릎을 꿇었다. 자루 손잡이에 핏자국이 얼룩져 있었다. 메리걸은 자루를 벗기고, 바구니의 지지대를 붕대 감은 손으로 조심히 받쳤다. 대나무 바구니를 꺼내는데, 문득 가족에게 도움이 될 아름다운 작품을 만들게 해 달라는 소원을 담아 줄기에 매달았던 표식이 떠올랐다. 메리걸은 다시 한 번 자기 소원이 이뤄지게 해 달라고 빌었다.

메리걸은 자루 위에 바구니를 똑바로 세웠다.

기품 있으면서 유려하게 흘러내리는, 대나무 바구니의 연한 노란 빛은 메리걸이 생각했던 것보다 훨씬 사랑스러웠다. 어떤 일이 닥

치든, 어떤 운명을 타고났든, 메리걸은 계속해서 바구니를 만들 시간을 찾아낼 것이다. 그리고 별일 없는 한, 할아버지는 살아 있는 동안 메리걸에게 그 땅에서 나는 다양한 재료로 바구니를 만드는 방법을 가르쳐 줄 것이다.

모두 아무 말도 하지 않았다. 메리걸은 이제 고개를 들 참이었다. 카젠 부인의 대답을 들을 준비가 되었다.

메리걸이 엉덩이를 뒤로 빼며 일어나려는데, 카젠 부인이 바구니 옆으로 지저분한 길가에 웅크리고 앉았다.

"메리걸!"

부인은 바구니를, 그다음에는 메리걸을 왔다 갔다 번갈아 쳐다보았다. 부인은 입을 열고 압둘을 바라보며 영어를 줄줄 내뱉었다.

압둘도 옆에 웅크리고 앉았다.

"네가 보기 드문, 기막힌 바구니를 만들었다고 전해 달라는구나. 바구니를 가질 영광을 누리고 싶다는데. 기대 이상이래!"

메리걸의 얼굴이 후끈 달아올랐다. 심장이 빠르게 고동쳤다. 메리걸은 들뜬 마음을 가라앉히려고 깍지를 꼈다.

"카젠 부인, 감사합니다. 그런데 아셔야 할 게 있어요. 우리 할아버지가 아니었다면 바구니를 만들 수 없었을 거예요. 대나무를 준비해 주신 분이 할아버지니까요. 할아버지가 대나무를 제게 주셨고 전 대나무가 지닌 멋을 살리려고 애썼죠. 사실 이 바구니는 우리 할아버지의 바구니예요."

메리걸은 고개를 들고 침착하게 말했다. 카젠 부인과 눈을 마주치니, 영어로 직접 말하고 싶은 마음이 들었다. 카젠 부인이 압둘의 말을 듣는 동안, 메리걸은 부인을 물끄러미 쳐다보았다. 하지만 부인이 무슨 생각을 하는지 짐작도 가지 않았다.

마침내 카젠 부인은 고개를 끄덕이고는 대답했다.

"카젠 부인은 네 할아버지께서 아주 훌륭한 장인이고, 네가 그분한테서 많이 배울 수 있을 거라고 생각하신다는구나. 하지만 메리걸, 너는 너만의 특별하고 창조적인 재능을 가지고 있고, 칭찬받아야 한다고 말씀하셨어."

압둘이 부인의 말을 전했다.

메리걸은 압둘한테서 들은 말을 이해하려고 애썼다. 그 모든 말이 자신에게 하는 말이라고 믿으려 애썼다. 그때 카젠 부인이 가방에 손을 넣었다. 바구닛값으로 얼마를 주면 좋을지 곧 물을 것이다. 메리걸은 모든 사람이 들을 수 있도록 100위안이라는 말을 큰소리로 할 수 있을까? 다른 사람이 지켜보고 듣는 경우는 이번이 처음이었다.

하진자를 쳐다보니, 하진자는 반쯤 먹다 만 양고기 빵을 손에 든 채 멍하니 서 있었다. 서로 팔짱을 끼고 서 있던 패티 모녀는 메리걸과 시선이 마주치자 활짝 웃으며 고개를 끄덕여 주었다.

"카젠 부인이 바구닛값을 치르고 싶다는구나. 2천 위안이면 괜찮겠니?"

압둘이 물었다.

"얼…… 얼마요?"

메리걸이 되물었다. 잘못 들은 거라고 생각했다. 일 년 동안 버는 액수의 반이 넘었다.

"2천 위안이래! 우아!"

패티가 소리치고는 손으로 입을 막았다.

카젠 부인과 압둘은 웃으며 일어섰다. 메리걸은 어찌할 바를 몰라 하며 그대로 웅크리고 앉아 있었다. 카젠 부인은 메리걸에게 다가와 멈춰 서더니, 고개를 갸우뚱하며 붕대 감은 메리걸의 손을 가리켰다.

"손을 심하게 다쳤니, 메리걸?"

압둘이 물었다.

"아뇨, 밭에서 일하느라. 겨울 밀을 심을 때거든요. 밭일에 익숙하지 않아서요."

메리걸은 핏자국을 보지 않기를 바라면서 고개를 저었다.

"여전히 학교는 안 가니, 메리걸?"

압둘의 질문을 받고, 메리걸은 바닥만 내려다보며 천천히 몸을 일으켰다. 하진자 앞에서는 사실대로 말하고 싶지 않았다.

메리걸이 대답하지 않자, 카젠 부인이 압둘의 팔을 잡았다. 둘은 한참 동안 이야기를 나눴다.

"시장에는 가족과 함께 나왔니? 카젠 부인과 내가 만나 뵙고 싶은데."

"아버지랑 왔어요."

메리걸이 대답했다.

"패티와 내가 함께 가 줄까?"

패티 엄마가 물었다. 위안이 되는 말이었지만, 메리걸은 무슨 일이 있든 그건 자신과 아버지 사이의 일이라고 생각했다. 아버지는 다른 사람이 돈에 대한 걸 안다는 사실에 화낼 게 뻔했다. 그리고 아버지에게는 자신이 직접 말해야 했다.

"지금까지 해 주신 것만으로도 전부 감사드려요. 괜찮을 거예요."

패티 모녀는 메리걸을 안아 주고 자리를 떠났다. 하진자네 모녀도 패티네를 뒤따랐다. 메리걸은 바구니를 자루에 도로 넣은 뒤, 압둘과 카젠 부인과 함께 반대 방향으로 걸었다.

메리걸은 몇 걸음 걷다가 뒤돌아보았다. 하진자와 눈이 마주치자, 메리걸은 하진자를 마주 빤히 쳐다보았다. 하진자가 먼저 몸을 돌렸다. 메리걸은 더 당당히 걸었다. 스카프를 어떻게 묶든, 스카프 묶는 방법으로는 메리걸의 가치를 따질 수 없었다.

새로 열리는 문

어느덧 파장할 시간이 다가오면서, 시장은 반쯤 비어 있었다. 메리걸은 카젠 부인, 압둘과 걸어가며 자기 이야기를 들려주었다. 메메트가 가출한 이야기, 수백 년 동안 할아버지와 가족의 땅이었던 이곳에서 쭉 지내기를 바란다는 아이다운 소망을 이야기했다. 아버지에 대해서는 거의 말하지 않았다. 무슨 말을 해야 할지, 아버지가 수레에서 기다리고 있을지조차 몰랐기 때문이다. 메리걸은 당수가 자신을 어떻게 할 셈인지는 입에 올리지도 않았다.

압둘과 카젠 부인은 영어로 많은 말을 주고받았다. 카젠 부인이 일그러진 표정을 짓는 걸 보고 메리걸은 속이 탔다. 왜 그러는지 짐작할 수 없었다.

세 사람이 건초와 볏짚 파는 곳까지 다다랐을 때였다. 아버지는 셋이 다가오는 모습을 지켜보며 빈 수레 뒤에 홀로 서 있었다. 팔짱을 끼고, 뻣뻣하게 선 자세로 얼굴은 딱딱하게 굳어 있었다. 아버지는 잔뜩 찌푸린 눈으로 카젠 부인과 압둘을 번갈아 쳐다보았다. 메리걸은 보지도 않았다.

"아살람 알라이쿰."

압둘이 손바닥을 펴서 가슴에 올린 뒤 인사했다.

아버지도 한쪽 팔을 내리고, 다른 손을 가슴에 대고는 주먹을 꽉 쥐었다.

"와 알라이쿰 아살람."

아버지는 머리를 숙이지도 않고 인사했다. 메리걸은 아버지의 무례함에 민망했다.

"미국에서 오신 카젠 부인과 왔습니다. 부인은 따님의 작품을 아주 마음에 들어 하십니다. 특히 오늘 산 대나무 바구니를요. 바구닛값을 넉넉히 쳐 주셨지요."

아버지의 얼굴에 어리둥절한 표정이 스쳐 지나갔다. 아버지는 메리걸이 포도나무 덩굴로 바구니를 만들었다고 생각한 게 분명했다. 아버지의 표정은 또다시 굳어졌다.

압둘이 아버지의 대답을 기다리는 동안, 어색한 침묵이 흘렀다.

마침내 아버지가 어깨를 으쓱 올리며 입을 열었다.

"문제없다고 보는데. 우리 쪽에서 가격을 정할 수도 있고."

아버지가 갈수록 거들먹거리자, 메리걸은 부끄러워서 고개를 숙여 버렸다. 다행히 압둘이 손을 들어 아버지의 말을 막았다.

"카젠 부인은 이미 메리걸에게 가격을 분명히 말했습니다. 당신도 꽤 만족할 거라고 믿습니다. 부인이 제안한 가격은……."

"저 미국 여자가 포도 덩굴 바구니를 얼마에 사 갔는지 알고 있소. 대나무로 만든 건 꽤 비싸다는 걸 감안하쇼."

아버지가 한 손으로 수염을 쓸어내리고, 다른 손은 허리춤에 올리며 말했다. 메리걸은 더는 참을 수가 없었다.

"그만하세요, 아버지! 그만하시라고요!"

메리걸이 아버지에게 달려가며 소리쳤다. 아버지에 대한 수치심으로 온몸이 부들부들 떨렸다. 아버지가 팔꿈치로 메리걸을 밀쳐 냈다. 압둘이 가까이 다가오자, 아버지는 그 자리에서 얼어붙었다.

"저도 말 좀 합시다. 카젠 부인은 바구닛값으로 2천 위안을 제안했습니다."

압둘이 단호하게 말했다.

아버지가 뒤로 휘청거렸다.

"바구닛값으로요?"

아버지는 실실 웃으면서 못 미덥다는 듯이 심하게 고개를 흔들었다. 이어 천천히 몸을 돌려 카젠 부인을 뚫어지게 쳐다보았다. 메리걸은 아버지가 한 말이 생각났다. 카젠 부인이 그 밖에 뭘 원하더냐고. 어째서 아버지는 압둘과 카젠 부인을 믿지 않을까? 어째서 아버지는 저런 식으로 행동할까?

"후하게 쳐 주는 겁니다. 그리고 카젠 부인은 본인 가게에 바구니를 대 주도록 메리걸과 장기 계약을 맺고 싶어 해요."

"바구닛값으로 그렇게 많은 돈을 쳐 주는 사람은 없소."

아버지가 말했다.

"메리걸, 아버지께서 네 작품을 아직 못 보셨니?"

메리걸은 압둘의 질문을 듣고 온몸이 오싹해졌다. 메리걸은 옆구리에 끼고 있던 자루를 쳐다보았다. 아버지의 뜻을 배신한 것을 숨겨 준 자루를. 메리걸은 아버지가 보지 않기를 바랐다. 메리걸은 숙인 고개를 살며시 가로저었다.

"아버지에게 보여 드리렴. 그래야 바구니의 가치를 이해하실 테니까."

메리걸은 몸을 굽히고 바구니를 자루에서 꺼내 바닥에 내려놓았다. 압둘과 카젠 부인은 영어로 이야기를 나눴다. 처음에는 조용했지만, 점점 카젠 부인의 목소리가 높고 날카로워졌다. 메리걸은 두려움에 사로잡혔다. 바구니를 다시 보면, 카젠 부인이 더는 원하지 않을 것만 같아서 두려웠다.

메리걸은 억지로 고개를 들었다. 카젠 부인은 메리걸이 아니라, 아버지를 노려보고 있었다.

아버지가 손을 뻗어 바구니를 가리켰다.

"이게 뭐야?"

244

메리걸에게 돌아서는 아버지는 당황한 듯했다.

"바구니도 아니잖아. 그만한 돈을 받을 만한 가치도 없는데?"

메리걸은 몸을 일으키고 자기 작품 앞에 섰다. 압둘이 메리걸 옆으로 갔다.

"오해하지 마세요. 카젠 부인은 정직한 분이십니다. 나는 수년 동안 우리 마을에서 만든 수공예품을 부인이 사도록 도와줬죠. 따님의 작품은 바구니 그 이상이에요. 보기 드문 예술 작품이죠. 카젠 부인은 미국에 있는 본인 가게에서 아주 잘 팔릴 거라 믿고 있어요."

아버지는 어리둥절해하며 압둘과 카젠 부인을 번갈아 노려봤다.

"카젠 부인은 우리 위구르 사람들을 많이 도와줬어요. 손으로 만든 펠트 깔개와 나무 그릇, 손으로 짠 이카트 실크를 사죠. 부인은 메리걸이 만든 바구니의 가치를 잘 알고 있어요."

메리걸은 압둘의 말에 귀를 기울이며, 자기가 그런 훌륭한 공예가들과 동급으로 여겨진다는 사실에 몹시 놀랐다. 태어나서 처음으로 기쁨에 흠뻑 젖었다. 눈을 가리고 있던 천이 벗겨지는 기분이었다. 세상에 좋은 사람, 도와주고 싶어 하는 사람이 있다는 걸 다시 믿을 수 있을까? 아버지도 그런 사실을 믿을 수 있을까?

"요즘 힘든 시기잖아요. 제게는 딸이 둘 있습니다. 딸애들의 앞날이 걱정돼요. 내일 당장 애들한테 무슨 일이 일어날지 알기도 힘들고요. 우리도 마찬가지고요."

압둘이 진지하게 말하다가 잠시 멈췄다.

"당신은 운이 아주 좋은 겁니다. 메리걸한테는 특별한 재능이 있어요. 메리걸의 장래는 밝아요. 카젠 부인과 저는 메리걸을 도와주고 싶어요. 당신도 돕고 싶고요."

압둘은 잠시 아버지의 얼굴을 살폈다.

"이런 호의를 받을 때 우리는 감사히 여겨야 해요."

아버지는 거칠게 고개를 돌려 버렸다. 곧이어 어깨를 천천히 늘어뜨리더니, 손을 움켜잡았다. 그제야 메리걸은 눈치챘다. 당수가 그에게 어떤 얘기를 했을지. 아버지는 장차 딸에게 어떤 미래가 올지 생각하고 있었다.

"알아요, 아버지. 당수 부인이 말했어요. 제 이름이 명단에 올라 있다는 거 알아요."

메리걸이 카젠 부인을 돌아보았다.

"부탁드릴게요. 제가 부인을 위해 얼마나 바구니를 많이 만들고 싶어 하는지, 카젠 부인에게 전해 주세요. 부인이 바구니를 좋아해 주셔서 제가 얼마나 기쁜지도 말이에요. 다만…… 저는 만들 수가 없어요……. 못 만들 거예요."

메리걸의 눈에서 눈물이 쏟아졌다. 하지만 메리걸은 눈물이 뺨으로 흘러내리는 줄도 알아채지 못했다. 어떤 것도 몸으로 느껴지지 않았다. 아직도 자신이 버티고 있다는 걸 신기해하면서, 압둘에게 이어 말했다.

"저는 계속 학교를 빠졌기 때문에 중국 남부 공장에 가서 일해야 한대요. 그래서 바구니를 더 만들지 못할 거예요."

카젠 부인은 무슨 말이 오가는지 궁금해하며 압둘에게 고개를 돌렸다. 잠시 침묵이 흘렀고, 압둘은 손가락을 입술에 갖다 댔다.

압둘이 침묵하는 시간이 길어질수록 아버지는 점점 불안해졌다.

"나는 메리걸을 학교 가도록 내버려 둘 수 없소."

아버지가 목소리를 높였다.

"아들이 우리를 떠났소. 메리걸의 엄마는…… 아파요."

아버지의 얼굴이 일그러졌다. 아버지는 팔을 활짝 벌리며 말을 이었다.

"메리걸이 논밭에서 일해야 했소. 메리걸만이 나를 도와줄 수 있죠. 그래서 학교에 갈 수 없고 바구니도 만들 수 없어요."

압둘이 잠시 잠자코 있다가 입을 열었다.

"아드님이 떠났다니, 유감입니다. 무척 견디기 힘든 일이셨겠죠. 하지만 다른 식으로 당신을 도울 수 있는 재능 있는 따님은 두셨지 않습니까? 운이 좋으신 거죠."

압둘이 잠시 말을 멈추었다가 다시 물었다.

"메리걸이 가야 한다는 게 확실합니까?"

"서류에 서명은 하지 않았소. 하지만 다음 주에 지역 당수 사무실에 갈 거요."

"아버지."

메리걸이 작은 목소리로 아버지를 불렀다. 전에는 감히 생각조차 할 수 없던 말들이 머릿속에서 꿈틀댔다. 무슨 일이 있든, 메리걸은 그 말은 아버지에게 하고 싶었다.

"아버지가 저를 학교에 다시 가게 해 준다면, 서명하러 가지 않으셔도 되겠지요."

메리걸의 입술이 파르르 떨렸다. 하지만 메리걸은 마음속에서 질식하려는 말을 쏟아 냈다.

"있잖아요, 아버지…… 학교에 다시 가고 싶어요. 그리고…… 시간을 갖고 바구니를 만들고 싶어요."

메리걸은 고개를 들고 아버지를 똑바로 바라보았다. 아버지를 바라보며 꿋꿋이 고개를 돌리지 않았다.

"제발 부탁드려요. 그게 제가 하고 싶은 일이에요. 바구니를 만들어서 번 돈으로 올겨울에 일꾼을 고용할 수도 있을 거예요."

아버지는 메리걸의 말을 듣고 있을까? 얼굴에 아무 반응이 보이지 않았지만, 검은 눈은 매섭고 차가웠다. 아버지에게 말을 너무 많이 하는 것도 무례한 일이었다. 마음속에서 머리를 숙이고 손을 공손히 모으라고 일러 줬지만, 메리걸은 둘 다 따르지 않았다.

마침내 아버지는, 카젠 부인과 조용히 이야기를 나누던 압둘을 바라보았다. 메리걸은 안도의 한숨을 내쉬었다. 곧이어 모든 사람이 다시 메리걸을 쳐다보았다. 메리걸은 굳건히 서 있어야 한다고 생각했다. 흔들림 없는 할아버지처럼, 사막의 위성류처럼. 메리걸은 자신을 이끄는 용기에 깜짝 놀랐다.

"추수가 끝나면 학교로 돌아가겠다고 당수 부인에게 말했어요. 여름 작물은 거둬 놨어요. 겨울 밀도 심었고요. 아마…… 제가 학교로 돌아가도……."

아버지가 팔을 마구 휘둘렀다.

"너무 늦었어. 서명하겠다고 이미 말했어. 내가 마음을 바꾸면 당수가 싫어할 거야. 당수는 할당 인원을 채워야 하니까."

아버지가 발을 동동거리며 서성거리기 시작했다.

"네가 안 간다고 하려면 당수한테 돈을 갖다 바치거나 우리 땅의 많은 부분을 넘겨야 할지도 몰라. 그들은 어떤 구실이라도 찾을 거야."

"당신 말이 맞아요."

압둘은 친절하고 차분한 목소리로 말하고는 아버지 옆으로 조용히 걸어갔다. 그러자 아버지는 왔다 갔다 하던 발걸음을 늦추더니 마침내 멈춰 섰다.

"따님이 몇 살이죠?"

"저는……."

메리걸이 대답하려는데, 누가 손목을 톡톡 두드렸다. 카젠 부인이 메리걸을 감싸며 한쪽으로 데려갔다.

"열네 살이죠."

아버지가 메리걸을 차갑게 노려보며 말했다.

메리걸은 자신이 대답하려고 한 걸 후회했다. 이미 해야 할 말 이상으로 넘치게 말했다. 카젠 부인이 이를 알아채고, 남자들끼리 이야기하도록 메리걸에게 눈치를 준 것이다. 신기하게도, 메리걸은 카젠 부인 옆에 서 있으니 마음이 편하고 든든했다.

"만약 당신이 서명하지 않고 메리걸이 즉시 학교에 간다면, 당수 는 자신의 요구를 취소하거나 메리걸 나이가 열여섯 살이 될 때까 지 연기하는 데 동의할지도 모릅니다."

압둘이 상냥하고 조용한 목소리로 말했다.

"그런 일이 일어나려면 당수는 내게 뭔가를 요구할 거예요. 난 알아요. 우리는 이 마을에서 쓰레기 취급을 받을 겁니다."

아버지가 내뱉듯이 말했다. 압둘이 아버지의 팔을 잡고 말했다.

"저도 당수를 알아요. 여기서 그리 멀지 않은 마을에서 함께 자 랐거든요. 그는 자기 나라 사람들의 의지에 반하는 일을 하면서 냉 혹한 사람이 되었죠. 내가 당신과 함께 갈게요. 우리 함께 당수를 만납시다. 만약 당신이 원칙을 따른다면, 그러니까 메리걸이 학교 에 계속 다닌다면, 당수도 어쩔 수 없이 자기 지시를 바꿔야 할 겁 니다."

압둘이 주저하다가 말했다.

"당수에게 자그마한 선물을 주는 것도 괜찮겠죠."

압둘이 안심하라는 눈빛을 재빨리 메리걸에게 보냈다. 그런 다 음 다시 아버지를 바라보았다.

"나는 당수에게 이 제안을 꼭 지키겠다고 약속할 겁니다."

아버지는 경계하는 눈빛을 보였지만, 불같은 화는 한풀 꺾였다.

"어쩌면 뭔가 잘 풀릴지도 모르겠군요. 다음 주 월요일 2시에 만나기로 했소."

아버지는 메리걸에게는 눈길 한 번 주지 않고 압둘에게 말했다.

"내가 할 수 있는 일이라면 뭐든 돕겠습니다."

압둘이 말하자 아버지가 고개를 끄덕였다.

압둘은 카젠 부인에게 고개를 돌리고는 무슨 일이 있었는지 영어로 설명했다. 그러자 카젠 부인은 압둘의 손에 위안 지폐를 하나씩 세어 주었다. 압둘이 아버지에게 지폐를 건넬 때, 메리걸은 손으로 입을 막으며 안 된다고 하고 싶은 말을 참았다. 아버지는 돈을 받으려고 손을 뻗으면서도, 의심스러운 듯 눈썹이 아치 모양이 되었다. 힘이 잔뜩 들어간 검은 눈동자도 누그러지지 않았다. 메리걸은 아버지를 믿을 수 없었다. 아버지가 생각을 고쳐먹을 거라고, 저 돈으로 노름이나 하고 술 먹는 데 쓰지 않으리라고 믿을 수가 없었다.

"일이 잘 풀리면, 카젠 부인은 메리걸이 바구니를 많이 만들어 주길 원하십니다. 당신과 메리걸이 동의한다면, 한 달에 한 번씩 내가 당신 농가에 가서 메리걸이 만든 포도 덩굴 바구니 한 개에 100위안씩 쳐서 돈을 줄 겁니다. 물론 오늘 메리걸이 가져온 바구니처럼 독특하고 멋지다면 값을 더 높이 쳐 드릴 거고요."

메리걸은 제 손을 바라보았다. 며칠 전만 해도 평범한 포도 덩굴 바구니 하나 제대로 만들 재주도 없던 손이었다. 하지만 할아버지의 대나무가 일으킨 마법이 메리걸을 구원해 주었다.

메리걸은 수줍어하며 카젠 부인을 흘낏 보았다. 카젠 부인은 전에도 봤던 푸근한 미소를 지으며 메리걸을 바라보고 있었다. 메리걸은 어떻게 반응해야 할지 몰라 고개를 숙이고 말았다. 하지만 메리걸은 자신이 바구니를 더 많이 만들 수 있을 거라고 확신했다. 만들어야 했다. 그리고 만들 것이다.

압둘과 아버지가 계속 이야기를 나누는데, 또다시 누가 메리걸의 팔을 건드렸다. 카젠 부인이 카메라를 들고 메리걸 옆에 오더니, 바구니를 들어 보라고 손짓했다. 메리걸은 바구니를 들고 기쁜 표정을 지어 보려고 애썼다. 하지만 자기가 느끼고 싶은 행복감에 젖기에는 아직 알 수 없는 일들이 많아 마음이 복잡했다. 카메라가 연거푸 번쩍이자, 남의 시선도 의식되고 겁이 났다.

이번에는 압둘이 카메라를 들더니, 메리걸과 카젠 부인이 함께 있는 사진을 찍었다. 그런 다음, 카젠 부인은 흰색 천 자루를 팔에 걸고, 압둘과 함께 길을 따라 멀어져 갔다.

보드라운 선물

메리걸은 아버지와 단둘이, 카젠 부인과 압둘이 텅 빈 길의 모퉁이를 돌아 모습이 보이지 않을 때까지 두 사람을 지켜보았다.

과연 메리걸이 떠나지 않는 게 가능한 일일까? 명단에 오른 이름을 지워 달라고 당수에게 부탁하려면, 아버지가 얼마나 난처할까? 아버지는 2천 위안을 손에 넣고, 동시에 메리걸을 멀리 보내는 데 동의할지도 몰랐다. 지역 당수의 비위를 맞추면서 메리걸이 공장에서 번 돈까지 챙길 수 있다면, 아버지는 그쪽이 더 현명한 길이라고 생각할지도 몰랐다.

"아버지, 아셔야 할 게 있어요."

메리걸은 지저분한 땅바닥만 쳐다보며 입을 열었다. 아버지의 얼

253

굴에 스쳐 지나가는 격한 감정을 볼까 봐, 아버지를 쳐다보고 싶지도 않았다.

"미국 부인과 만났을 때 그 자리에 저 혼자만 있진 않았어요. 패티와 패티 엄마도 있었어요. 그리고 다른 사람들도."

아버지가 대답이 없는 건 안 좋은 신호였다.

"다른 사람들도 제 바구니를 봤고…… 가격에 대해서도 알고 있어요."

돈 얘기가 무심코 튀어나왔다. 아무리 아내와 딸이 장사를 도와준다지만, 돈이란 남자가 시장에서 버는 것이었다. 메리걸이 바구니를 판 이야기는 아버지 친구들에게 퍼졌을 테고, 메리걸로서는 어찌할 수 없는 사태였다. 그런 식으로 상황을 몰고 갈 생각은 아니었다.

이번에도 아버지는 대답이 없었다.

메리걸의 마음속에 새로운 감정이 차올랐다. 고집을 피우고 싶은 마음을 달랠 수가 없었다. 메리걸은 아버지를 쳐다보지 않기로 했다. 아버지가 기대하는 게 바로 그런 거라면 말이다.

"양고기를 사 오지 못했어요. 지금 갈게요. 옥수숫대를 판 돈이 있어요."

메리걸이 자리를 뜨려고 몸을 돌렸다.

"아니다. 내가 갈게."

아버지가 메리걸을 잡아 세우며 말했다. 그러고는 일부러 성큼성큼 걸어갔다.

아버지가 사라지는 모습을 지켜보고 있으니, 메리걸은 기분이 착잡해졌다. 차라리 아버지가 무슨 말이라도 하게 만들고, 그의 욕설을 참아 내며, 아버지를 못 가게 하는 편이 나았을 것 같았다. 분명 아버지는 술 마실 구실을 찾을 테고, 운 좋게도 도박판에 떼 지어 몰려든 사람들을 만날지도 몰랐다. 아버지는 술 마시고 노름을 하면서 메리걸의 행운을 축하할지 몰랐다.

메리걸은 애초에 바구니를 만들 줄 몰랐더라면 좋았겠다고 생각했다. 눈물로 앞이 뿌옇게 보였다. 메리걸은 비틀비틀 수레로 걸어가 앞부분에 있는 삼각형 가로대에 기대앉았다. 그 자리가 이 모든 일의 시작이었다. 메리걸과 메메트가 포도나무 덩굴로 엮은 풍요의 뿔을 매달아 두었던 자리.

압둘은 메리걸을 '재능 있는 따님'이라고 불렀다. 그 말에 메리걸은 자기와 가족에게 희망이 있을지도 모른다고 믿었다. 단, 아버지가 주머니에 넣은 2천 위안을 신중하게 쓴다면 말이다.

학교로 돌아가고, 바구니를 많이 만들라는 말 또한 또 다른 어리석은 꿈이었다. 메리걸은 수레에서 내려와, 앞일 생각을 떨치며 길가를 서성댔다. 카젠 부인을 만난 게 꿈 같았다. 메리걸의 손이 지금 텅 비어 있지 않은가.

그때 아버지가 당나귀를 몰고 돌아왔다. 그러고는 꾸러미 두 개 중의 하나를 불쑥 내밀었다.

"열어 봐."

아버지는 이렇게 말하고는 고개를 홱 돌렸다. 이어 다른 꾸러미는 수레에 올려놓고, 당나귀의 뱃대끈에 연결된 고리에 채를 통과시키고 어깨띠에 집어넣기 시작했다.

메리걸은 투명한 비닐봉지 속에 든 초저녁 하늘빛의 무언가를 빤히 쳐다보기만 했다. 청록색과 검은색 무늬도 보였다. 메리걸은 그것을 봉지에서 들어 올렸다. 귀퉁이 부분을 얼굴에 문질러 보니, 메리걸이 잘 알고 있는 보드라운 비단 감촉이 느껴졌다. 한 번도 해 본 적 없는 스카프였다. 말할 수 없이 멋졌다.

메리걸이 아버지에게 몇 발자국 다가갔다.

"고맙습니다. 예뻐요."

아버지는 메리걸에게서 등을 돌린 채로 하던 일을 했다.

아버지가 떠날 준비를 마치자, 메리걸은 뒤로 돌아가 수레에 올라탔다. 다른 꾸러미에서 나는 냄새가 메리걸의 코를 찔렀다. 양의 날고기에서 풍기는 톡 쏘는 냄새. 메리걸과 메메트가 넣어 오던 것보다 훨씬 큰 봉지였다. 오늘 밤 저녁 식탁에 오를 푸짐한 고기 생각에, 배 속에서 꼬르륵 소리가 났다. 적어도 오늘 밤만큼은 메리걸이 번 돈으로 온 가족이 마음껏 먹고 즐길 터였다.

수레가 움직이기 시작하자, 메리걸은 수레 위로 훌쩍 올라탔다. 평온한 시골길을 지나가다 보면 방금 아버지가 해 준 일에 어떤 의미가 담겼는지 알게 될 것 같았다. 스카프는 아버지가 메리걸에게 준 유일한 선물이었다. 그것도 메리걸이 번 돈으로 샀다! 메리걸이 2천 위안을 벌어 줘서 고맙다는 표현이었을까?

어쩌면 메리걸을 멀리 보내면 훨씬 더 많은 돈을 만지리라 판단했고, 그에 대한 보상의 의미로 준 선물일지도 몰랐다.

굴러가는 수레바퀴가 일정한 리듬을 타고 흔들렸다. 메리걸은 그 리듬에 흔들리는 몸을 맡기며, 점점 멀어져 가는 시장을 바라보았다. 피곤함과 잡생각에 눈꺼풀이 무거워지기 시작했다. 메리걸의 눈에 압둘과 카젠 부인이 다시 보였다. 카젠 부인은 팔에 흰색 자루를 들고 있었다. 둘은 길 저편으로 멀어져 가며, 작아지고 작아지다 아주 작은 점이 되었다. 메리걸은 그 모습을 마음속에 담아 두려고 애쓰다, 그대로 쓰러져 자다 깨기를 반복했다.

라왑의 노래

   메리걸은 랄리가 내지르는 고함에 잠에서 깼다. 아버지와 메리걸은 미루나무가 쭉 늘어선 길을 따라 집으로 가던 중이었다. 그 모습을 보고 랄리는 마당에서 폴짝폴짝 뛰었고, 팔을 흔들며 어머니 주위를 빙글빙글 돌았다. 메리걸은 바구니를 팔았고, 멋진 칭찬을 들었다는 뿌듯함에 가슴이 벅차올랐다. 당장에 수레에서 뛰어내려 가족에게 한달음에 달려가고 싶었지만 꾹 참았다. 2천 위안을 이야기할 사람은 아버지여야 했다. 아버지가 그러기로 했다면. 그리고 당수와 만난 이야기도.

   몸이 부르르 떨렸다. 쿤룬 산맥 뒤로 해가 넘어가면서 저녁 한기가 스멀스멀 몰려들긴 했다. 하지만 추워서 떤 건지 메리걸도 잘 몰랐다.

랄리는 어머니와 잡고 있던 손을 놓고, 길가로 달려 나왔다. 메리걸은 수레에서 풀쩍 내려와 순하고 착한 랄리를 꽉 껴안았다. 랄리는 언니 품에서 벗어나려고 버둥거리면서 언니를 아래로 바짝 끌어당겨 귀에 속삭였다.

"나아 웨이 누쉬 씨환 니 더 란즈 마(Na wei nushi xihuan ni de Lanzi ma? 부인이 바구니를 마음에 들어 했어)?"

메리걸은 랄리의 만다린 어에 움찔했다.

"오늘 밤에는 아름다운 위구르 어로만 얘기하자. 우리의 비밀 언어는 다른 날로 기약하고. 알다시피, 오늘은 아주 특별한 날이거든. 부인이 언니가 만든 바구니를 마음에 들어 했어."

메리걸이 랄리를 한 번 더 안아 주었다.

"랄리, 수레에 어머니에게 줄 꾸러미가 있어. 따라와. 어머니에게 꾸러미를 바로 갖다 드리고 어머니를 도와드리도록 해. 뭐든 어머니가 시키는 대로 하고."

메리걸은 자기 배를 어루만지고는 입술을 핥았다. 랄리도 똑같이 따라 했다.

"가자."

메리걸은 랄리를 앞세웠다.

어머니도 그날 일이 잘 풀린 줄 눈치챘을 게 분명했다. 메리걸을 위해 만들어 준 하얀 자루를 메리걸이 팔에 들고 있지 않다는 걸 봤을 것이다.

메리걸은 아버지 옆에 있기가 고역이었다. 수레를 정리하는 일은 아버지가 혼자 거뜬히 할 수 있었지만 그렇다고 메리걸만 먼저 달려갈 수는 없었다. 이야기 또한 어떤 식으로 펼쳐 놓든, 아버지가 말해야 했다.

아버지와 메리걸은 수레 옆에 서서 걷다가 집 뒤로 돌아가 헛간으로 향했다. 메리걸은 손이 아팠지만 헛간에서 마른 볏짚을 긁어모아 시원한 곳으로 옮겼다. 아버지가 나귀의 마구를 풀어 주고 있을 때, 메리걸은 물을 받아 오려고 양동이를 들었다.

"메리걸?"

나직한 목소리에, 메리걸은 헛간으로 고개를 돌렸다.

"할아버지?"

할아버지가 어둠 속에서 작업실 문 옆에 쭈그려 앉아 있었다.

"아, 할아버지!"

메리걸은 양동이를 내려놓고 할아버지에게 달려가, 옆에 웅크리고 앉았다.

"미국 부인이 우리 바구니를 몹시 마음에 들어 했어요. 값이 아주 많이 나갈 거라고도 했고요. 대나무 덕분이에요."

"아니다, 아가. 네가 만들었기 때문이지. 대나무는 누구든 마련할 수 있단다."

메리걸은 무릎에 올려놓은 할아버지의 손 위로 자신의 손을 포갰다.

"할아버지, 제게 가르쳐 주세요. 할아버지의 아버지가 할아버지에게 가르쳐 주신 걸 전부 배우고 싶어요. 엮는 방법을 아는 것만으로는 모자라요. 어떻게 해서든 사막에서 위성류를 모아 올게요. 우리 민족의 영혼을 바구니로 엮는 방법을 알려 주세요. 할아버지만이 제게 가르쳐 주실 수 있어요."

"그런 건 배우는 게 아니란다. 그리고 메리걸, 넌 이미 알고 있단다. 네 바구니에서 그걸 봤거든. 그래도 배워야 할 게 많긴 많지. 봄이 오면……"

할아버지가 말을 멈췄다. 이내 눈길을 돌리고는 고개를 떨궜다.

"우리가 할 수 있는 일이 많이 있을 게다."

할아버지는 들리지 않을 만큼 나직이 말했다.

하지만 메리걸은 들었다. 자신이 떠나야만 한다면, 사랑과 지혜를 두고 가야 할 거라고 생각했다. 아니면…… 떠날 사람은 할아버지인지도 몰랐다.

"할아버지, 우리가, 할아버지가, 건강하고 따뜻하게 겨울을 보내면 좋겠어요. 그래야 봄이 오면 우리 일을 하러 나가죠."

메리걸이 서둘러 할아버지를 일으켜 세웠다.

"안으로 들어가세요. 저는 아버지에게 양동이를 가져다 드릴게요."

메리걸은 좀체 사라지지 않은 빛을 삼켜 버린 어둠에 감사했다. 덕분에 메리걸의 눈을 흐리게 하는 물기를 감출 수 있었다.

아버지는 한참 만에 온 이유를 묻지 않았다. 그저 양동이를 들고 헛간 안에 묶어 둔 당나귀 앞에 내려놓았다. 아버지는 밤에 필요한 나뭇가지를 모았고, 아버지와 메리걸은 나뭇가지를 한 다발씩 들고 집으로 향했다.

아버지와 메리걸이 문 앞에 나뭇가지를 내려놓았을 때였다. 어머니가 한 손에 대야를 들고, 다른 손에는 구리 주전자를 들고 있었다. 어머니는 아버지에게 대야에 손을 넣으라는 손짓을 했다.

아버지는 어머니 옆에 잠시 뻣뻣하게 서 있었다. 그러다 마치 무거운 것을 들어 올리듯, 천천히 손을 올렸다. 메리걸은 오랫동안 버림받은 풍습을 아버지가 왜 선뜻 받아들이지 않는지 의아했다. 요즘 어디에서도 찾아보기 힘든 풍습이었다. 한족 관리들은 이런 풍습을 원시적이라고 했다. 한족은 위구르족이 고수하는 풍습을 두려워했다. 아버지는 한족에게 잡혀 가 벌이라도 받을까 봐 두려웠던 걸까?

아버지가 대야에 손을 넣자, 어머니가 물을 부어 주었다. 아버지는 양손을 비볐다. 이 의식을 두 번 더 반복했다. 아버지는 관습대로 손을 흔들어 말리지 않았다. 그렇게 하면 무례하고 복이 달아난다고 했다. 아버지는 어머니 옆에 서 있는 랄리가 수건을 건네줄 때까지 기다렸다. 아버지는 수건으로 손을 닦고 다시 랄리에게 건

넀다.

집으로 들어설 때, 아버지는 검은 눈썹을 여전히 일그러뜨리고 있었다. 의구심이나 분노가 남아 있는 듯했다. 주머니 속에 돈이 있는데도, 아버지는 잠시라도 가족과 유쾌한 시간을 허락할 수 없는 걸까?

메리걸은 자신을 짓누르는 어떤 생각에 다리에 힘이 풀렸다. 아버지는 아직 돈을 가지고 있겠지? 아버지는 메리걸만 놔두고 혼자 시장에 다녀왔다. 만약 아버지가 오스만 같은 사람에게…… 빚을 졌다면? 그래서 그 돈으로 빚을 갚았다면?

랄리가 메리걸의 팔을 잡고 대야 쪽으로 끌었다. 메리걸은 아무 느낌도 없었지만 그래도 어머니가 해 주는 성스러운 의식을 불안감으로 망치고 싶지 않았다. 메리걸이 손을 위로 올렸다. 어머니가 붕대 위로 물을 세 번 뿌렸다. 메리걸은 손을 세 번 문지르면서, 의식에서 힘을 얻어 마음을 가라앉히려고 애썼다. 랄리가 수건으로 젖은 붕대를 가볍게 닦고는, 식사용 깔개로 메리걸을 데리고 가 할 아버지 옆에 앉혔다.

"랄리, 와서 아버지와 메리걸에게 차를 가져다주렴. 두 사람은 시장에서 바쁜 하루를 보냈잖아."

어머니는 벌써 선반에서 잔을 내려 차를 따르고 있었다.

랄리는 차 두 잔을 엄숙하게 내려놓았다. 가족을 기쁘게 해 주려고 이렇게 노력한 적은 없었다. 메리걸은 웃지 않으려고 입을 일자로 꼭 다물었다. 메리걸은 랄리와 할아버지, 심지어 어머니가 건네는 따뜻함과 다정함에 불안감이 씻겨 가는 기분을 느꼈다. 수년 동안 온 가족이 힘겨운 시간을 보냈다. 요즘만 보아도 생계 문제는 메리걸에게 부담이었다. 메리걸은 이제야 많은 걸 이해했는지도 몰랐다.

메리걸이 양손으로 찻잔을 감싸 쥐고 찻잔의 온기를 느낄 때였다. 온 가족이 하나같이 자신을 보고 있다는 걸 알았다.

"아버지?"

메리걸이 고개를 숙이고 아버지를 불렀다.

"메리걸이 제 얘기를 내가 해 주길 바라는군."

아버지가 말했다.

메리걸은 찻잔에서 손을 거두어 무릎에 내렸다. 아버지의 비아냥대는 말투가 싫었다. 아버지 입에서 무슨 말이 나올지 짐작이 안 갔다. 하지만 아버지는 적어도 돈 얘기는 꺼내야 한다는 걸 알았다. 패티 모녀가 아는 사실이었기 때문이다.

메리걸은 어머니가 숨을 가다듬는 소리를 들었다. 고개를 들어 보니, 아버지가 깔개에 돈을 펼치고 있었다. 100위안짜리 지폐 20장이었다. 아버지가 가져온 양고기와 스카프는 메리걸의 돈으로 산 게 아니었다.

"미국 여자가 메리걸이 만든 바구니에 비싼 값을 치러 줬어. 바구니를 더 사겠다고 계약까지 했고. 만약 메리걸이 안 떠……."

"언니, 유명해졌네."

랄리가 눈을 동그랗게 뜨며 끼어들었다.

"운이 좋았어, 랄리. 누군가 내 바구니를 보고 정말 사고 싶어 했으니까. 옆에 와서 앉아. 언니는 하나도 변하지 않았으니까."

메리걸이 동생을 쳐다보며 말했다.

랄리가 메리걸의 품으로 파고들자, 메리걸은 다시 아버지를 쳐다보았다. 랄리가 끼어들었을 때 아버지는 무슨 말을 하려고 했을까? 아버지는 웅크린 자세로 앉아, 엄지손가락으로 손바닥을 꾹꾹 누르고만 있었다. 아버지는 돈을 뚫어지게 쳐다보며 입을 열었다.

"미국 여자와 함께 온 남자는 위구르인이었어. 이름이 압둘 카릴이라더군. 이웃 마을에서 자랐고, 지금은 허톈에 살면서 가이드 일을 한대."

아버지가 잠시 말을 멈췄다.

"난 그자를 믿어."

아버지는 턱이 가슴에 닿을 정도로 고개를 푹 숙였다.

"그자는…… 음……."

아버지가 초조하게 다리 이쪽저쪽을 주물러 댔다.

"그자는 메리걸이 학교로 돌아갔으면 하는 눈치더군. 메리걸이 시간을 그런 식으로 낭비하고 싶어 하는 바보 천치라면 말이야."

메리걸은 마음속으로 고래고래 소리를 질렀다.

'아니에요, 내가 가고 싶다고 했어요, 아버지! 학교에 다시 다니고 싶어요. 내 가족과 함께, 이곳에서 내 삶을 꾸려 갈 기회를 잡겠다는 게 어리석은 건가요? 멀리 떠나가 공장에서 일하고 싶지 않다는 게 멍청한 건가요?'

메리걸은 그저 한숨만 내쉬었다. 아버지가 메리걸의 말을 들었다 해도, 들은 내색조차 하지 않을 사람이었다.

방에 침묵만이 내려앉았다. 누구도 감히 숨 쉬지 않는 듯했다. 랄리가 메리걸과 아버지를 불안한 눈길로 번갈아 쳐다보았다. 어머니가 랄리를 진정시키려고 슬그머니 팔을 잡아 주었다.

아버지는 처음에는 천천히, 그러다가 점점 빠르게 몸을 앞뒤로 흔들었다. 입을 꽉 다물고, 메리걸이 짐작할 수 없는 말을 억지로 삼키고 있었다.

느닷없이 아버지가 메리걸에게 고개를 홱 돌렸다. 눈길이 매섭고 날카로웠다.

"그렇게 할 수 있겠어? 학교에 다니면서 바구니 만들 시간도 낼 수 있겠느냐고?"

"네…… 아버지…… 할 수 있어요."

메리걸의 목소리가 떨렸다. 아버지는 그런 질문을 하면서 왜 화를 낼까? 메리걸은 가만히 쳐다볼 수밖에 없었다.

그러다 문득 알았다. 아버지는 화내는 게 아니었다. 두려웠던 것이다. 메리걸이 해내지 못할까 봐 겁이 났던 것이다. 그러면 모든 걸 잃을 테니까. 아버지는 메메트가 떠났을 때 모든 희망을 포기했다. 그러고는 다시 희망을 품기를, 가족에게 또 다른 기회가 온 것을 두려워한 것이다.

메리걸은 자신이 가족과 함께 집에 머물 수 있도록 아버지가 맞서 싸워 줄지 모른다는 믿음이 생겼다. 게다가 압둘까지 도와준다면 가능할지 몰랐다.

메리걸의 얼굴이 편안해졌다. 메리걸은 가슴에 손을 얹었다.

"네, 아버지. 모두가 도와준다면, 누군가가 사고 싶어 하는 바구니를 만들 수 있어요."

메리걸은 진심으로 그러고 싶었다. 자신이 가족의 전통을, 할아버지의 전통을 이어 가도록 선택된 사람이라는 게 자랑스러웠다. 메리걸은 표식에 담은 소원이 이뤄지기를 마음속으로 다시 한 번 빌었다. 자기 손으로 아름다운 작품을 만들고, 전통을 이어 갈 힘을 주기를.

메리걸은 비밀 장소를 새로 마련하여, 하늘에 닿을 만큼 쭉 뻗은 나뭇가지에 천을 또 하나 묶어 놓기로 했다. 이번에는 자유를 염원하는 위구르족의 소원이 바구니에 깃들 수 있게 도와 달라고 신께 기원할 참이었다. 포도나무 덩굴을 엮어 가면서 바구니마다 그 비밀스러운 바람을 담을 생각이었다. 때로는 패티가 준 펠트 조각을 섞어 화사하고 다채로운 바구니를 만들 참이었다. 위구르족의 본성이 담기도록 말이다. 한족이 이해할 수도, 총으로 파괴할 수도 없는 의미가 담긴 바구니를 말이다. 메리걸이 만든 바구니가 좋아서 사는 사람들은 어떻게든 그 의미를 알게 될 터였다.

가족 모두 다시 메리걸을 쳐다보고 있었다. 메리걸은 이렇게 온 가족의 관심을 받아 본 적이 없었다. 마음이 불편해져서 양팔을 옆구리에 바짝 붙이다가 꾸러미가 만져졌다. 주머니에 넣어 둔 아버지의 선물. 메리걸은 꾸러미를 꺼내 가족이 모두 볼 수 있게 들어 올렸다.

"아버지가 주신 거예요."

"우아! 예쁘다."

랄리가 스카프 끝을 만지고는 말했다.

"게다가 엄청 부드러워요."

어머니가 일어나더니, 메리걸 머리에서 낡은 스카프를 벗겼다. 그러고는 메리걸의 까맣고 풍성한 머리카락이 돋보이도록 새 스카프를 뒤쪽으로 느슨하게 묶어 주었다.

"사랑스럽구나."

어머니가 감탄했다.

기본적인 생필품 말고 뭔가를 나눠 본 경험이 없는 가족 사이에 또다시 어색한 침묵이 감돌았다. 아버지가 랄리에게 라왑을 가져오라고 할 때까지.

아버지는 잠시 악기를 가슴에 안고 팔을 살짝 대고만 있었다. 천천히 오른손이 그릇 모양의 작은 몸체를 가로지르며, 몇 주 동안 버림받은 채로 고요히 있던 줄을 뜯었다. 아버지는 줄 가까이에 귀

를 대로 음을 조율했다. 이윽고 감미롭고 구슬픈 곡조가 방 안을
가득 채웠다.

　메리걸은 눈을 감고, 오래전 기억을 떠올렸다. 삼촌과 숙모, 가
족, 친척, 이웃이 추수할 때 집 밖에 앉아 악기를 연주하고 춤추고
노래하던 때를. 삶이 더 나아지리라는 막연한 약속, 힘든 시간에서
멀리 떠나오기 이전의 나날을. 슬픈 곡을 노래하기도 했지만, 경쾌
한 곡도 노래하곤 했다.

　아주 먼 옛날에.

　아버지가 지금 라왑으로 연주하는 곡은 하나같이 슬펐다. 입 밖
으로 내뱉지 않고 마음속에 간직해 둔 이야기를 곡으로 들려주고
있었다.

　화음이 들어간 곡이 들리기 시작했다. 메리걸이 아는 곡이었다.
메메트가 허톈에 있는 카페에서 듣고, 가족에게 연주하고 노래해
주었던 곡이었다.

나무는 잘 익은 과일로 뒤덮이면 고개를 숙이니
우쭐해하지 말지니
훌쩍 키만 크고 열매 하나 없는 나무는
다른 나무의 열매를 빼앗으니
우쭐해하지 말지니

아버지가 노래를 멈췄다. 손가락만 계속 움직이며 노래를 멈춘 부분의 화음을 반복해서 연주했다. 아버지를 위해 울고, 아버지와 함께 우는 선율이 흘러나왔다. 억압받는 민족을 위해 우는 선율이.

"그래요, 아버지. 우리 것을 빼앗아 가게 놔둘 수 없어요. 너그러운 마음 때문에 우리의 영혼을 배신해서는 안 돼요."

메리걸은 시선을 내리깔았다. 주제넘은 말을 했을지언정, 도로 주워 담고 싶지는 않았다.

"이 노래는 그만 부르도록 해요."

메리걸이 말하자, 아버지가 연주를 멈췄다.

"우쭐해하지 마라. 우쭐해하지 마라."

메리걸이 나직이 속삭였다.

마침내 아버지가 고개를 끄덕였다. 이번에는 라왑을 꽉 잡았다. 색다른 운율이 울려 퍼지며, 다음 가사가 이어졌다.

우리네 삶은 공평하지 않지만 무덤에서는 모두
똑같은 먼지라네

메리걸이 조용히 따라 불렀다. 산그늘 속의 사막 옆 이곳 고향에서 살게 된다면, 메리걸은 자기만의 목소리를 내겠다고 다짐하며.

■ 작가의 말

■ 옮긴이의 말

러시아

카자흐스탄

몽골

우즈베키스탄

신장웨이우얼
자치구

키르기스

투루판

타지키스탄

타클라마칸 사막

아프가니스탄

허톈

쿤룬 산맥

중국

파키스탄

대한민국

인도

티베트
자치구

작가의 말

　위구르족은 중국 북서쪽 끝에 있는 신장웨이우얼 자치구에 살아
요. 중국에 사는 소수 민족 중 하나지요. 나는 신장웨이우얼 자치
구로 여행을 가서 허톈이라는 오래된 도시에 들렀어요. 허톈은 광
활한 타클라마칸 사막의 남쪽 가장자리를 따라 자리 잡은 곳이에
요. 사막에서 부는 바람이 얼굴에 모래와 먼지를 끼얹고 건물에
몰아쳐 대는가 싶다가, 갑자기 기적처럼 비가 내리며 공기를 깨끗
이 씻어 주고 땅에 생기를 북돋아 주죠.

　허톈 주변의 시골 마을에도 가 보았어요. 방앗간에서는 거대한
돌 두 개 사이로 곡식을 넣어 빻아요. 시골 시장에서 삶은 달걀도
사 먹어 봤어요. 그때 잊을 수 없는 한 위구르 소녀를 만났어요. 소
녀는 집에서 가꾸는 과수원에서 딴 복숭아를 내게 건네주었죠. 나
는 안내인과 함께 소녀의 집에 놀러 갔어요. 덕분에 소녀의 할아버
지가 안마당에서 버드나무 바구니를 짜는 모습을 볼 수 있었지요.

　얼마 지나지 않아, 위구르 소녀들이 어떤 삶을 사는지 알게 되었

어요. 이들은 가족과 헤어져서 중국 먼 지역에 있는 공장에서 강제로 일해야 했어요. 지역 당수는 공장으로 보낼 할당 인원을 채워야 했고요. 위구르 소녀들은 자신이 살고 싶은 삶을 선택할 수가 없었어요. 이것이 내가 전하고 싶은 이야기였어요. 내게 복숭아를 건넨 시골 소녀는 메리걸이 되고, 나는 메리걸의 삶을 그려 가기 시작했어요.

위구르족은 중국 인구 대부분을 차지하는 한족과 달라요. 겉모습부터 언어와 풍습 그리고 종교까지, 한족보다는 중앙아시아의 투르크멘계 민족과 비슷해요. 2,500년 전, 위구르족은 자기 나라만의 독자성을 확립했어요. 여러 종교를 거쳐, 지금은 이슬람교를 종교로 삼고 있어요. 위구르족은 수많은 통치자의 지배를 받아 왔어요. 광활한 사막과 험준한 산맥으로 이뤄진 곳에서, 인구마저 희박한 위구르족은 자신의 땅을 지켜 내기가 힘들었지요. 신장 지역은 1760년에 청나라의 지배를 받았고, 두 차례 동투르키스탄으로 독립했어요. 하지만 동투르키스탄은 얼마 못 가서 1949년에 공산당 정권을 수립한 중국에 다시 병합되었지요. 옛 소련이 붕괴한 뒤로 신장웨이우얼 자치구는 더욱 거세게 분리 독립을 부르짖고 있고요. 하지만 중국은 신장에 귀금속뿐만 아니라 석탄과 석유, 가스 매장량이 엄청나다는 사실을 알았어요. 8개국과 이웃한 군사 요충지고요. 한족은 공산 정권의 전폭적인 지지를 받으며 발 빠르게 신장 지역을 정복해 갔죠. 2000년까지 통계 수치를 보면, 신장에 사는 위구르인은 반 이상이 줄었어요. 위구르족은 조국의 침략에 항거했고, 중국은 처벌로 맞섰어요. 특히 2001년 9.11 테러가 발생한 뒤로, 중국은 이슬람을 믿는 위구르인을 잠재적인 테러리스트로 취급하며 더 심하게 억압했어요. 삶의 터전과 위구르족의 정체성을 이어 가기 위해 평화 시위에 참여한 위구르인을 재교육 수용소나 감옥으로 보내 버렸고, 많은 사람이 고문을 당하거나 형장의 이슬로 사라졌어요.

그나마 메리걸이 사는 허톈 지역은 한족이 간섭하지 않는 곳이었어요. 북쪽으로는 타클라마칸 사막이 광활하게 펼쳐져 있고, 남쪽으로는 쿤룬 산맥이 드높게 솟아 있는 곳이거든요. 덕분에 오랫동안 위구르 전통 문화의 주요 근거지로 남아 있었지요. 2000년까지만 해도 인구의 96.4%가 위구르인이었어요. 그러나 이곳 또한 상황이 바뀌었어요. 중국이 허톈 시를 현대화하기 시작했거든요. 일요 전통 시장이 관심을 받고 있지만, 관광객을 끌어들이기 위해 지붕 덮인 새로운 몰과 슈퍼마켓들이 생겼어요. 디스코텍과 나이트클럽도 있고요. 한족 인구도 늘어나면서 위구르족한테 땅을 빼앗고, 만다린 어로 말하지 않는 위구르 선생을 내쫓고 있어요. 중국이 직접 만든 일자리는 한족에게 제공하고요.

위구르족은 어떤 민족보다도 오아시스에 충성스러운 삶을 살며, 자신의 언어와 문화를 지켜 나갔어요. 한정된 자원을 관리하고, 전문 기술을 갖춘 공예가와 실크로드를 누볐던 상인들로서의 전통을 살려 나갔죠. 위구르족은 사막을 이해합니다. 타클라마칸에서 바람결에 날아온 모래를 이해합니다. 세월이 흘러도 변치 않는 이 자연의 힘을 피할 수 있는 곳은 없어요. 아무리 얼굴을 가리고 문을 닫아도, 모래는 옷 틈새로, 벽 틈새로 침투하죠. 바람이 그치고 모래가 날아들지 않으면, 사람들은 다시 논밭으로, 일터로 돌아갑니다. 고대 문화의 정신을 간직하는 한 위구르인은 견뎌 낼 수 있을 거예요. 하지만 폭풍은 끝 모를 곳으로 휘몰아 갑니다. 서로에 대한 이해는 전혀 없지요. 변화가 진보라는 이름으로 위구르족을 폭풍처럼 휩쓸고 있어요. 그 속에서 위구르인은 자신의 목소리를 내려고 애쓰고 있습니다.

이 책은 돌아가신 톰 윌슨 씨가 계셨기에 쓸 수 있었어요. 톰은 다른 나라를 여행하면서 '유명한 곳의 구경꾼'이 되지 않으려고 했어요. 그 나라 사람을 만나고, 그들이 사는 방식을 이해하는 것이 여행이라고 믿었지요. 톰은 공예가들을 직접 찾아가 작업하는 모습을 지켜보고, 공예가의 가족과 함께 어우러지기도 했어요. 나중에는 나를 비롯한 여러 사람이 톰과 함께 여행하는 영광을 얻었어요. 덕분에 나도 실제 공예가를 만날 수 있었지요. 특히 허텐 시 근처의 시골 마을에서는 위구르 안내인인 압둘 덕분에 그곳 주민들과 이야기도 나눌 수 있어서 기뻤답니다.

이 책이 나오기까지, 실제 여행하며 겪은 체험 말고도 여러 도움을 구했어요. 워싱턴에 있는 위구르 미국 협회에 자문했고, 워

싱턴에서 라디오 방송 기자로 일하는 마마잔 주마 기자를 만났지요. 마마잔 주마 기자는 위구르인이에요. 메리걸이 살았던 곳과 비슷한 마을에서 자랐어요. 위구르 문화가 고스란히 살아 있던 때에 어린 시절을 보냈기 때문에, 내 원고를 읽고 사실에서 많이 벗어난 부분을 지적해 주었지요. 그 덕분에 위구르족의 정신이 충실히 담긴 원고로 거듭날 수 있어서 감사하게 생각합니다.

허톈과 주변의 시골 마을을 여행하는 관광객이라면 여전히 당나귀 수레와 스카프를 머리에 쓴 여자들, 도파라는 네모난 전통 모자를 쓴 남자를 볼 수 있을 거예요. 하지만 미루나무가 늘어선 거리의 마지막 집, 메리걸의 농가는 이제 한족의 소유가 됐을지도 모르지요.

조산 라 밸리

옮긴이의 말

한 소녀가 있습니다. 잔뜩 억눌린 듯 한껏 움츠려 있네요. 그 모습이 한없이 안쓰럽습니다. 모처럼 메리걸에게 꿈이 생겼는데, 꿈을 펼치기가 너무 힘든 환경이거든요. 정치적 상황 때문에 멀리 공장으로 갈 수밖에 없는 건 둘째 치고, 메리걸이 가장 힘든 건 사랑하는 가족한테 지지받지 못한다는 점일 거예요. 하지만 메리걸은 포기하지 않고 꿈을 이뤄 나갑니다. 자신이 생각한 만큼 완벽하게 해내진 못했어도, 포기하지 않았다는 사실만으로 큰 발걸음을 뗀 셈이지요.

이 책을 우리말로 옮기면서 위구르 민족의 삶과 전통을 새롭게 알게 되었어요. 광활한 사막 옆에 또 험준한 산맥 옆에 사는 삶은 이렇구나, 하고 신기해하면서도, 한편으로는 세상 어디든 사람 사는 건 다 똑같다는 생각도 동시에 들었습니다. 누구든 꿈을 꾸고 싶어 하고, 사랑하는 사람에게 지지받고 싶어 하고, 누군가 한 명이라도 든든한 지원자가 있다면 얼마든지 꿈을 포기하지 않을 수 있다는 사실을 말이에요.

무엇보다도 이 작품은 꿈이 얼마나 힘센지를 알려 줍니다. 전통적으로나 정치적으로 여자에게 많은 기회를 주지 않는 삶 속에서, 메리걸은 주체적으로 자신을 변화시켜 갑니다. 그 변화는 메리걸뿐만이 아니라 가까운 가족까지도 달라지게 만들지요. 메리걸은 자신의 꿈을 지켜 냈듯 끝까지 동생 랄리의 삶도 지켜 냅니다. 동생이 학교에 다니면서 배움의 끈을 놓지 않도록 그래서 언젠가 자신의 꿈을 정하고 펼쳐 나갈 수 있도록 말입니다. 무기력하게 살기만 했던 메리걸의 어머니도 달라지기 시작했어요. 어머니로서의 자리를 되찾고, 앞으로 자신의 자리도 찾을지 모르지요.

재밌는 지점은 메리걸은 자신의 재능을 몰랐다는 거예요. 누군가가 재능을 알아봐 준 덕분에 자신의 재능을 꿈으로 발전시킬 수 있었겠지요. 그래서 세상은 함께 살아가는 것이라고 생각했어요. 자기가 자신을 가장 잘 알 것 같지만, 사실은 그렇지 않을 때가 많거든요. 자신이 스스로 재능을 깨닫고 발전시키는 경우도 있겠지만, 사실 많은 청소년이 자기가 뭘 좋아하는지, 무슨 일을 잘하는지, 앞으로 뭘 하면 좋을지 모를 때가 비일비재하지요. 하지만 당장은 몰라도 괜찮다고 생각해요. 다만, 메리걸처럼 그리고 메리걸이 무슨 일이 있어도 랄리를 학교로 보내 배우게 한 것처럼, 지금 현실에 충실하면 좋겠어요. 자신이 지금 공들이고 있는 여러 가지 중 무엇 하나가 반짝하고 자신의 존재감을 드러낼 날이 꼭 올 테니까요. 그 반짝임을 스스로 알아볼 수도 있고, 다른 누군가가 알아봐 줄 수도 있을 거예요!

이 작품을 우리말로 옮기는 동안, 어릴 적 꿈을 돌아보게 되었어요. 그 꿈을 이루기를 기대하며 공부하던 시절을 말이에요. 아직 꿈을 완전히 이루지는 못했지만, 그 꿈을 향해 달려가는 과정 자체도 행복하다고 생각해요. 메리걸을 만난 독자들도 꿈과 함께하는 삶을 꾸려 가길 바랍니다.

현혜진